黎明《れいめい》の笛《ふえ》

陸自特殊部隊「竹島」奪還

数多久遠

主な登場人物

【航空総隊司令部】
倉橋《くらはし》日見子《ひみこ》……三等空佐　情報課情報班長
安西《あんざい》依志夫《よしお》……一等空尉　情報課保全班長
浜田《はまだ》……一等空佐　情報課長
芦田《あしだ》……二等空曹　情報班員
手嶋《てしま》……空将　司令官
水野《みずの》……空将　副司令官
葛城《かつらぎ》……空将補　防衛部長

【陸上自衛隊特殊作戦群】
秋津《あきつ》和生《かずお》……二等陸佐　第二中隊長
飯久保《いいくぼ》章造《しょうぞう》……一等陸尉
諸岡《もろおか》優司《ゆうじ》……三等陸曹

【中央情報保全隊】
杉井《すぎい》幸子《さちこ》……二等陸尉　中央情報保全隊
川越《かわごえ》……二等陸佐　中央情報保全隊

【内局】
古部《ふるべ》泰蔵《たいぞう》……防衛政策局調査課長

時刻表示について

本小説の時刻は自衛隊内で使用されている表示方法に則っています。

（I）：アイタイム、日本標準時。（Z）：ズルタイム、世界時（グリニッジ標準時）。

例：１８１３（I）＝日本時間午後6時13分

11・10　プロローグ　路上の殺人

1442（Ⅰ）

薄い雲間から暖かみの感じられない光が降っていた。北風にあおられた枯葉が、人通りの少ない路地を寂しく舞っている。耳に入ってくるのは、風音と自分の足音だけ。三〇メートルほど前方を、男が俯《うつむ》きがちに歩いている。足取りは弱々しい。

その男は標的だった。

盛り上がった筋肉が、コートの上からでも見て取れる。尋常《じんじょう》な鍛《きた》え方ではないことは、誰が見ても明らかだ。立てられた襟《えり》の上から出ている頭は、両サイドを極端に刈り上げた米海兵隊風のマリンコカット。ここが習志野《ならしの》であることを考えれば、彼が属する組織は、誰であっても容易に推測がついた。

彼の歩幅は、その体格からすればずいぶんと狭いものだった。背は小さくまるまり、視線もわずか数メートル先を見ているようだ。覇気《はき》の欠片《かけら》も見えなかった。

これならやりやすい。そう思えた。

標的の歩みは遅い。普通に歩くだけで距離が詰まる。ことさら足音を忍ばせることはしなかった。人通りの少ない路地では、完全に足音を消し去ることは難しかった。忍ばせた足音はかえって標的の警戒心を呼び起こしてしまうだろう。普通に歩けば、難なく背後に付くことができる。

目出し帽で顔を隠すことも考えたが、標的には顔を見られても構《かま》わない。確実に殺すのだ。むしろ周囲から怪しまれるような格好《かっこう》は避けた方がいいと判断した。この街なら、さも当たり前のように歩いてさえいれば、標的同様の自分の外見でも、目立つことはなかった。

それでも第三者に目撃されることを警戒して、野球帽を目深《まぶか》に被《かぶ》る。上着には、派手な刺繍《ししゅう》の入ったリバーシブルのスカジャンを羽織《はお》った。今は無地の方を外側に出している。おそらく返り血を浴びることになるが、裏返してしまえば血痕を見咎《みとが》められることはないはずだ。

標的まで、あと三メートル。周囲を見回して、人影が見当たらないことを確認する。スカジャンのジッパーを下ろし、黒い革手袋を嵌《は》めた右手を懐《ふところ》に入れた。内ポケットを突き通すように差し込んでいた柳刃《やなぎば》包丁を、静かに引き抜いた。

強度的には出刃包丁の方がいいが、分厚い側背筋《そくはいきん》を貫《つらぬ》くために、細身の柳刃包丁を選んだ。わざわざ東京まで出て、監視カメラなどない小さな刃物店で購入した。ナイフなら使い慣れた手持ちがあるが、足がつく可能性をなるべく低くしたかった。

包丁を、刃を上にして握り込むと、左手を上から添えて右腰に構えた。背後から右側背の肝臓を狙う。腎臓の方が早く死に至らしめることができるが、小さな腎臓を狙って刺したことが露見することは避けたかった。肝臓は腎臓にくらべれば非常に大きく、偶然なのか故意なのか判断し難い。

残り一メートル。標的がこちらを警戒している様子はない。うなだれるようにして側背を晒《さら》している。

標的の顔も名前も知っていたが、それによって躊躇《ためら》いが生じるほど深い付き合いはない。作戦の支障になるとなれば、排除するべきだという意見に異論はなかった。

右足を一気に踏み出した。右肩から標的の腰に突っ込むようにして包丁を突き立てる。

標的は、のけ反《ぞ》りながら、絞《しぼ》り出すように唸《うな》った。それと同時に、ほとんど反射的なのだろう、右肘《ひじ》を振ってきた。予測どおりの動きだ。肘とはいえ、激痛に耐えながら振った腕に力は入っていない。あえて避けることはせずに、頭で受けた。

柄を握る右手に力を込め、ねじりながら包丁を引き抜く。傷が大きく口を開け、鮮血が噴《ふ》き出した。

標的は、よろけながらも倒れることなく、こちらに向き直った。大したものだ。

「そんな！　私を消すつもりですか？　私は裏切ったりは……」

絞り出された声は、叫びとはほど遠い力ないものだった。何が起こったのかは、すぐさま理解したようだ。もしかすると、予期していたのかもしれない。

一撃は、狙いどおり致命傷となったはずだ。このまま立ち去っても、この男が生きながらえることはない。

しかし、偽装《ぎそう》工作は必要だ。包丁をやみくもに突き出した。標的に、これ以上声を上げさせないためにも、間断《かんだん》なく刺突《しとつ》を繰り返す。

彼は、激痛と急速な失血でふらついてはいたが、鍛えられた体は、反射的にその刃を防いでいた。結果的に、胸や腹だけでなく、拳《こぶし》や二の腕からも赤黒い静脈血が噴き出す。

標的の反応速度は確実に衰《おとろ》えていた。意識が遠のき始めていることは、容易に推察できた。息は荒く、激痛で呼吸が困難になっていることもあるのだろう、チアノーゼで顔はまっ青《さお》だった。

標的が、唐突に糸の切れた操《あやつ》り人形のように転がった。失血性のショックで意識を失ったのだ。命の火は消えてはいない。だが、このまま意識が戻ることはなく、絶命することは確実だった。

すかさず周囲を確認する。路地に飛び出してくる者もいなければ、二階から顔を覗《のぞ》かせている者もいない。任務は完了した。長居は無用だった。後は離脱するだけだ。包丁を傍《かたわ》らに投げ捨てると、走りながらスカジャンを脱いで裏返す。むっとする血のにおいが鼻をついたが、ジッパーを上げてしまえば他人に分かるものではない。

　二つ目の角を右に曲がると、走るのを止《や》めた。呼吸を整えながら、手をポケットに突っ込み、退屈そうなただの歩行者に戻った。

12・21　疑惑の婚約者

1813（I）

　ドブネズミ色のスチールロッカーは、あちこちに錆《さび》が浮き出ている。歪《ゆが》んで、ドアを開けるたびに引き抜かれたマンドラゴラよろしく叫びを上げる代物《しろもの》だ。中を覗けば、気分が落ち込むことは間違いない。

　それでも、日見子《ひみこ》は気にも留めていなかった。人間の悪意、あるいは敵意に接することが生業《なりわい》とあれば、ロッカー程度で影響を受けるような性格では、精神が保《も》つはずもない。

　倉橋《くらはし》日見子三等空佐は、引っ越しに合わせて新調すれば良かったのに、と思っただけだった。神経を使う仕事を終え、解放感に浮き立っていた。

　彼女は、堅苦しい制服を脱ぎ、シャツの上から、グレーのVネックセーターを着たところだった。セーターは、柔軟剤の微《かす》かな香りを漂わせているものの、着古され、裾は幾分ほころびかけている。

　上からダッフルコートを羽織《はお》ると、細いうなじを被《おお》うようにして、マフラーを首にかけた。マフラーは明るい小豆《あずき》色で、暗緑色のコートには不釣り合いだった。カラーコーディネートには頓着《とんじゃく》していない。

　そのマフラーは、薄い割りには保温性が高く、合わせる服がなんであれ、春になるまで手放さない。日見子が気にしているのは、機能だけだ。

　それは、既に一〇年以上に亘《わた》って愛用している品で、北海道の部隊に配属された年に、母親から贈られた物だった。母、敏江《としえ》としては、着る物に無頓着《むとんちゃく》で、自衛官という無骨《ぶこつ》な職業を選んでしまった娘に、少しでもおしゃれをしてほしいという思いで選んだマフラーだ。しかし、センス以前に、ファッションに興味のない人間にとっては、ブランド物といえど、マフラー一つでどうにかなるものではなかった。

　敏江は、一六を過ぎた日見子が、部活動の剣道に熱中していた時には、そういうこともあるかと思って気にしなかった。防衛大学校に進学すると言い出した時にも、「お父さんに似てしまったのかしら」とつぶやいただけだった。しかし、三〇を過ぎても男っ気がないばかりか、野郎共の中心で腕組みをしている記念写真を見せられては、心配せざるを得なかった。四〇を目の前にした今でも、諦《あきら》めきれず、日見子が帰省するたびにぼやいていた。

日見子は、自分を思ってくれることには感謝しつつも、うざったく感じていた。もっとも、その圧力からは、もうまもなく、ようやっと解放される予定だ。それを思うと、少し晴れ晴れとした気分になれた。

ロッカーを閉めると、日見子は、右手でカーテンをそっとめくる。外は、すっかり日が落ちていた。窓に顔を寄せると、侵入防止のために内側に嵌められた格子から、わずかにステンレスの匂いがした。府中《ふちゅう》にあった航空総隊司令部の米軍横田《よこた》基地への移転に伴《ともな》って建設された庁舎は、まだ真新しさを残している。吐いた息で白く曇ったガラスには、鈍色《にびいろ》をしたメタルフレームのメガネの奥に、切れ長の目が映っていた。

冷たくはないものの、きつい感じのする目だ。日見子自身は嫌いではなかった。自分の存在を、その力強さを主張しているところは、むしろ気に入ってさえいる。しかし、都合の悪いこともしばしばだった。口にすることには耐えられても、この目が、心に抱《いだ》いた不満を主張してしまうからだ。日見子は自分が「大人げない」と言われる理由の多くが、この目にあると思っていた。

指先が、わずかに格子に触れた。鈍い輝き以上に、冷たかった。窓の内側の格子は、秘文書庫はもちろん、事務室はおろかロッカールームにまで嵌められている。着任したての頃は、いささか被害妄想気味なのではないかとも思えた。しかし、今ではそれも当然と思うようになっている。実際、ここ航空総隊司令部情報課は、航空自衛隊の情報活動の中心だった。

日米共同調整所を共有する在日米軍司令部からはダイレクトに米軍情報が入るし、直属隷下《れいか》には総隊司令部飛行隊があり、電子情報の収集を行なう電子戦支援隊を擁《よう》している。画像情報は、電話一本で偵察航空隊が撮影してくれた。収集した情報の分析についても、それを専門に行なう作戦情報隊を有している。それに、戦闘部隊に配置された情報職域の人間も、事実上の手足といえた。

それでも人は慣れるもの。扱っている情報は、訪れるかもしれない戦闘の趨勢《すうせい》を左右しかねない繊細なものだったが、日見子にとって、それは既に日常と化していた。

彼女は、腕時計に目を落とした。約束の時間までには、まだ十分な余裕がある。デスクワークで凝《こ》り固まった背中をほぐすため、ゆっくり歩こうと決めると、事務室につながるドアを開けた。軽い金属音に視線を上げた芦田《あしだ》二曹と目が合う。

「あ、班長。課長が呼んでますよ」

彼は、中学を出てすぐに自衛隊に入隊した生徒制度の出身者だった。生徒出身者にありがちな、いかにも自衛官臭い雰囲気はない。鼻梁《びりょう》が通った、一見神経質にも見える顔立ちは、情報職らしいともいえた。電子戦と通信電子に詳しく、前任地では電子戦機であるYS—11EBに乗っていた。本人は謙遜《けんそん》するが、国後島《くなしり》に配備されたロシアの新型レーダーを電子偵察で発見した技量は、空自では随一《ずいいち》だろう。彼が制服の上着の代わりに着込んでいるジャンパーに付けられたエンブレムも、今だに古巣である電子戦支援隊のものだ。

目先が利《き》くため周囲の評価も高く、若くして二曹に昇任している。日見子も、いちいち指示しなくても先回りして動く彼を頼りにしていた。

課業が終了してから、既に大分時間は経過している。この時間に彼が残っていたのは、今夜の情報当直だったからだ。

「了解。なんだろ今頃」

「さあ。普段から、何考えてんだか分からないところがある人ですから……」

芦田二曹は、苦笑いとともに肩をすくめた。どうにも憎めない悪戯《いたずら》っ子に呆《あき》れかえったかのようだった。

「付き合いが長くても、やっぱり分からないんだ」

彼は、課内でも古株で、課長との付き合いは三年以上になるはずだった。

「そんな底の浅い人じゃないですよ」

「まあ、一癖《ひとくせ》も二癖もある人よね」

日見子は、おどけた作り笑いを浮かべ、冗談めかした台詞《せりふ》を投げた。そして、長くならなければいいがと思いながら、課長室のドアに向かう。

「入ります」

ドアを開けると、少し甘い匂いが鼻孔《びこう》をくすぐる。

芋だ。今ではすっかり慣れたが、その独特の匂いに、一〇年前の日見子だったら、顔をしかめているところだった。帰ろうとした矢先に呼びつけられた上、呼びつけた本人は酒を飲んでいるらしい。日見子は、微かな理不尽を感じたが、酒に関しては毎度のことなので、さすがに顔に出すことは防ぎきった。

「何だ、どこか寄るのか」

昭和の時代では、どこの基地でも私服通勤が普通だったが、今では制服で通勤する者が増えた。わざわざ私服に着替えた日見子を見て、情報課長の浜田《はまだ》は少し赤みの差した目を向けた。デスクの中央には、「さつま白波《しらなみ》」の一升瓶《いっしょうびん》とグラスが載《の》っている。九州出身者の多い自衛隊では焼酎《しょうちゅう》の愛飲者が多い。浜田もその一人だった。デスクの端には、武官時代に貰《もら》ったというミニチュアのクリスタル製F―15Kも置かれている。

「安西《あんざい》がお祝いをしてくれるそうなので」

「お祝いだ？」既にろれつが回っていないのか、浜田は普段にも増してガラが悪くなっていた。顔は、わずかに赤みが差して、この世の全てを小馬鹿にしたような、いつもどおりのふてぶてしい笑みを浮かべていた。制服の上着を脱ぎ、背もたれにかけていることも、いつものことだった。

「ええ、昇任の。まだ内示ですから、気が早いと言ったんですが」

「なんだ、そっちのか。二佐なんてA幹部なら誰でもなれるだろうに」

浜田は、なぜか安心したような表情を見せた。浜田が見せた安堵《あんど》に、日見子の脳裏《のうり》には、微かな疑念が浮かぶ。もう一つの祝い事に対して、何か懸念《けねん》でもあるのだろうか。

それとともに、腹立ちも感じる。無駄話のために呼び付けたのなら、来週にしてほしいところだ。折角《せっかく》の金曜の夜なのだから。日見子は一言《ひとこと》釘を刺さずにはいられなかった。

「それより課長。ここは幕《ばく》じゃないんですから、飲むなら外にして下さい」

「心配するな。部外者立ち入り禁止だ」

日見子は、「そんなことを言っているんじゃありません」という台詞を呑《の》み込むと、ため息を吐《つ》いた。

日見子が釘を刺したのは、課外の者に見咎《みとが》められることを懸念したからではなかった。小言を言うという目的を達成した以上、ことさら突っ込む必要もなかった。

「まあ、いいですけどね」

そして、片手でデスクの前に置いてあった椅子《いす》を引き寄せると、乱暴に腰を下ろした。安物の椅子が軋《きし》む。これも府中から運び込まれたものだ。

「で、何の話ですか。手短にお願いします」

浜田の手の中で氷が鳴った。浜田は細身の長身を背もたれに預け、視線を宙に浮かせたまま黙っている。

司令官への報告に困るような特異案件はなかったし、課内の人事にもこれといった問題はなかった。浜田に報告したばかりの結婚の予定だって、異動希望は出さないと言ってある以上、浜田が頭を悩ませる必要はないはずだった。

流れる沈黙が、悪い予感を抱かせる。日見子は、身を硬くした。

「情報職には慣れたか」

浜田は、日見子と視線を合わさず、ぼそりとつぶやいた。

「職転して五年も経《た》てば、誰だって慣れますよ」

日見子の職種転換は、かなり遅い方だった。自衛隊経験はそれなりに長くても、情報職としては、決して長いキャリアとはいえなかった。

「希望じゃなかったんだよな」

「ええ。高射が第一希望でしたから」

「第二は要撃管制か？」

「はい。でもほぼ高射一本のつもりでした。運用職というだけじゃなく、戦闘職がよかったんです」

「それなら、情報も希望外か」

日見子は、くさっていた左遷先で、住めば都を実感して浮かべるような、少し照れ隠しでもある笑みを作った。

「まあ、確かに戦闘職から職転になったのはショックでしたけどね。情報も悪くありません。日々実戦なのは情報だけですし」

「そうか」

浜田は、そう言ってグラスをあおると、再び沈黙した。話の切り出し方に迷っているようだった。日見子は目を細めた。

「まさか、また職転なんて話じゃありませんよね」

浮かんだ疑念が、間を置くことなく口をついて出る。空自幹部の場合、人事管理上、職種の転換は珍しい話ではない。だがそれも二回となると話は別だった。何らかの事情がない限り、普通はありえないことだった。

当然、日見子は、すぐさま否定されると思っていた。だが、浜田の答えは、またしても沈黙だった。

「どういうことですか」

我慢しきれなくなった日見子は、声を低めて言い放った。動悸《どうき》が激しくなり、こめかみが痛む。

それでも、浜田は動じることなく、身を起こして哀れむような視線を日見子に向けた。そして視線を戻すと、背もたれに身を預ける。

「先日聞いた結婚の話だがな……、結婚すれば、防適《ぼうてき》を失うことになる」

「な！　まさか」

　防衛適格性、略称防適は、防衛秘密にアクセスする資格の判断基準だ。秘密保全上、問題なしと判断されれば付与される。逆に、問題行動があれば剝奪《はくだつ》される。防適を失えば、秘密を取り扱うことはできなくなる。つまり、秘密に接することが不可避な職種に就《つ》く者にとって、防適を失うことは、職種と配置の転換を命じられることを意味した。しかも転換先は、秘密に接する必要性のない総務や広報、それに教育職などだ。

　戦闘職域に就くことを願って自衛隊入りした日見子にとって、情報職への転換はまだしも、防適の喪失は、受け入れがたいものだった。

「なぜですか！　相手は特戦群所属ですよ。防適がないなんて、ありえません」

　日見子は、拳をデスクに叩き付けて息巻いた。衝撃で、置かれていたクリスタルが飛び上がる。

　日見子は、怒りと恐怖に震えていた。情報への職転を言い渡された時などとは比較にならないほど興奮していた。あの時は、情報ならまだいいという思いもあった。それに、人事管理上職転を申し渡されてもおかしくない時期だったから、仕方がないという思いもあった。何より、それまでの評価が低いから職種転換を言い渡されたというわけではなかったから、自分の気持ちに折り合いを付けることもできた。

　高校の部活動でインターハイの選抜選手に選ばれなかった時以来のショックだった。実力がありながら、顧問の教師が日見子を外《はず》したのだ。肘や足を使った結果の反則が多く、代表選手としてふさわしくないというのが理由だった。

結婚が理由となって防適を失うケースは、決して珍しくない。結婚相手本人はもちろんだが、親戚筋に左翼など情報保全隊がマークする組織に属する人物がいれば、防衛適格性がないと判断される。最近では、結婚相手が外国人ということもあった。

その点、結婚相手自身が防適を所持しているなら、当然問題はないはずだった。

日見子の婚約者、秋津《あきつ》和生《かずお》二等陸佐は、陸自の中でも特に保全に厳《きび》しい秘匿《ひとく》性の高い部隊、陸自随一の特殊部隊である特殊作戦群に所属していた。

日見子は、結婚を、それなりに計算ずくで決めたつもりだった。自衛隊をやめるつもりはさらさらなかったし、情報職も続けるつもりだった。だから、家庭に入ることを望むような男は論外だったし、身内に左翼系機関紙の読者がいるなど、保全上問題のある男も話にならない。

秋津は仕事を続けることに反対をしなかったし、子供も欲しがらなかった。彼自身が防適を持っていることも間違いなかった。

「普通に考えればそうだろうな。だが事実だ」

「冗談じゃありません。納得のできる説明をして下さい」

日見子は、沸《わ》き立つような首筋《くびすじ》の熱さを感じて、かけたままだったマフラーを、引きちぎるようにして外した。

「これ以上は言えん」

「言えない理由は何ですか」

浜田は、大きく息を吐くと、いかにも面倒くさそうにして口を開いた。

「お前だって分かっているだろうが。保全に関係する事項は、きわめて限定された関係者以外には開示されない。総隊司令部の情報班長であるお前が、陸自隊員の保全関係情報を知る必要はない。それは結婚相手だろうが同じだ。俺だって、結婚することでお前の防適に傷が付くかどうか以上のことは、知る必要がない。つまりは知ることは許されない」

日見子は、沸騰《ふっとう》した意識の片隅で、浜田が情報保全ネットにアクセスしたのだろうと想像していた。課長ならば、全自衛官のデータベースにアクセスする権限を持っているはずだ。

そして、秋津のデータにアクセスし、何かを見たのだ。結婚することで、日見子の防衛適格性に支障が生じる何かを見たに違いなかった。

しかし、理性はそのことを理解しても、感情では納得しなかった。自分の信じた男が、情報保全隊に目を付けられるようなことをするとは、どうしても思えなかったのだ。

「結婚相手に保全上の問題がある場合、防適を失うことがありうることは理解していま す。ですが、結婚相手が防適を持っていることが確実なのに、なぜ私は防適を失うことになるのか理解できません」

「普通だったらな。何か事情があるんだろうが、情保隊が何を考えているかなんて、俺だって分からん。情報プロパーの人間なら、想像がつくのかもしれんがな」

浜田は、情報課長に補職、一般の言い方では配置されていたが、空自内で〝特技〟と呼ばれる職種はパイロットだった。部内に対してもきわめて閉鎖的な情報保全隊については、情報特技の人間ほど詳しくない。

「しかし……。確かに彼は不満も持ってましたが、それは自衛官なら誰しも持っているような不満です。防適を失わなければならないようなものじゃありません」

「何を言っていた」

「自衛隊は縛《しば》られてるとか、政府に戦う気概《きがい》がないとか……です」

浜田は、舌打ちすると「青いやつだ」とつぶやいた。

「何かの間違いです」

日見子は、信じられなかった。秋津が保全上の問題を引き起こすことも信じられなかったし、よしんば何かの問題があるのだとしても、問題を抱えたまま特殊作戦群にいつづけていることも信じられなかった。

それに、信じたくなかった。秋津は尊敬できる相手だったし、聞き役になることが苦手な日見子が、なぜか自然と聞き役に回れる不思議な男だった。初めて一緒にいたいと思わせられた男だった。この男のために、何かをしてあげたいと思える男だった。その男が、自衛隊を裏切っているなんて、信じたくはなかった。

「だったらよかったんだがな。残念ながら、間違いない。その理由までは、俺も知らん」

日見子は、返す言葉を見つけられなかった。ただ、俯いて唇を噛《か》みしめていた。

「何にせよ、お前の婚約者は、情保隊に目を付けられてる。このまま結婚すれば、お前も同じことになる。俺は、これでもお前を買っているつもりなんだ。職転を命じられたくなければ、考え直せ」

浜田の言っていることは、言葉では理解できた。だが、その言葉の意味を呑み込むことはできなかった。納得することもできなかった。

「俺のようになってほしくないんだよ」

浜田は、グラスの中の氷を見つめて、独白するかのように言った。日見子は、ぼんやりと視線を上げた。

「俺がなんで四年近くもここにいるか知っているか？」

「いえ」

一等空佐の補職配置として長すぎることは認識していた。しかし、日見子は他人の人事には興味がなかった。

「もう飛ばせてもらえないんだよ」

一佐ともなれば、実際に飛行できる配置など、飛行群司令くらいしかない。そしてそれらのポストは、誰にでも回ってくるというものではない。日見子は、浜田が何を言いたいのか理解できずにいた。

「実際に飛べないというだけじゃない。俺は、もうパイロットを配置する補職には就けてもらえない。特技が剝奪されたわけじゃないが、実際には無特技と変わらない」

浜田は、保全上の問題を起こしたわけではないのだろう。それなら情報課長に補職されることなどありえないのだから。だが、何か懲罰人事を受けるようなことをしでかしたに違いなかった。

しかし、日見子はその事実を、ただ無感動に認識しただけだった。

「飛べないパイロットに、いったいなんの価値があるっていうんだ」

浜田は、吐き捨てるように言うと、グラスをあおった。

「もう一度言う。考え直せ。この仕事を続けたければな」

日見子は、口を開くことができなかった。口を開いたら、叫び声しか出てこないような気がした。

「話は終わりだ。安西を待たせてるんだろう。もう行け」

日見子は、釈然《しゃくぜん》としないまま、のろのろと腰を上げた。おぼつかない足取りでドアに向かう。その背中に不安を覚えたのか、浜田が釘を刺した。

「分かってると思うが、この件は他言無用だぞ。特に相手にはな」

日見子は、足を止めた。しかし、振り返ることはしなかった。

「分かってます。そのくらいは」

日見子はドアノブに手をかけた。そして、恐ろしい可能性に思い至って手を止めた。それだけは確認しておかなければならなかった。

「私が騙《だま》されていた、なんてこともあるんでしょうか」

日見子は、鈍く光るドアを見つめながら問いかけた。

「どういうことだ？」

「彼の所属が違っている、あるいは自衛官だということ自体が嘘《うそ》という可能性です」

日見子の声は、微かに震えていた。

「いや。秋津和生二等陸佐は、確かに特殊作戦群の所属だ。この男で間違いないだろ」

浜田は、デスクの引き出しから一枚の顔写真を取り出すと、目の前に掲《かか》げて見せた。

日見子は、恐る恐る振り返ると、いつも遠い何かを見つめているような、よく見知った顔を見つけた。日見子は混乱したまま、黙って首肯《うなず》き、静かにドアノブを回した。

「失礼します」

「何とか間に合ったか」

浜田は、ドアを見つめたまま独《ひと》りごちた。うまく話せたか自信がなかった。浜田は、不言実行を良しとする古い人間だった。言葉を信じていないともいえる。言葉ではなく、事実のみが真実だと考えていた。

「後は……、余計《よけい》なことをしでかさなければいいんだがな」

グラスを一気にあおると、氷を透かしてデスクの角に置かれたクリスタルを見つめた。

1827（Ⅰ）

「人通りが少なくなってきたので、引き揚《あ》げてきました」

杉井幸子《すぎいさちこ》二等陸尉は、カローラの助手席に体を滑り込ませながら、声を潜《ひそ》めて報告した。

運転席の川越《かわごえ》二等陸佐は、遠張《とおば》りしている第五ゲートから視線をそらさずに首肯《うなず》いた。これといった特徴のないダークスーツとスエード地のコートに身を包んだ彼は、火のついていないタバコを指でもてあそんでいた。

「構いません。米軍基地ですから、無理は禁物です」

杉井は、三等空曹栗田厚子《くりたあつこ》と書かれた偽《にせ》の身分証をグローブボックスに入れると、トレンチコートのボタンを外した。

「何の変哲もない建物ですね。石貼りなので、多少の高級感はありましたが、部隊マークがなかったら識別できそうになかったです」

「攻撃目標とされることを避けるため、あえて米軍の建物に紛《まぎ》れるような外観にしたんでしょう。情報課の様子はどうでしたか？」

「当直がいるはずの情報班は当然ですが、課長室にも、まだ灯《あか》りが点《つ》いていました。保全班は、全員退勤したようです」

「となると、情報課長が退勤した後になりそうですね」

杉井は、「はい」と答えると、シートに深く掛けなおした。長丁場になるかもしれない。

「航空総隊司令部であることに、どんな意味があるんでしょうか？」

「それは、航空自衛隊であることの意味と変わらない質問ですね」

「どういうことでしょうか？」

「空自の隊員を追うのは初めてでしたね」

「はい。部内は海自だけでした」

「航空総隊は、空自の全戦闘部隊を指揮下に置いています」

杉井は、黙って首肯《うなず》いた。その程度は、空自の編制を見れば、理解できた。

「それは、空自が陸自と違って機能別編制を採《と》っているためです。輸送は支援集団、開発は開発集団、教育は教育集団、そして戦闘は航空総隊という具合です。これらは、メジャーコマンドと呼ばれています」

「航空総隊は、海自の自衛艦隊に当たると思えばいいんでしょうか？」

「そうですね。直接に戦闘する全部隊を指揮下に置いているという意味では同じです。総隊自身、自らのことを『戦う総隊』と呼ぶこともあるそうですよ。違うのは、自衛艦隊の場合、港湾運営は地方隊の支援を受けているのに対して、総隊の場合は、基地運営も隷下の航空団が行なってますから、より自己完結性が高いというところでしょうか」

「何かを企《たくら》んでいるとすれば、より動きやすいということですか」

「ええ。自己完結性という点では、陸自の方面隊に近いでしょう。実は、我々の追う〝ドラゴンフライ〟は、尻尾《しっぽ》の一部でしかなく、航空総隊が本丸という恐ろしい可能性さえあります。さすがに考えすぎだと思いますがね」

杉井たちは、〝秋津〟がトンボを意味することから、彼女らが追う組織を「ドラゴンフライ」と呼んでいた。

「航空総隊の下には、航空方面隊があるみたいですが、実際に戦闘指揮を執《と》るのは航空方面隊なんじゃないですか？」

杉井には、この点が疑問だった。陸自でも中期防衛力整備計画で陸上総隊の新編が予定され、海空自と同じような組織体系に改編される予定だが、方面隊は、長らく実動部隊の頂点として実際の戦闘指揮を預かる立場にあった。空自の航空方面隊も、航空総隊隷下でありながら、実運用においては大きな権限があると聞いている。

「防空ではそうですね。ですが、航空機は陸上戦力に比《くら》べて格段に行動範囲が広い。例《たと》えば、尖閣《せんかく》諸島付近の敵艦隊に対艦攻撃を行なう場合、地域的に担任する方面は南西航空混成団になりますが、管制を行なうＡＷＡＣＳ（早期警戒管制機）は浜松《はままつ》から沖縄近海まで直接進出しますし、攻撃機は、西部航空方面隊のＦ―２が投入されることになるでしょう。空中給油を使えば、北部航空方面隊のＦ―２が、直接参加することさえ可能です。そして、この場合は航空総隊が直接指揮を執るようです。それに、最近では頻繁《ひんぱん》に編成される弾道ミサイル対処の統合任務部隊も、海自部隊まで指揮下に入れていますが、実態は航空総隊です」

川越は、缶コーヒーを口にすると、言葉を継いだ。

「その航空総隊司令部において、情報と保全を担当する情報課長の下《もと》、隷下全ての情報活動を取り仕切っているのが、われわれのターゲットである情報班長、倉橋日見子三等空佐です」

「かなりの権限があるんでしょうね」

「そうです。彼女は電話一本で偵察機を飛ばすことができますし、総隊が扱う全ての情報が彼女の下に集まります。それに、彼女は、司令官にどんな情報を報告するかもコントロールできます。彼女は、偽の情報を使って司令官を誤った判断に導《みちび》くことさえ可能なんですよ。上司の情報課長がプロパーではなくパイロットみたいですから、おそらく細かな口出しはされていないでしょう」

杉井は、身震いするほどの緊張を覚えた。

そんな人間を使い、仲間を殺すほどのことをする連中が自衛隊に巣食っている。そして、何かをしでかそうとしているらしい。

杉井が初めて関わる大きなヤマになりそうだった。しかし、追っているのがどんな事案なのかは、まだよく分からなかった。今はまだ、それを探るための監視段階にすぎない。どんな規模と目的を持っているのかは、まだほとんど不明だといえた。

「彼らが企んでいるのは、調査課長が言われるように、やはりクーデターなんでしょうか。二・二六事件の再現といわれても、今の日本、今の自衛隊でそんな事態が起きるとはとても思えないのですが……」

——杉井は、眼光鋭い男の顔を思い出していた。防衛省防衛政策局調査課長、古部《ふるべ》泰《たい》蔵《ぞう》。警察庁から防衛省に出向している警察官僚だ。

この事案を追い始めるに当たって、彼は川越や杉井たちを集めて訓示していた。

「吉田茂《よしだしげる》元首相は、『君たちは自衛隊在職中、決して国民から感謝されたり、歓迎されることなく自衛隊を終わるかもしれない。きっと非難と誹謗《ひぼう》ばかりの一生かもしれない。君たちが日陰者である時の方が、国民や日本は幸せなのだ。どうか、耐えてもらいたい』と訓示した。

自衛官の先輩たちは、その教えを守り、日陰者として立派に日本を守ってきた。そして、今や健全な国民的信頼を得るに至った。

その陰には、常に君たちの存在があった。自衛隊に寄せられる国民の信頼を守り、ひいては自衛隊を守り、それによって、この国を守るという使命を負った君たちの先輩の存在があった。

しかし、一部の隊員により、この信頼が危機に瀕《ひん》している可能性がある。彼らの意図は判然としないが、二・二六事件のようなクーデターを企図している可能性もある。我々の使命は、その危機を、芽のうちに、人知れず摘《つ》み取ることにある。各人、鋭意努力してもらいたい」

いかに主張が正しくとも、クーデターに従う国民が皆無《かいむ》である以上、そんなものは成功するはずがない。だから、そんなものを行なおうとする者がいるとは、杉井には、到底思えなかった。しかし、人を殺《あや》めてまで、何かを行なおうとしている集団が存在している可能性は確かにあった。

古部は、杉井の上司ではないが、実質的なボスだ。そのボスの指示には従わざるを得ない。ボスがクーデターを警戒しろと言えば、そうせざるを得ないのだ――。

「調査課長も、必ずしもクーデターだと思っているわけではないでしょう。ですが、警察庁から防衛省に出向し、調査課長を拝命した彼にとって、自衛隊によるクーデターを警戒することこそが、存在意義でもあります。そのための警察庁出向者ポストなんです。クーデターでないのならば良し、クーデターであるならばそれを防ぐのが彼の、そして我々の使命です」

杉井は、それでも釈然としなかったが、言葉を呑み込んだ。川越とて、何が起きているのか分かっているわけではないのだ。

だから、もう少し具体的なことを聞いてみた。

「なぜ空自、なぜ総隊司令部の幕僚なんでしょう？」

川越は、静かに首を振ってから答えた。

「空自には、政府方針に公然と反抗する人間の影響が残っているのか、あるいは三軍種の中でも、最も攻撃的な性格なのか、単に航空に関する情報を必要としているのか、そこは私にも分かりません。空自内に他にも同調者がいて、彼女は、その連絡役を担《にな》っているだけなのかもしれません」

「そうですか」と答えたものの、杉井は納得できない思いを抱えていた。それは単純な疑問だった。クーデターと空自、それも航空総隊が結びつかなかったのだ。

クーデターに敵対する陸自部隊を爆撃するのだろうか。あるいはジェット機の轟音《ごうおん》で、民心を威嚇《いかく》するのだろうか。どちらも、まるで別世界の話のように思える。おまけに、たとえやろうとしたところで、情報課の幕僚にそんなことはできないだろう。

できることといえば、せいぜいがクーデター部隊に対する空からの攻撃を警戒して、その情報を得ようとしているという程度ではないだろうか。

だが、はっきりしていることが一つある。彼女の追うターゲットは、問題の人物と婚約までした、きわめて深いつながりを持つ人間だということだ。

「出てきましたね」

思考の淵《ふち》に沈んでいた彼女を、川越の声が引き上げた。

川越は、コートの襟を直すとドアを開ける。

「今度は私が行きます。車を回す先は携帯で連絡します」

1833（I）

路面を叩くブーツの下、踏みしだかれた枯葉が、乾いた音を立てている。焦点の合わない目は、ゆっくりと流れていく敷石の模様を眺《なが》めていた。

浜田の言葉は、ありていに言えば、今の職を取るか、結婚を取るか、二者択一をしろということだった。

これが浜田のしかけた性質《たち》の悪い冗談か、情報保全隊の思い違いでなければ、秋津は、何か保全上問題のある行動をとっていることになる。

もしも事実だとするなら、危険な思想に染まり、情報保全隊がマークするような団体、あるいは人物と接触しているのか、さもなければ他国の工作員である可能性のある人物と接触しているということなのだ。

日見子には、そのどちらも想像できなかった。秋津が自分の意志で、情報保全隊にマークされるような人物と接触するとは思えなかった。日見子からすれば、秋津は、自分よりずっと〝真面目な〟自衛官だったのだ。

彼は、いわゆる自衛官然とした自衛官だった。自衛隊の存在意義、わが国の平和と独立を守るという存在意義を信じて疑わない。同時に、国を守るということを崇高《すうこう》な使命として認識し、それに貢献する自分自身に価値を見いだしていた。

だからこそ、日見子とはたびたび衝突した。

――「君は、彼らの行為を評価してないのか？」

初詣《はつもうで》に靖国《やすくに》神社を訪れた帰りのことだ。

一般的には、靖国神社は初詣の場所として必ずしもメジャーな神社ではないが、自衛官に限れば、筆頭候補だ。最近では、年若い一般参拝者も少なくない。

二人は、大鳥居に向かい、大村益次郎《おおむらますじろう》の銅像を回って、人混みの中を泳ぐようにして歩いていた。人波の中には、華やかに着飾った参拝者も多い。その一方で、歓声の飛び交う中、纏《まと》う雰囲気から自衛官だと知れる者は、神妙な面持《おもも》ちで参拝していた。日見子に批判のこもった視線を向ける秋津も、その中の一人だった。スーツを着込んでいても、どう見たところで、普通のサラリーマンには見えなかった。

「そんなことないわ。確かに命中率は高かったでしょうし、敵兵に与えた精神的ショックも大きかったでしょうね」

二人は、参拝のついでに、戦争に関わる遺品などを展示してある遊就館《ゆうしゅうかん》に寄っていた。

そこで、特攻隊員の遺品を目にして口にした日見子の発言に、秋津が詰問《きつもん》したのだ。

「でも、訓練を積んだ搭乗員にしても機体にしても、確実に損耗《そんもう》するわけでしょ。物量で劣《おと》る日本軍の継戦能力を下げていったことも間違いないわ」

「それは事実だろうな。だが、俺が言っているのはそういうことじゃない。自らの命を捧《ささ》げるという彼らの行為を、尊《とうと》いことだと評価しないのかってことだ」

日見子は、またかと思っていた。秋津の言葉にうんざりしたというわけではない。自分の思考に、命の尊厳や精神の崇高さといった観点が抜け落ちていることを、またしても思い知らされたからだ。

日見子は、それが間違っているとは思っていない。だが、自衛隊に身を置くとたびたび遭遇するこんな状況の時、決まって自分がひどく矮小《わいしょう》な存在に思えた。みんなが認める価値を理解できない自分が、何だか卑《いや》しい者のように思えた。周囲にさざめく人々が、色のある実体であるのに対して、自分が灰色の彫像になったかのように感じる。自分の考えが間違っているとは思わないものの、同じように考えられない、いや同じように感じないことが、ひどく後ろめたいことのように思えるのだった。

逆に、秋津は輝いて見えた。自らの命をこの国のために捧げた人々に、心の底から敬意を払っている。

おそらく、彼の父方の祖父が、戦死していることも関係しているのだろう。会津若松《あいづわかまつ》の歩兵第六五連隊に所属していたという。第六五連隊は、白虎《びゃっこ》部隊と呼ばれた会津の精兵だった。しかし、精兵であるが故《ゆえ》に、反転後の大陸打通《だつう》作戦の殿《しんがり》を任《まか》されている。一三〇〇キロにも及ぶ撤退戦だ。彼らの任務は、アメリカから新型兵器を供与され、戦力を高めた中国軍を食い止めることだった。その目的は、主力部隊が撤退するための時間稼ぎ、言い方を変えれば、主力部隊を活《い》かすための捨て石だった。

中隊長だった彼の祖父は、失敗に終わった大陸打通作戦の立案者である服部卓四郎《はっとりたくしろう》連隊長の指揮能力には疑問を持っていたらしい。しかし、殿部隊の連隊長に自ら着任した心意気に感じ、彼の下で進んで捨て石となったという。

捨て石というと、一般には、無駄に消耗される使い捨ての兵隊のように思われている。しかし、元々は囲碁用語で、多くの石を活かし、全体として勝利するため、少数を犠牲にする戦術のことをいう。軍事用語としても、捨て石は決して否定的な意味ではないし、兵士に積極的な意志がなければ捨て石の役目は果たせない。彼の祖父は、多くの味方を逃がすため、自ら犠牲になったのだ。

日見子は、自覚はしていなかったが、そんな秋津のことを、神々《こうごう》しいような思いで見ていた。自分が卑しい存在だと思われるのではないかと恐れつつ、尊敬の念を抱いていた。

しかし、秋津は日見子を否定しなかった。他の者たちは、言葉には出さないものの、日見子のことを目に見えない壁の向こうに置こうとしたが、秋津はそれをしなかった。日見子が口に出せずにいる思いを、なぜだか理解してくれた。だから好きになったのかもしれなかった。

「でも、君が同じことをしなかったとは思わないよ」

日見子が、劣等感に似た思いを抱いて口をつぐんでいると、秋津は鋼鉄製の大鳥居を見上げながら言った。

「え？」

日見子は、秋津の言った意味が理解できなかった。目を見開いて彼を見ると、秋津は巨大な鳥居から視線を動かさずに静かな声で言った。

「特攻を否定するようなことを言いながら、君は、もしあの時代に生きていたなら、それこそ志願したんじゃないのか？」

誰もいない教室で毎朝黒板をきれいにしていたことを、突然誉《ほ》められたかのように、日見子の心臓は舞い上がった。日見子は、頬を上気させて聞いた。

「どうしてそう思うの？　私が特攻を評価してないのに」

「山本五十六《やまもといそろく》だって、開戦には反対してただろ」

「私は山本五十六じゃないわ。どうして私が特攻を志願しただろうなんて思うの？」

「どうしてって言われてもな……」

大鳥居の上を、白い鳩の群れが飛び去っていった。秋津は、ゆっくりと視線を動かすと、日見子の目を、真っすぐに見つめて言った。

「俺は、そういうことは分かってしまうんだよ。君は特攻は評価してなくても、やると決まったら最初に手を挙《あ》げる人だ」

「説得力のない説明ね」

日見子は、気恥ずかしさに俯いた。特攻を志願するなんて、気恥ずかしくて口には出せない。だから、そんな気持ちを誰かに伝えたことはなかった。それなのに、それを見抜いてくれる人がいることが嬉《うれ》しかった。

「君は、命を捧げるなんて思わないんだろうな」

「そうね、多分」

日見子は、つぶやくように言った。

「じゃあ、どんな気持ちで志願するんだ？」

「どうしてだろ。単に、自意識過剰なだけかもしれない」

日見子は、自分が人目を気にする人間だとは思っていなかった。照れ隠しで言ってみただけだった。そして、内心では秋津がそれを否定してくれることを望んでいたのだ。

「そうかな。何か違う気がする。君は、自分の代わりに誰かが死ぬことが嫌《いや》なんじゃないか？　自己犠牲を否定するくせに、他者の犠牲はもっと嫌なんだろ？」

日見子は、何だか不思議なものを見ているように感じていた。どうしてこの人は自分でもよく分かっていないような気持ちを言い当てることができるのだろうかと、素直に疑問を抱いていた。そして、やっぱり照れ隠しの台詞を吐いた。

「私は、ナルシストじゃないわ」

「そうだな。ナルシストじゃない。君の場合は、敵に殴《なぐ》りかかろうとしている仲間を押しのけて、自分が先に殴りかかるようなタイプってところかな」

「それじゃ、まるきり馬鹿みたいじゃないの」

日見子が、少しむくれたように言うと、秋津は、軽く笑い飛ばした。

「たとえが悪かったかな。でも、外《はず》してないだろ。君は根っからの戦士なんだよ」

「そうね。そうかもしれない」

日見子は、自分と秋津が、考え方も物の見方もずいぶんと違うことを理解していた。それでも、秋津が自分のことを理解し、認めてくれていることが嬉しかった——。

だから、今でも愛していた。彼が保全上の問題を起こしているなんて、信じたくなかった。

いつの間にか、暗闇の中、街灯によって作り出された白い円錐《えんすい》の中に立ち止まっていた。鈍く輝くブーツの先で、枯葉が輪舞している。冷気がコートを通して突き刺さってきた。

傍らを車が行き過ぎるたび、視界は明滅を繰り返す。それに合わせるようにして疑念が次々と浮かんでは消えた。

秋津が、他国に情報を売り渡すような真似《まね》をするとは思えない。もしあるとすれば、過激な思想を持つ団体と接触し、マークされている可能性だ。反戦左翼や政治色のある宗教ではない。可能性があるのは、右派系の団体だ。

二〇〇八年に発生した田母神《たもがみ》空幕長による論文投稿問題以降、情報保全隊による監視対象となる右派系団体の範囲は拡大されている。クーデターを唱《とな》えるような極端な団体ではなくとも、歴史認識や防衛問題に関して、政府見解と異《こと》なる主張をする団体に対しては、監視の目が光っているからだ。

だが、そんなことは曹士自衛官だって承知している。政治への関与を控えるよう通達が出され、それに対する教育も行なわれている。秋津は、中隊長として教育を行なう側の立場だった。政治へ接近することの危険性は十分に承知しているはずだった。

秋津の何が情報保全隊に目を付けられているのか、秋津と交わした会話を思い返してみても、おぼろげな可能性以上のものは思い浮かばなかった。

彼は何をしたというのだろう。そして、なぜ今も防適を失わないまま特戦群に所属しているのだろうか。

日見子は、手のひらに収まっている冷たい携帯電話を見つめた。今日は、訓練で習志野駐屯地《ちゅうとんち》を離れていると聞いていた。自衛官同士、互いの守秘義務を気にして、秘に触れそうな事項は、話題にしないことが普通だ。陸自と空自、しかも互いに秘匿性の高い仕事に就いているとなれば、尚更《なおさら》仕事の話には触れ難くなる。自分の居場所さえ、その一つだった。秋津が、今どこにいるのか窺《うかが》い知れないが、ボタンを一つ押すだけでつながるはずの相手は、実際の距離以上に遠い存在となっていた。

後ろから来た人影が、歩道の脇をすり抜けていく。コートのスエード生地からわずかな革の匂いがした。

「考えたところで分かりそうもないわね」

日見子は、独《ひと》りごちた。何せ情報がなさすぎる。普通の男女関係なら、相手を問い詰めるところだろうが、それは許されないことだった。

「因果な商売」

冗談ではなかった。突然、二者択一だなんて言われて、承服などできるはずもない。

不意に、笑みがこぼれた。笑うしかない状況に、思わず苦笑が漏《も》れたのだった。だが、そんな笑いでも、笑いは思考をプラス方向に動かす。考えて分からないことは調べるしかない。どだい、日見子は思い悩み、悲劇に浸《ひた》るような人間ではなかった。

幸いなことに、手段は残されていた。職権と人間関係の濫用《らんよう》といえる手段だったが、秋津本人に問うことができない以上、他に手はなさそうだった。

日見子は、意を決すると背筋を伸ばし、顔を上げた。安西と交わした約束の時間はとうに過ぎている。大きなストライドで、靴音を響かせた。

足早に交差点に差しかかると、先ほど日見子を追い越していった男がタバコを吹かしていた。樹皮のような香りが漂《ただよ》っている。

日見子は、普段なら煙を避けるようにして歩くところだったが、そんなこともどかしかった。息を止めて煙の漂う一角を突っ切ると、目的の場所に急いだ。

1846（Ⅰ）

テーブルに立てた腕に顎《あご》を乗せた姿は、はた目には、少し眠そうに見えた。だが、当の本人としては、入り口のドアに現われる人影を見逃すまいと、目を凝らしているつもりだった。

彼には、真剣さを人に感じさせないという特技があった。もっとも安西依志夫《よしお》が、この特技のお陰で得をしたことはほとんどない。「気合いを入れろ」と怒鳴《どな》られるのが関の山だった。

約束の時間からは、既に二〇分以上が過ぎている。内心は、少々やきもきしていたが、時間をつぶすのに苦労はしなかった。

目だけは、木製のドアに注ぎ、耳は、周《まわ》りの酔客の会話を追いかける。どの客の話も、たわいもなく、興味をそそられるようなものではなかった。だが、そこから声の主のプロファイルを探る人間観察は、単純に面白かった。

「先に何か飲まれますか」

カウンターの奥に座っているペアの会話に集中していたため、近づいてくる足音に気が付かなかった。安西は、弾《はじ》かれたように振り返った。声をかけてきたのは、この店を一人で切り盛りしている五〇がらみの女主人だった。店は、カウンターを含めても一〇席にも満たない小さな店だ。その日仕入れた旬《しゅん》の食材を使い、日々異なったメニューを出している。内装は、少ししゃれた感じが漂う雰囲気だったが、女主人が醸《かも》す気さくなオーラのおかげで、アットホームな店となっている。

「もうすぐ来ると思うんですよ。すいません」

「いえ、いいんですよ。気にしなくて。でも、今日のお連れさんは女性の方ですか」

安西は、目をまん丸くして答えた。

「どうして分かるんですか？」

「だってほら、いつもは他の人を待たずに飲んでるじゃないですか。今日は特別なのかな、と思って」

「いやだなあ。確かに女性ですが、職場の先輩ですよ。そんなんじゃないです」

「あら、女性の自衛官で、そんなエライ方がいらっしゃるんですか」

「女性でも、今は基地司令になってる人だっていますよ」

「そうなんですか。じゃ、その方もそうなるんでしょうね」

「いやあ、どうでしょう。昇任は早いんですが、基地司令とかって感じはしませんね。人の上に立つっていうより、一人で突っ走るタイプの人ですから」

「あら、そんなこと言っていいんですか」

「黙ってて下さいよ」

安西は、耳打ちするような仕草でおどけて答えた。

女主人がいたずらっぽい笑みを浮かべて厨房に向かうと、入り口のドアベルが少し間の抜けた音を響かせた。日見子は、隙間《すきま》から滑り込むようにして店の中に入ってきた。曇ったメガネを外し、ただでさえ細い目を細めて、狭い店内を見回す。安西は、男にしては細すぎる右腕を軽く上げた。

「ゴメン。遅くなった」

「全然平気ですよ」

日見子がコートをハンガーにかけている間に、安西はビールを二つと今日のおすすめメニューだっためぬけのポワレとシュークルート、それに三種のソーセージ盛り合わせを注文した。

「何かあったんですか」

「ちょっとね。課長に呼びつけられたのよ」

「もしかして、飲んでたんですか」

「ええ」と答えた日見子の顔には、苦笑が浮かんでいた。

「全く、困った上司ですよね。あれでも昔は出世頭だったっていうんですから、ちょっと信じ難いですけど」

「そうなの？」

「あれ、知りませんでした？　ほら、B《ブラボー》空域で3スコ（第三飛行隊）のF—1が落ちた事故があったじゃないですか」

「海面に突っ込んだんじゃないかって言われてるやつ？」

「そうです。課長は、あの時の飛行隊長ですよ」

「確か、最低高度違反の低空飛行訓練をやってたって話よね」

「ええ。ボクも詳しくないですが、訓令だか達《たつ》に違反した訓練を命じてたってことで、当時隊長だった課長は、懲戒《ちょうかい》処分をくらったんです」

「もう飛ばせてもらえない……か」

日見子は、つぶやくように言った。

「え、何て言いました？」

「独《ひと》り言《ごと》よ。で、課長は出世コースから外《はず》れたってことなんだ」

「みたいです」

「まあ、F―1の性能を考えたら、低高度侵攻に賭《か》ける気持ちも分かるけどね。他のF―1飛行隊もやってたみたいだし」

「ええ。で、課長には何を言われたんですか」

「ん。まあ、それは後で話すわ」

安西は、怪訝《けげん》そうな表情を浮かべたが、後で話すという日見子の言葉に従って、それ以上は聞かなかった。日見子は、話すつもりがないなら、それをはっきり口に出す人だ。だから、後で話すというなら、それは言葉どおりの意味だろうと思った。

彼女が腰を下ろすと、運ばれてきたグラスを掲げた。

「二等空佐昇任、おめでとうございます」

日見子も、グラスを掲げて答えた。

「まだ内示だけどね」

「あ、賞詞《しょうし》も貰ったじゃないですか。そっちもおめでとうございます」

「賞詞と昇任のセットは、別に珍しいことじゃないでしょ。情報課の先任者だから、勤務評定が良かったってだけじゃないかな」

「いやあ、もちろんそれもあるんでしょうけど、やっぱりこの間出したレポートが評価されたんじゃないですか。幕《ばく》でも注目されたって聞きましたよ」

日見子が先月まとめ上げたレポートは、航空自衛隊内で、ちょっとした評判になっていた。レポートは、韓国の航空活動に対する北朝鮮のリアクションから、北朝鮮空軍の練度と地上待機態勢を分析したものだった。北朝鮮のリアクションの分析もさることながら、その引き金となる韓国の航空活動状況を包括的にまとめることに一ヶ月近くもかけた労作だった。

「確かにあれは、注目してもらえたわね。幕に出向いてブリーフィングさせられるなんて、普通はないもの」

「でしょう。ボクも鼻が高いですよ」

「情報班長の私が評価されたところで、保全班長のあんたには関係ないでしょうに」

日見子は、少し呆《あき》れたような表情を浮かべて、グラスをあおった。

「いや、そりゃそうですけど。同じ情報課でも、先輩がゴールを決めるフォワードだとしたら、ボクらはディフェンダーじゃないですか。フォワードがゴールを決めてくれたら、やっぱり嬉しいんですよ」

「ディフェンダーだって、見せ場は作れるでしょ」

日見子は、シュークルートを箸の先でつまんで、口の中にほうり込んだ。

「スパイがいれば、そういう機会もあるかもしれませんけどね。それに、スパイを捕まえるのは情報保全隊の仕事であって、僕らの仕事じゃありませんよ。僕らの仕事は、スパイがいても、付け入る隙がないように保全の仕組みを作り、部隊がそのとおり実行しているか監督するだけ。なかなか華々しい活躍の機会はありません」

安西は、ビールに口を付けると、さっぱりとした笑みを浮かべて言葉を継いだ。

「でも、それに腐ってるわけじゃないんです。確かに、ぼくには保全の方が向いてますからね。先輩みたいな勘の鋭さはないですが、コツコツと小さなチェックを欠かさない、みたいな仕事は結構好きなんですよ。ちょっとした特技もありますし」

その時、ドアベルが再びどこか牧歌的な音色《ねいろ》を響かせた。

「ごめんなさい。今、席がいっぱいなんですよ。またの機会にお願いします」

頭を下げながら言った女主人の言葉に、顔を覗かせていた女性は小さな店内を見回すと、実際に席がないことを確認したのか、残念そうな表情を見せて、踵《きびす》を返していった。

安西は、なぜかめぬけに手を付けず、シュークルートばかりをほおばる日見子に視線を戻した。

「それにしても、二選抜なんですから凄《すご》いですよね」

同期の中で最初の昇任者を一選抜、次を二選抜と呼ぶ。二選抜までの昇任者で一割程度の人数だ。

「確かに、いろいろと物議を醸すようなことをしている割りには、早く引き上げてもらえたかな。まだ内示だから、これから何かやらかさない限りは……だけどね」

「まるで、何かやらかすつもりみたいな口ぶりじゃないですか」

日見子は手に持っていたグラスをテーブルに置くと、ふっと息を吐き出した。安西は訝《いぶか》しんだ。本当に、何か物議を醸すようなことを企んでいるのだろうか。

「今度は何をやるつもりなんですか。特別収集機を低高度で竹島《たけしま》に近づけて、韓国軍のリアクションを見る、なんてのじゃないでしょうね」

「いいわね。それ」

日見子は、微かに微笑《ほほえ》んで答えた。

「今の総司飛《そうしひ》（総隊司令部飛行隊）司令なら乗ってきかねないですし、合議も課長はどうせ中身なんて見ないでしょう。堅物《かたぶつ》の防衛部長が難関ですが、副司令官も司令官もパスしそうな感じですから、できちゃうかもしれませんね。で、空幕から『何やってるんだ』とおしかりが来る……」

安西の冗談めかした軽口に、日見子は、どこか所在なげな様子を見せた。どうやら、心ここにあらずといった感じだ。軽く、話題を振ってみる。

「で、それって、課長の話に関係することなんですか」

「ええ」

日見子は視線を落としたまま答え、安西は、日見子があっさりと肯定したことに驚きながら、次の言葉に身構えた。

「ただ、私一人じゃできない」

「もしかして、ボクの協力が必要だってことですか？」

安西は勢い込んで問うた。

「そう」

「ボクで良ければ、何なりと言って下さいよ」

「それは助かるわ。何せ、保全班長であるあんたにしかできないことだから……」

安西は、息を呑むと、少し及び腰になって尋《たず》ねた。

「えと、つまり、それは保全に関わることってことですか」

「そうよ」

一旦《いったん》やると言った以上、男として後には引けない。安西は、微かな不安を表情に貼り付けたまま答えた。

「分かりました。ちょっと恐ろしげですが、やりますよ。情報漏洩《ろうえい》を見逃せとでもいうのでなければ……。で、どういう話なんですか」

日見子は、無言で首肯《うなず》くと、テーブルに置いた拳を握りしめて本題に入った。

「私、結婚する予定なのよ。いえ、予定だった、と言うべきかもしれない。諦めたわけじゃないけど、どうしたらいいのか、まだ分からない」

安西は言葉を失っていた。急に平衡《へいこう》感覚が失われ、呼吸が苦しくなる。噴き出した汗で、自分が水中にいるかのような錯覚を感じた。

日見子はそれを見て、安西が先を促《うなが》していると誤解したのか、言葉を継いだ。

「相手は特戦群の中隊長で二等陸佐」

「特戦群って、中央即応集団の特殊作戦群のことですか？」

安西の興味は、相手の男が、どんな男なのか、ということだった。中央即応集団特殊作戦群は、陸自最強の特殊部隊だ。編制や装備が一般の部隊と異なる上、それらは完璧《かんぺき》に秘《ひ》匿《とく》されている。

「ええ。課長には報告したわ。でも結婚しても異動希望は出さないと言ったから、業務には何の影響もないはずだった」

安西は、なぜ過去形なのか気になったが、口を挟むことはしなかった。話の焦点がそこにありそうな気がしたからだ。

日見子は、先ほどの課長とのやり取りをかいつまんで話した。安西は、テーブルに目を落とし、時折ビールをあおりながら、日見子の言葉に集中した。

日見子の話が終わる頃になると、安西もやっと落ち着きを取り戻してきた。

「それで、これからどうするつもりなんですか。もしかして、頼みごとっていうのは、つまりは、その人のことを調べてくれってことですか？」

「そう。司令部で情報保全ネットへのアクセス権限を持っているのは課長と保全班員だけ。その中でも陸自隊員のデータにまでアクセス可能なのは、課長と保全班長であるあんただけでしょ」

安西は、協力すると言ったことを後悔し始めていた。

日見子が考えたように、接触するだけで防適に傷が付くような人物が、秘匿性の高い部隊に所属したままなのは、普通の事態ではない。普通であれば、先にその人間の防適が喪失し、異動を余儀なくされるからだ。

考えられる可能性は、情報保全隊が背後関係を洗う必要性から、マークする対象を意図的に泳がせているということだった。実際に、そういうケースもあるとは聞いたことがあった。

「業務外で情報保全ネットにアクセスするなんて、まずいですよ」

「確かに業務外かもしれない。でも権限外なわけじゃないわ。課長だって情報保全ネットで確認したに違いない」

「でも、課長はそのデータを、先輩に見せてはいないんでしょ。確かにぼくが見るだけなら権限内ですけど、それを先輩に見せたらまずいですよ」

「黙ってりゃいいのよ、そんなこと。私だって、情報保全ネットを見せてもらったなんて、言いやしないわ」

「でもですね……」

安西がなおも言い淀《よど》んでいると、日見子は畳みかけてきた。

「私はね、何も分からないまま悶々《もんもん》としたり、悲劇に浸るようなことはゴメンなのよ。困難があれば排除する。事態は自分から打開する。状況が好転するまで待つなんて芸当は、私にはできないの。調べて、何かが分かったらどうするかなんて、考えているわけじゃない。もし本当に彼が問題行動を起こしていたら、どうしたらいいのかなんて分からない。でも、とにかく真実は知っておきたいの」

安西は、やっぱりこの先輩はファイターなのだと思った。そして女性としてというより、人間として、この人のエネルギーに惹《ひ》かれているのだと改めて思った。

彼は、両手を軽く挙げ、敗北を受け入れた。日見子は、一度言い出したら、どんな手でも使ってくる。

「分かりました。でも、一回だけですよ」

「助かる。断わられたら首でも絞めようかと思ってたのよ」

日見子は、急に相好《そうごう》を崩して言った。

安西は、首を擦《こす》りながら、この人ならやりかねないなと思った。

「で、いつにしますか」

「保全班は、誰か残ってるの？」

「いえ、今日はみんな帰ったはずですよ」

「そう。それじゃ、あと小一時間、飲んでからにしましょう。そうすれば課長も帰ってるでしょうし、芦田二曹には、飲んだ帰りしなに、ちょっと立ち寄ったってことにすればいいわ」

安西は、背中にじんわりと噴き出した汗を感じていた。

2001（Ⅰ）

小さな店には不釣り合いなほど重厚なドアを押し開けると、日見子は乾いた寒風の中に足を踏み出した。一気に冷やされた靴底が硬質な音を響かせる。

「ごちそうさま」

「お祝いどころじゃなくなっちゃいましたね」

日見子は、マフラーを巻きながら首肯《うなず》いた。

「実際、お祝いどころじゃないわ」

通りまで出ると、二人は第五ゲートに向かう歩道を、並んで歩きだした。

日見子は、ポケットの中で携帯電話を握りしめた。秋津を問い詰めたい思いを押しとどめる。今電話をかけたところで、普段どおりに話せる自信がなかった。情保隊がマークしているかもしれないとしたら、それを秋津に気取《けど》られるだけでも、許されない。秋津は、人の感情には鋭い人間だった。たわいもない話だけだとしても、日見子の緊張が伝わらないとも限らない。

日見子は、無言のまま歩いた。確かめるとは決めたものの、何か見てはならないものを見せつけられる気がして、不安で胸がつまる。

街灯の青白い光の下、二人の影が幾重《いくえ》にも影絵を描き出していた。

「先輩」

日見子は、安西の潜めた声に、自分の不安を見透かされたのかと焦《あせ》った。

「振り返らないで下さい」

「どうかした？」

潜めた声は、日見子を気遣《きづか》ってのことではなさそうだった。

「先ほど横を通過した駐車中の車ですが、助手席に乗っていた女性を見ましたか？　さっきの店に入ろうとしていた人ですよ」

「どういうこと？」

「尾行かもしれません」

マフラーを巻いた首元に、悪寒《おかん》が走った。

「まさか。見間違いじゃないの」

「ぼくは、一度見た人の顔や名前は忘れません。間違いないです」

「そうだとしても、席が空《あ》くまで待ってたとか」

「あれから一時間以上経ってますよ。しかも車で飲み屋になんて、不自然ですよ」

確かに、同一人物だとしたら不自然だった。

「車内に他の人間は」

「後部座席はスモークガラスで分かりませんでしたが、運転席にコートを着た男が乗ってました」

日見子は、振り返ることなく耳をそばだてた。だが、車が尾《つ》けてきている様子はなかったし、後ろを歩く足音も聞こえない。

安西が言うとおり、本当に尾行だとしても、日見子には身に覚えがなかった。きな臭い材料があるとすれば、保全上の問題があるかもしれない秋津のことだけだ。

「ゲートを通ってから見てみましょう」

前方には、第五ゲートの茶色の看板が目に入っていた。

「一応、ゲートに通報しておきます」

そう言うと、安西は携帯で尾行の可能性を話し出した。

「これで、基地内まで尾けてくるようなら、分かるはずですが、誰が尾行しているにしても、そんな間抜けなことはしないでしょうね」

「情保隊？」

「かもしれませんが、警察や公安調査庁って可能性もあります」

「かまかけて聞けるような情保隊の知り合いはいないの」

「知っている人間はいますが、かまをかけてボロを出すような間抜けはいませんよ」

「じゃあ、やっぱりネットで確認するしかないか」

ゲートで身分証を見せる際、何気ないそぶりで後方を窺ったが、人影は見当たらない。牛浜《うしはま》駅から第五ゲートに延びる道路の上は、走る車のヘッドライトが眩《まぶ》しいだけだった。

「先輩。やっぱり止《や》めませんか」

「なによ。今さら」

「だって、やっぱり何かヤバげですよ」

「気にしすぎ。私に尾行が付いているなんてありえない話よ」

「確かに考え難いですが……」

日見子は、道を左に折れると、総隊司令部の庁舎に足を向けた。植え込みの陰に入ると、安西は携帯でゲートに確認を入れた。

「尾行者らしき者がゲートに近づいた様子はないそうです」

情報保全ネットを見れば、なにがしかの情報は得られるはずだ。日見子は、灰色の司令部庁舎に到着すると、足早に車寄せを通り過ぎた。赤いじゅうたんを踏み締めて、中央の階段を二階に向かう。

2022（Ⅰ）

情報課のドアを開けると、二人は四方をドアに囲まれたエアロックのような小部屋に入った。部屋の中にあるのは、各部屋への入室時に携帯を置いておくための小さな台だけだ。情報課だけでなく、秘密を取り扱う部署は、どこでも携帯電話や私物のデジカメは持ち込み禁止だった。今は、台に敷かれた緑のフェルトの上に、ブルーの携帯が一台だけ載っていた。確か芦田二曹の携帯だ。

正面のドアは課長室。ドア脇の所在を示す札は、帰宅の位置にかかっている。日見子は、一応ドアノブを回してみた。やはり、ロックがかかっている。

左のドアは情報班兼総括班。日見子は、ドアを少しだけ開け、首を突っ込んだ。

「あ、班長。戻ってきたんですか？」

芦田は、立ったまま、手に持っていた受話器の送話口に手を当てていた。

「ちょっとね。しばらく保全班にいるから」

「それなら、ちょうど良かった。ちょっと司令部当直の所に行ってくるので、電話があったら出てもらえますか。保全班に転送設定しておきますから」

「どうかしたの？」

「明日予定していた定収機《ていしゅうき》（定期収集機）のフライトですが、開集司《かいしゅうし》（航空開発実験集団司令部）から調整が入ったみたいです。延期してもらえないかって」

日見子は眉をひそめた。定期的に実施しているYS―11EBによる偵察フライトを、開集司がキャンセルさせたがる理由が分からない。

「AAM―4Cの実射テストが、今日の天候不良で、明日に延期になったそうです。で、定収機に対して北朝鮮や韓国からリアクションがあるとテストに支障が出るっていうんで、延期してほしいそうです」

AAM―4Cは、原型である99《キュウキュウ》式空対空誘導弾に、極小RCS目標対処能力を付与した国産の空対空ミサイルだ。地上の高出力レーダーや機上のＩＲセンサーで位置捕捉《ほそく》さえすれば、データリンクを使うことで、機上レーダーで捕捉できていないステルス目標さえ攻撃できるという触れ込みだった。Ｇ《ゴルフ》空域で、その実射試験を行なうという話は、日見子も耳にしていた。

一方、定期収集は、全くの定期で実施していると偵察対象がそれに備《そな》えてしまうため、定期とはいっても、むしろ多少期間は前後して実施している。一日延期するくらいはどうということはなかった。

日見子は、ため息とともに言った。

「延期して構わないから、総司飛には早めに連絡しておいて。課長への報告は明日でいいわ」

「ですが、今回の定収は先日来観測されている問題の電波を収集するための重要なフライトですよ。いいんですか？」

芦田は、明らかに不満気だった。彼は、常日頃から航空自衛隊の通電や電子戦に対する関心の薄さに腹を立てていた。チャンスさえあれば、古巣である電子戦支援隊に手柄を立てさせようとしているくらいだ。

「実射テストだって重要よ。定収の方が時間を融通《ゆうずう》しやすいんだから、ここは協力してやりましょう。その分、特収機（特別収集機）を飛ばす時には、彼らにどいてもらえるようにね」

日見子が首を引っ込めると、安西が保全班のドアを押し開けて照明を点けた。

日見子は、芦田と安西の携帯に並べて自分の携帯を置くと、保全班室に足を踏み入れた。一番奥に据え付けられた情報保全ネットの端末を見つめ、右の拳を握りしめると、小さく気合いを入れる。

部屋の暖房は切られていたが、常時稼働のシステムが多いため、排熱で部屋は寒くはない。マフラーを外して、情報保全ネットの端末に向かった。

端末に向かった安西がマウスに軽く触れると、ログイン画面が浮かび上がった。安西がカードリーダーにＩＤカードを差し込み、パスワードを素早く打ち込む。日見子は、その肩越しに画面を睨《にら》み付けていた。

「所属は特戦群ですね」

「ええ。第二中隊長のはずよ」

安西はマウスを動かした。

「陸自の大臣直轄《ちょっかつ》の中央即応集団の特殊作戦群の第二中隊長……っと」

安西は、部隊編制を示した樹状図《ツリー》をクリックしながらつぶやく。緊張しているはずなのだが、その声はどこか間の抜けたものだった。

「これですね。第二中隊長、秋津和生二等陸佐……」

安西は、そこで手を止めた。

「どうしたの。何か問題でもあるの？」

顎に手をやり、何かを思い出そうとしているのか、眉根にしわを寄せている。

「秋津二佐……どこかで、見たか、聞いたかした名前なんですよね」

「私は話してないわよ」

「ええ。先輩から聞いたんじゃないです。それならそれで覚えてます……」

安西は、自分で言ったセリフに焦ったが、日見子は、その意味には気付かなかったようだ。

「情保隊のレポートに載っていたとか？」

「いえ。それもないですね。司令官への報告用に情保隊から流れてくる資料には、隷下部隊の隊員しか実名は載ってません。総隊以外のメジャーコマンドや、ましてや陸自のものは、名前の部分が塗りつぶされた資料が送られてきます。ここから各方面隊に送る資料も、その方面隊以外の所属人員については、塗りつぶして送ってます」

保全関係の情報は、必要上最小限の範囲にしか開示されない。

安西は、なおも唸っていたが、日見子はそれに付き合ってはいられなかった。

「勘違いかもしれないでしょ。ほら、早くファイルを開いて」

「あ、はい」

安西が、慌《あわ》てて名前の部分をクリックすると、今度は「うわぁ」と声を上げて、上半身をのけ反らせた。

「何？」

「要監者です」

「ヨウカンシャ？」

「ええ。要監視対象者。それもレベル3ですよ」

安西が画面の右上を指し示した。そこには赤字で〈L3要監〉と書かれた文字が点滅している。安西は、襟元に人差し指を差し入れ、タイを緩《ゆる》めた。

「こりゃ、明日には情保隊から電話が来ますね」

「どういうこと」

「彼らは、アクセスログも監視してます。隷下以外の要監者ファイルを見たとなれば、理由を聞いてきますよ。きっと」

「仕方ないわね。正直に話すしかないでしょ。私に頼まれたと言っておいて。権限外じゃないんだから、開き直るしかないでしょ」

日見子にも、お咎《とが》めがありそうだったが、今さら気に病《や》んでも仕方がなかった。メガネの中央を押し上げ、点滅する文字を見つめる。

「で、要監視対象者になるとどうなるの？」

「ボクも正確なところは知りませんが、レベル3となると、課業外は常時尾行が付いているはずです。最上級の監視態勢ですからね」

「防諜は？」

「当然ないはずです。普通は……」

日見子は、まるでガスマスクを着けた時のように感じていた。呼吸が苦しい。胸を張るようにして息をしても、肺に空気が入ってこないかのようだった。

覚悟はしていた。それでも、不吉な予感を信じる気にはなれなかったのだ。今でもそうだ。だから、疑問をぶつけるというより、目にした事実を否定したかった。

「だったらなぜ特戦群にいられるのよ」

「やはり、何らかの事情があって、泳がされてるんじゃないでしょうか。接触する人間を探っているというところですか」

日見子も、その可能性を考えていたが、それを受け入れたくはなかった。しかし、他人に改めて指摘されると、受け入れなければならないことは理解した。少なくとも、理性としては、だ。

天井《てんじょう》を見やるようにして、深呼吸する。そして、可能性を受け入れる覚悟をすると、人差し指でメガネを上に押しやった。

「分かった。それで、監視対象になった理由は何？」

最初のページには、出身地や生年月日など基本的なプロフィールしか書かれていなかった。安西は、画面に向き直ると、ページをスクロールさせた。

「所属団体は、全日本居合道連盟に全自衛隊居合道連盟。それと防衛学会」

自衛隊の居合道連盟は言わずもがなだし、全日本居合道連盟にしても、政治色のある団体ではないだろう。防衛学会は、前身が防衛大学校内の研究会であり、防衛省の外郭《がいかく》団体だ。当然、保全上問題になるような組織ではないし、日見子自身も会員だった。

「近親者や親交者にも、問題になるような人はいないみたいですね。もっとも、自己申告の親交者に、問題になりそうな人間を書くバカはいませんが」

防衛適格性の審査のため、全自衛官は定期的に所属団体や親交者を申告させられる。書類は自己申告だったが、警察や公安機関に裏取りをしてもらっているという噂《うわさ》だったし、最近では嘘発見器を使ったポリグラフ検査も行なわれている。

「あ、これですかね」

部内行動の欄に、〈部隊内で勉強会を主宰〉と書かれていた。だが括弧《かっこ》付きで内容不明と書かれている。これだけで監視対象になるとは思えない。他にはこれといった特異事象は書かれていなかった。日見子は、気がかりになっていることを尋ねた。

「通り魔の件は何か書かれてない？」

「通り魔ですか？」

「ええ。ほら一ヶ月くらい前に、自衛隊員が刺された通り魔事件があったでしょ」

「白昼の路上でメッタ刺しになったっていうやつですか？」

「そう。あれは彼の部下よ」

安西は、ページを最後までスクロールさせた。

その通り魔事件は、メッタ刺しという犯行態様から、当然に怨恨《えんこん》の線も可能性として検討されていた。そのため、警察は関係者の一人として、上司である秋津を聴取している。日見子も警察による聴取のことは聞いていたが、特記事項欄には、それ以外にも気になる一文が添えられていた。

〈2X・11・11　検死の結果、警察は、犯人が刃物による殺傷に関して、詳しい知識を持っている可能性を考慮。要調査〉

「単なる通り魔じゃなかったってこと？」

「そうかもしれませんね。これだけじゃ何とも言えませんけど……」

そして最後の行には、〈2X・12・11　L3要監者指定〉とだけ書かれていた。

「先週？」日見子は、眉根を寄せた。

「みたいですね」

安西も、表情に疑念を浮かべていた。通り魔は関係ないのか、捜査になんらかの進展があったのか、あるいは情報保全隊の動きにタイムラグがあっただけなのか、ファイルからは読み取ることができない。

　秋津のファイルには、それ以上の情報は書かれていなかった。情報保全隊もネットに微妙な情報は入力しないらしい。

「それなら、その殺された隊員のファイルを確認してみて」

「名前は？」

　日見子が腕組みをしたまま首を振ると、安西は、情報保全ネットの端末を離れ、保全班で唯一外部のインターネットにつながれた情報収集用コンピュータの電源を入れた。起動の時間がもどかしい。

「検死の結果からってことは、傷の状態がプロっぽいってことかしらね」

「そうじゃないですかね。急所を刺してるとか」

「じゃあ、なんで通り魔と報道されてるのかしら」

「報道が正確とは限りませんからね。白昼の公道上でメッタ刺しとなれば、通り魔って考えるのが普通だからじゃないですか？」

　日見子は、再びメガネを、人差し指で持ち上げた。

「あの記述からすると、情保隊は犯人が自衛隊員である可能性、あるいはもっと限定して、特戦群所属隊員である可能性を考慮しているってことか」

「特戦群って、ナイフ格闘術とかもやってるんですよね」

「特戦群に限らず、レンジャーとかでは多少なりともやってるみたいね。彼らからすれば、なんの警戒もせずに路上を歩いている人間を殺すことなんて、特段難しいことじゃないんでしょう」

ようやくパソコンが立ち上がると、安西は〈自衛官　通り魔〉と打ち込んで検索をかける。ニュース記事はすぐに見つかった。〈通り魔　自衛官刺される〉と題された新聞社配信の記事の他に、掲示板にもスレッドが立っている。一番上に表示されていたニュースサイトをクリックすると、殺害された被害者の名前は、日向一郎《ひゅうがいちろう》とあった。安西が情報保全ネットの端末に戻り、日向一郎を探したものの、二中隊にも特戦群の中にもその名前はなかった。

「死亡してるから？」

「ですね」と答えると、安西は樹状図を陸幕まで戻り、〈死亡・退職〉者のフォルダを開いた。さすがに退職者まで含めて一括で表示されると、五十音順に並んだ画面にはあ行どころか、阿久津《あくつ》までしか入っていない。安西は画面を素早くスクロールさせた。同姓同名はいなかった。日向一郎は一人だけだ。

「日向一郎三等陸曹、死亡時の所属は特殊作戦群第二中隊。所属団体〈特異事項なし〉、近親者〈特異事項なし〉、親交者〈諸岡優司《もろおかゆうじ》三曹（同期）〉……どれも問題になりそうなものはありませんね」

安西がページをスクロールさせ、部内行動の欄で止めると、ここにも〈秋津和生二等陸佐主宰の勉強会（内容不明）に参加〉と書かれている。

そして、ファイルの最後には、〈2X・11・10　1440《ヒトヨンヨンマル》頃　公道上で刺され死亡〉とあった。警察の捜査状況についての記述はない。

「ダメか」日見子は、画面を見つめたまま嘆息《たんそく》した。

「勉強会が関係しているかもしれないってだけですね。通り魔の件も関係しているのかもしれませんけど……。秋津二佐は警察の聴取を受けているんですか？」

「確か、事件の翌日か、遅くとも翌々日には聴取を受けてたわ」

「情報保全隊は、あくまで隊内で防諜活動を行なっているだけで、警察の動きとリンクして監視者の指定を行なっているわけじゃありません。通り魔事件を契機として調べ始めて、何らかの兆候《ちょうこう》をつかむまでに時間がかかったのかもしれませんね。むしろ警察と連《れん》携《けい》してるのは警務隊の方ですから、警務隊からなら何か得られるかもしれません」

「警務からは情報が取れるの？」

安西は、わずかに苦笑を浮かべて答えた。

「情保隊よりは可能性ありますね。横田の警務隊にまで情報が流れてきているかが問題ですが、通り魔の件ってことで、一応探りは入れてみますよ」

日見子は、腕組みをしたまま、右手の人差し指で、左の二の腕を掻《か》いていた。いらいらしている時の癖《くせ》だ。

「情報保全ネットでこれ以上分からないとなれば、本人に直接聞くしかないか」

「何て聞くつもりなんですか。要監者指定や防適のことなんて聞けませんよ」

「分かってる。でも、通り魔事件のことなら聞けるし、最近になって変わったことがないかどうか聞く程度なら、問題はないでしょ」

「まあ、そのくらいでしたら……」

日見子は、それでも何か言いたげな安西に、「電話してくる」と伝えて二の句を封じた。そして、言外に付いてくるなと視線を送り、保全班を出た。冷たく冷えた携帯を摑《つか》み、廊下の突き当たりにあるドアを開ける。そこは、吹きさらしの非常階段だった。緊張で噴き出した汗が冷やされ、ことさら寒風が身にしみる。遠くに特徴的な甲高《かんだか》いエンジン音が響いている。C—17がアプローチしてくる音だ。日見子は、エンジン音が逆巻く風のようなリバースの音に変わり、やがてタクシー（地上滑走）するだけの小さな音になるのを待って、携帯の発信ボタンを押した。

秋津が何をして、何を疑われているのか、確かめたいという思いと同時に、聞いてはならないものを聞かされるのではないかという恐怖感を抱いていた。

特徴のない呼び出し音が鳴る。四回、五回、六回。八回目の呼び出し音が終わると、日見子は、終話ボタンを押した。

日見子は、胸の中につかえていたものを吐き出すように、大きくため息をついた。言いようのない恐怖は、とりあえず先送りされた。それでも、まだ心臓の鼓動が耳の奥に響いている。

日見子は、力ない足取りで情報課に戻った。保全班入り口のインターホンを押す。同じ情報課内といえど、情報班長兼総括班長である日見子のＩＤでも、保全班の入り口は開かなかった。

カチリと小さな音がして、ドアが開いた。そこには、安西が血の気の引いた顔で立っていた。何か見てはならないものを見てしまった顔だった。

「出ましたか？」

日見子が静かに頭《かぶり》を振ると、安西は「見て下さい」と言って、奥に誘うように体を引いた。

情報保全ネットの端末に、赤い文字が明滅している。距離があるので、文字は読み取れなかったが、先ほど見た秋津のファイルにあったものと同じ、要監者指定のようだ。心臓が早鐘を打っている。歩を進めるごとに、ぼんやりとした文字が浮かんできた。

「私？」

氏名欄に、倉橋日見子と書かれていた。点滅する赤い文字は〈Ｌ１要監〉となっている。

「はい。今日付で指定されてます」

　私が監視対象者？

　日見子は、まるで頭の中に汚泥《おでい》を流し込まれたかのように感じていた。思考する能力が失われ、粘土細工の彫像のように立ち尽くす。

「なぜ？」

　自問自答する言葉も弱々しかった。他の理由は、思い当たらない。秋津と婚約したことが原因だろう。

　だが、それでもまだ精神はそれを認めることを拒《こば》んでいた。急に吐き気を覚えた。感情と理性の衝突により、体も混乱しているようだった。

　しかし、事実を認めなければ、困難な状況とは戦えない。日見子は、拳を握りしめ、こみ上げてくる胃の内容物を押しとどめた。

「防適は？」

「今のところは、大丈夫みたいです。監視対象になっているだけです。今後も大丈夫とは言い切れませんけど」

　多少の安堵に全身から力が抜けた。日見子は、手近にあった椅子を引き寄せると、糸が切れたように腰を下ろした。

「要監者指定の理由は、婚約？」

自分で画面を見る気にはなれなかった。

「はい。Ｌ３要監者との婚約情報により指定、となってます」

「それだけ？」

「他には特に見当たらないです。彼らは、どうやって結婚の情報を手に入れたんでしょう」

日見子は、人差し指でメガネを支えたまま、手のひらで口元を隠すようにして考えた。課長に結婚の報告をしたのが今週の火曜日、そして要監者として指定されたのが今日。金曜日。となれば、この二つは関係していると思った方がいい。

「私が課長に申告して、課長が情報保全ネットで秋津二佐のファイルを見た。で、あんたが言ったように、アクセスログを確認した情保隊が、課長に問い合わせたんでしょうね。課長の方から連絡したからかもしれないけど」

プロポーズを受けたのは、日曜のことだった。日見子は、週が明けてすぐに申告したのだ。月曜は課長が不在だった。自衛官になって二〇年近くにもなると、たとえ私事であっても、重要な事項は、親より先に上官に報告することが、習《なら》い性《しょう》になっている。異性との交際、借財、本人だけでなく親族の健康まで、秋津よりも、課長の方が詳しいくらいだ。

ややあって、日見子は思いついた疑問を口にした。

「そうなると……、さっきの尾行は情保隊か？」

「おそらくそうでしょうね。尾行には他幕の人間が当たっているケースが多いみたいですから、陸自か、海自の情保隊員でしょう。見たところ二人だけのようでしたが、レベル1だとその程度なんでしょうね」

「保全班長でも詳しいことは分からないの？」

「ええ。調査した結果は、ある程度貰えますが、理由や経緯、それに調査方法なんかは全く教えてもらえません。とはいっても、尾行者の仕草でバレたりしてるんですけどね。敬礼の腕の角度とかで」

安西のどこか悲しいような笑顔は、なんとか日見子の緊張を和《やわ》らげようとしてのことなのだろう。理解はできても、それに応える余裕は日見子にはなかった。

これから何を目的として、何をなすべきか。

日見子には、秋津が保全上の問題を起こすとは思えなかったが、情報保全隊は大いに疑いありと見ているようだ。日見子は、心情としては、秋津を信じたかった。秋津は、自分とは違って、この国のあるべき未来を見つめ、そのために自分の人生を捧げようとしている。

もしかしたら、彼は、何かしでかそうとしているのかもしれない。しかし、もしそうならそれは理想を持っている人間だからこそに違いない。たとえそうだとしても、この国を、そして自衛隊を裏切るようなことはしていないはずだ。

だが、情報保全隊も何の理由もなく、最高度の監視態勢は取らないだろう。秋津が行なっていたという勉強会と日向一郎殺害事件に何らかの関連があるのか、あるとすれば秋津はいったい何をしようとしているのか。

おまけに、秋津が監視対象となっている影響は日見子自身にも及んでいる。

日見子自身も、疑いを晴らさなければ、いずれは今の職を追われる可能性がある。だが、慎重に動かなければ、逆に強い疑いを持たれる可能性もある。

「警務隊の線は、任《まか》せるわ」

「先輩はどうするんですか」

「通り魔の件を調べる以外に、できることはなさそうね。といっても、一般報道くらいしかソースがないから、大したことは分からないでしょうけど」

2034（I）

「エルガーですか」

ロッドケースを背負い、タックルバッグを提げた徳田《とくだ》一曹は、やわらかな笑みを浅黒い顔に浮かべていた。その表情は、他の隊員とは違い、少しも緊張を感じさせなかった。

「順調なようだ。例の女性だよ」

「女性に『威風堂々《いふうどうどう》』？」

秋津の手の中にある携帯は、着メロを響かせることを止《や》め、画面に「倉橋日見子」の文字を表示させていた。

「似合っているんだよ」

「一度会わせてほしかったですね」

秋津の笑顔は、画面の明かりに、うっすらと照らされていた。

「もし、会うことがあるとすれば、おそらく法廷で、だろうな。そんな可能性は万に一つもないはずだが」

「それは……ラッキーなケースなのかもしれませんが、そんな事態は願い下げですね。どちらが被告人になるにせよ」

背後では、二人と同じような釣り客姿の男たちが、荷物を釣り船に運び込んでいた。漁港を照らす明かりに、影絵がゆらゆらとたゆたっている。

一見すれば、夜釣りにでかける普通の釣り客だろう。だが、表情が見えるほどの距離に近づけば、日本海から吹く寒風を防ぐための厚手のフィッシングウェアの上からでも、全員が鍛え上げられた肉体を持っていることは、容易に見て取れた。

「他班の状況ですが」

秋津は、黙ったまま首肯《うなず》いた。リラックスした表情を浮かべていたが、目だけは厳しい光をたたえている。

「2000《フタマルマルマル》現在、大きな問題は発生していません。H班、K班は待機地点に到着完了しています。C班は乗船して海上です。M班、A班、N班は移動中。M班は事故渋滞の影響で、若干の遅れが生じていますが、作戦発起に影響はない見込みです。二小隊長は、まもなく待機地点に到着するはずです」

徳田の背後から「積みます」と声をかけてきた男が、秋津の持っていたロッドケースとタックルバッグを持って、釣り船に向かった。

「やはり最大の難関は、我々がドジを踏まないかだな」

「うまくいきますよ。中隊長が鍛え上げたこのチームは、デルタ（デルタフォース：米陸軍の特殊部隊）の連中でさえ驚かせるほどなんですから。襲撃を予期してもいない武装警官ごとき、相手じゃありません」

「油断は大敵だ。それに、もっとも怖いのはやつらじゃない。日本海の荒波だ。岩壁への取り付きで怪我人《けがにん》を出せば、その後もどうなるかわかったものじゃない。それに……」

「日向を失ったのは、痛かったですね」

「悔やんでも仕方ない。もっとも、死んでいなくても、連れてくるわけにはいかなかったがな」

そう言って、大きく振りかぶると、冷たくなった携帯電話を、鉛色の海に投げ込んだ。

背後に近寄ってきた男が、ゴム長靴の踵《かかと》を打ち付けて、グキュッと、滑稽《こっけい》な音を響かせる。

「偽装荷物の搬入完了しました。後はボンベと水中スクーターだけです」

「船長は？」

「機関の調子を見ているようです」

「出港準備が完了したら、拘束しろ。それまで小休止だ」

「船長の拘束場所は、トイレでよろしいですか」

「気温が下がらない場所にしろ。不自由な思いをさせるんだ、せめて寒い思いをせずに済むようにしてやれ」

「了解」と言った男が、腕を上げようとしたところを、徳田が押さえつけた。

「釣り客が敬礼するか。バカ野郎」

秋津は、「櫛田《くしだ》に潜入はやらせられないな」と言い、声を上げて笑った。

「そうですね。あいつの場合、本物の海はお手の物ですが、人の海に潜るのは無理でしょう」

「さて、我々は乗船しよう。もう仮装もいいだろう」

秋津は、水平線を見据えて言った。視線の先、隠岐《おき》諸島の彼方《かなた》に、彼らの目指す断崖があった。

2056(I)

官舎への帰路、日見子は何気ない振りを装《よそお》いながら、尾行者の姿を探し求めた。窓ガラスに映る人影を観察し、人気《ひとけ》のない道路では、尾けてくる足音に耳をすます。しかし、それらしき姿は、目にすることができなかった。

クリーム色に塗られた官舎に着くと、打ちっぱなしのコンクリート階段を四階まで上る。官舎に贅沢《ぜいたく》品のエレベーターはない。安っぽい鋼製のドアが並ぶ廊下に出ると、官舎の裏手を通る道路を見下ろした。街灯の間隙《かんげき》の暗闇に、白いセダンが駐《と》まっていた。普段、車が駐めてあるような道路ではない。

いつもは、静かにドアを開け閉めする。この日は、そのセダンにまで響くよう手荒にドアを閉めた。腹立たしかった。いくら叩いたところで埃《ほこり》など出るはずがない。「好きなだけ調べればいいわ」と独《ひと》りごちた。

狭いキッチンを通り過ぎ、合板のフローリングが張られたリビングに入る。マフラーとコートをハンガーにかけると、それを鴨居《かもい》につるした。壁には、ポツンとカレンダーがかけられている。殺風景な部屋だった。カレンダーに印刷された、南国の花だけが浮き上がっている。

パソコンとファンヒーターの電源を入れた。つけたばかりのファンヒーターが、冷え切った部屋にわずかばかりの灯油の臭《にお》いを撒《ま》き散らす。

調べるのは、一ヶ月前の通り魔事件だ。発生当日こそ、自衛隊員が通り魔に刺されて死亡した事件としてニュースになった。しかし、その後の続報はほとんどなかった。唯一あった情報は、警察が怨恨《えんこん》の可能性も調べているというものだ。

連続した事件の可能性も考えて、通り魔事件と思われる他のニュースも漁《あさ》ってみる。しかし、八ヶ月ほど前に福岡で発生している他は、この一年で、通り魔殺人事件とおぼしき事件は発生していなかった。しかも、この福岡の事件は、犯人が現行犯で逮捕されている。

購読している新聞の電子版だけでなく、無料のニュースサイトも検索してみたが、結果は変わらなかった。

日見子は、掲示板サイトも見てみることにした。信憑性《しんぴょうせい》は怪しくなるが、他に情報を得ることのできるソースはなさそうだ。

自衛隊板のスレッド一覧を確認すると、関係しそうなスレッドを二つほど見つけた。しかし、特殊作戦群のスレッドにも習志野駐屯地のスレッドにも、特殊部隊のくせに殺されたとして、被害者を中傷するような書き込みしかなかった。もとより、ネットにそんな重要情報があるとも思ってはいない。それでも、日見子は、午前一時を過ぎるまで、ネットを使って調べてみた。だが、結果は変わらなかった。

どんなに優れた分析能力をもってしても、元となるインフォメーションが不十分では、満足なインテリジェンスは導き出せない。日見子は、警務隊ルートでの情報に期待して眠ることにした。

だが、ベッドに潜り込んだものの、氷が入ったように頭の芯が冴《さ》えたままでは、到底眠りに就くことはできそうになかった。

秋津は、情報保全隊に何らかの嫌疑をかけられている。自分に何ができるのか分からなかったが、日見子はその嫌疑を晴らしたいと思っていた。それに、日見子自身も、要監者に指定された。このままでは、自分までが、あらぬ疑いをかけられ、情報職を追われることになりかねない。一人になると、今さらのように不安が押し寄せてきた。

日見子は、ベッドから起き出すと、押し入れから薬箱を取り出した。中身は、市販薬も交じってはいるものの、そのほとんどは衛生隊で処方された薬の余りだった。その中から、薄いピンク色の錠剤を選び出す。

薬に頼ることに抵抗を覚える人間は多い。しかし、日見子は、薬を飲むことも、自分の精神を能動的にコントロールする一つの方法として、受け入れていた。

結果が全てだ。方法は問わない。

情報保全隊の動きは要注意だが、どんな方法を用いていても、秋津が何を考え、何をしようとしているのか、そして、何を疑われているのか、調べるつもりだった。

そのために、日見子は、二錠のマイスリーを、冷たい水道水で飲み下した。

12・22――1　竹島《たけしま》占拠

0319（Ｉ）

石川県禄剛崎《ろっこうざき》にほど近い山道に、濃紺のランドクルーザーが駐まっている。「わ」ナンバーのレンタカーだった。昨夜遅くから駐められていた。エキゾーストからは、排気がゆったりと湯気を上げ、後席の窓からは、二本のケーブルが車外に伸びている。ケーブルの先は、近くの木につながっていた。

運転席の倒されたシートの上には、帽子を目深《まぶか》に被ったまま横たわる人影があった。幾分神経質そうな顔立ちは、まんべんなく日に焼け、この人物が、常日頃から野外で活動していることを物語っている。

彼は、この場所に到着するとすぐ、木の上にアンテナを張り、二台の異なる種類の無線機のチェックを完了すると、シートを倒して横たわった。

そして、午前三時をまわった今、彼は、フラッシュバックする過去の夢にうなされていた。夢の中で、彼は幹部に任官する前の陸曹時代に戻っていた。

――「そろそろ来るぞ。気を引き締めてかかれよ」

飯久保《いいくぼ》章造《しょうぞう》三等陸曹は、水平線に目をこらしながら、部下の携帯式地対空ミサイル射手に声をかけた。

「それにしても、幹部相手によくあんな煽《あお》り方できますね」

根本《ねもと》陸士長は、スティンガー訓練装置の入ったコンテナの横に屈《かが》んでいた。彼は、前夜の雨でぐっしょりとしめった砂に迷彩服の膝をつき、ミサイルチューブに取り付けたグリップを握っている。視線は飯久保より六〇度ほど右を見つめ、飛来する目標を探していた。

「煽ったつもりはないさ。ただ、前回もう一つの飛行隊とやった対抗訓練の時みたいに、あんなヘロヘロした飛び方されたんじゃ、訓練にならないだろうが」

「そうでもないですよ。離着陸機を狙うよりは、よっぽど難しいですよ」

「バカ野郎。実戦じゃ、こっちを虫けらのように殺すつもりの敵を相手にしなきゃいけないんだぞ。訓練でもせめてそれと同等、できればそれ以上のことをやっておかなきゃ、実戦でまともに戦えるはずがないだろ」

彼らがいる天ヶ森《あまがもり》射爆撃場の西には、まだ雲が広がっていたが、東に広がる太平洋の上空には、わずかに晴れ間が覗いている。なんとか訓練が可能という天候だった。

「それにしたって、あんな言い方しなくたってよさそうなものじゃないですか。何人か、すげえ目つきで睨んでましたよ。もっとも、隊長さんは笑ってましたけどね」

「根本。お前はバカか。あれはな、不敵な笑みっていうんだ。おそらく、多少は骨のある攻撃をしてくるぞ」

そう言った飯久保も、微かな笑みを浮かべていた。

「目標発見！」根本が叫んだ。

「一三〇度方向、一機、機種不明。高度五〇メートル。直進してきます」

根本は、視線を外さないように水平線上を見つめたまま、スティンガー訓練装置を担《かつ》ぎ上げると、ミサイルチューブの前方をポンと叩いた。スティンガー訓練装置は、内部のミサイルに推進装置と弾頭が入っていないだけで、その他は実弾と全く同じ作りだ。実機と同じ作動をすることで、模擬訓練を行なうための装置だった。彼は、飛び出すように展開したＩＦＦアンテナを、静かに目標の方向に向けた。

「低いな。海面反射もきつい。焦るなよ。慎重にやらないと、ロックは太陽か海面にもってかれるぞ」

「了解！」

根本士長は軽快に答えた。

南東から接近する機影は、太陽を背に低高度から迫ってきていた。ミサイルシーカーの視野角は狭いため、ドンピシャに太陽と重ならない限りは、かならずしもロックオンできないわけではない。しかし、キラキラと輝く海面上を低高度で飛ばれると、さすがに厳しかった。

だが、仮想敵が設想《せっそう》としている目標を攻撃するつもりなら、まもなくポップアップして高度をとり、機体を捻《ひね》るようにして目標を確認してから緩降下《かんこうか》で攻撃してくるはずだ。その一瞬を狙えば、迎撃はできるはずだ。

しかし、飯久保はプリブリーフィングで見た飛行隊長の顔を思い出していた。あの不敵な笑みは、太陽を背にして低高度で接近するという、この程度の単純な戦術を考えている顔とは思えなかった。

「目標変換の可能性を考えとけ。北の林の陰から来る可能性もあるぞ」

「了解。ですが、林の下っていったら、いくら海上とはいったって、二〇メートルもないはずですよ」

根本は、徐々に大きくなりつつある仮想敵を見つめたまま言った。

「そうだ。今見えているやつは、多分囮《おとり》だ。俺たちに無駄弾《むだだま》を撃たせるか、バッテリー切れの瞬間を狙うつもりだ」

ミサイルの発射時には、大きな電力が必要なため、バッテリーには熱電池と呼ばれる特殊な電池が使われている。瞬時に大電力を出せる代わりに、作動時間は数十秒もないという扱いの難しい代物《しろもの》だった。

「目標、間もなく射程に入ります」

「交戦開始！」

飯久保は、林の方向を監視しながら、短く命令を発した。

「了解。バッテリー活性化、識別」

スティンガーの敵味方識別装置は、ピピピピと、適切な応答信号を感知していない場合に発する電子音を響かせた。

「応答なし、敵機。シーカースタート」

シーカーが徐々に回転を上げ、回転音が甲高《かんだか》いものに変わっていく。

「ポップアップ」

北側の監視を続ける飯久保に、根本は自分の行動と目標の行動を逐一《ちくいち》報告した。

「シーカー安定」

北の林の上にはまだ何も見えていない。飯久保は、耳は、根本の声に傾けながら、北の林を見つめていた。彼は、根本が「ロックオン」を告げれば、即座にミサイルの発射を命じるつもりだった。しかし根本は、「フレア」と叫んだ。

目標が、ミサイルを躱《かわ》すためのフレアを射出したのだ。フレアが機影から離れない限りは、ロックがフレアに引っ張られる可能性があった。そのほんの一瞬の間が、永遠にも感じられる。

その時、北の林の中を、動く影が見えた。来た。だが、同時に飯久保は違和感も覚えていた。音だ。エンジン音が重なり合うように聞こえている。もしかすると、射場上空から西に広がる雲に、音が反射しているのかもしれない。

「目標反転！」根本が叫んだ。

南東から接近してきていた仮想敵は、反転離脱しようとしていた。やはり、あれは囮だったのだ。

「目標変換。方位七〇度」すかさず飯久保は、北の林の上にポップアップした二機めの仮想敵に目標の変更を命令した。

根本は、「了解」と応じて、焼けるように熱くなったサーマルバッテリーを捻って引き抜くと、そのまま投げ捨てた。腰に付けていた予備バッテリーを叩き込む。

「バッテリー交換完了」

飯久保は、即座に「交戦」を命じた。それと同時に、強い違和感を覚える。やはり音がおかしい。北西側の陸地方向からも音が聞こえた。雲からの反射音にしては、大きすぎる音だった。

「バッテリー活性化」

だが、振り向いてみても、何も見えない。そもそも、北西側は陸地だ。低空飛行したとしても、限度がある。陸地側にいるなら目に入らないはずはなかった。

「識別応答なし、敵機。シーカースタート」

シーカーの回転音が高まってゆく。飯久保は、違和感を抱きつつも、接近する敵機に視線を戻した。

しかし、シーカーの唸りが安定する前に、飯久保の左耳は、突如《とつじょ》、音というよりも空気の塊《かたまり》を叩き付けられて激しい痛みを感じた。同時に、内臓が激しく振動した。衝撃波だった。

飯久保は、弾かれたように左を振り向いた。そこには、目前にまで接近し、視界を被い尽くすばかりに巨大化した戦闘機の姿があった。

思わず足を引いた拍子に、無様《ぶざま》にすっころぶ。機影は、飯久保が事態を把握《はあく》する間もなく、轟音を響かせて頭上を飛び去った。

「そんな」

背後から接近してきた戦闘機に、至近距離から機関砲を叩き込まれたのだ。もし空砲でなければ、飯久保たちの体は、今頃小さな肉片と化していただろう。

「ばかな」

射爆撃場の西側には、高瀬川《たかせがわ》を挟んで下北《しもきた》半島の基部が広がっている。いくら注意を払っていなかったとはいえ、全く機影に気付かれないように陸地上空を低高度で飛べるはずなどなかった。

隣を見やると、根本も訓練装置を放り出して尻餅《しりもち》をついていた。

再び、音の塊が飯久保たちに浴びせられる。

北東海上から侵攻してきた機体も、機関砲を撃つと、機体を捻りながら機首を上げ、小《お》川原湖《がわらこ》の方向に飛び去っていった。

二人は、尻餅をついたまま呆然《ぼうぜん》としていた。


「少しはいい訓練になったか？」

デブリーフィングのために飛行隊にやってきた飯久保たちは、満面の笑みをたたえた飛行隊長に迎えられた。

「腰を抜かしてるのがよく見えたぞ」

砂は払い落としたものの、飯久保も根本も迷彩服の半身は、びっしょりと濡れていた。

飯久保は、屈辱に唇を噛みながら答えた。

「ありがとうございました。いい勉強になりました。ですが、いったいどうやったんですか？」

飯久保は、この時になっても、まだ何が起こったのか、推測できていなかった。

「南東の海上から侵攻した機体は、囮であると同時に、目標位置観測のための偵察機だ」

フレアを焚《た》いて回避していった機体のことだ。背後から回り込ませた低空侵攻機に、飯久保たちの位置を通報していたらしい。

「で、北東から突っ込ませた機体は、純粋に囮だ。攻撃の予備機でもあるがな」

飯久保は首肯《うなず》いた。そこまでは、大筋理解しているつもりだった。問題は、本隊である背後からの攻撃機だ。

「後は分かるだろう。俺が低空で突っ込んだ」

「分かりません。どこから来たんですか。確かに後方には注意していませんでした。ですが、回り込む機体を見逃すほど間抜けじゃないつもりです」

「高瀬川の上を飛んだんだ」

「川の上を？　ありえない。いくつで来たんですか」

「三〇だ」隊長は何食わぬ顔で答えた。

高度三〇メートルでも十分に低高度だ。だが、それなら林の上端に尾翼くらいは見えてもいいはずだった。飯久保は、背筋に冷たいものを感じながら、ありえないことを否定するつもりで問いかけた。

「メートル？」

隊長は、にやりと笑って答えた。

「フィートだ」

飯久保は目を見張った。大きく左に湾曲《わんきょく》した川の上を、高度わずか一〇メートルで飛行したというのか。両岸が、すぐ横に見えたはずだ。

「狂ってる！」

「何を言ってやがんだ。これがお前の言っていた実戦的ってやつだ。敵の想像を超えなきゃ、死ぬのは自分たちだ」

笑みを貼り付けた顔を、厳しい顔に戻して、飛行隊長は言った。

「今日死んだのは……、お前たちだったな」――

今や一等陸尉になった飯久保は、こみ上げた悔しさのせいで、まどろみから目覚めた。

「縁起《えんぎ》でもない。こんな時に……」

彼は、手ひどい過去の失敗を夢に見て、いわれのない不安を感じていた。腕時計を見ると、定時連絡にはまだ時間があった。今は体を休めておくべき時だったが、深い眠りをとることは難しそうだった。車外に出ると、大きく伸びをして、海の香りの混じる冷気を肺いっぱいに吸い込んだ。視線を巡らせ、近くの木に張った二本のアンテナをチェックする。

何の問題もない。用途の異なるHFとUHF用のアンテナは、穏《おだ》やかな風に揺れていた。襲ってくる不安は、根拠があって感じているモノではない。飯久保は、そう自分に言い聞かせて、北西の夜空を見つめた。

日本の夜は、この北西の空から明けることになる。明日の朝には、真の夜明けを迎えるはずだった。

0455（I）

ベルの音で目が覚めた。激しい金属音が、官舎全体に響き渡っていた。

「態勢移行？」

跳《は》ね起きて時計を見ると、時刻は四時五五分を回ったところだった。途切れることのないベルの音が、火災などの災害ではなく、態勢移行の発令を示していた。

だが、訓練の予定があるなんて聞いていなかった。日見子はベルの故障ではないかと訝った。

総隊司令部は、しばしば訓練としての態勢移行を発令することがあった。しかし、訓練を指導する立場であるため、実施の際には、多くの幕僚に事前に通知される。前夜、情報課のオフィスを去る時にも、芦田二曹は何も言っていなかった。それ以後になって、急《きゅう》遽《きょ》計画されたのかもしれなかった。

日見子は、慌ただしく制服を身につけ、その上からコートを羽織《はお》ると、部屋を飛び出した。廊下から見下ろすと、路上をかけて行く人影が街灯の明かりに照らされ、影を揺らせている。

昨夜、白いセダンが駐まっていた暗闇に視線を向ける。まだ張り付いているのではないかと思っていたが、そこには車も人影もなかった。常時張り付きではないらしい。レベル1だからだろうか。

官舎を飛び出して、裏手の道路を左に折れ、ゲートを視界に入れると、握りしめた携帯が電子音を響かせた。情報当直の直通番号からだった。

「はい。倉橋三佐」

「情報当直、芦田二曹です。デフコン3発令、タイム0448《ゼロフォーフォーエイト》。至急登庁して下さい」

日見子は、自分の耳を疑った。あるいは焦った芦田二曹が言い間違えたのかもしれない。

「デフコン？」

それは、訓練の際に発令される演習用語ではなかった。警戒態勢、ディフェンス・コンディションを略してデフコンと呼んでいる。過去には、ミグ25によるベレンコ中尉の亡命事件の際に発令されたことがあると聞いたことはあったが、日見子にとって、それは歴史でしかない。二〇年近くの自衛官生活でも、自分の耳で聞いたことはなかった。

「そうです。デフコン3です」

「間違いないのね？」

日見子は、走りながら芦田二曹に問いただした。

「はい。アクチュアルです」

「デフコン3発令、タイム0448、了解」と復唱すると、日見子は通話を切った。何か非常事態が発生したのだ。災厄《さいやく》は立て続けに起きる。災厄とは、そういうものだ。

制服のまま重い鋼鉄製のドアを押し開けると、半数程度の幕僚しか駆けつけていないにもかかわらず、COC（航空総隊作戦指揮所）は既に騒然となっていた。無理もない。全員、日見子と同様に、訓練ではない警戒態勢の発令は初めてだった。

情報課員が陣取る一角には、当直の芦田二曹がいたが、中腰のまま中央指揮所とつながるホットラインの受話器にがなり立てている。とても詳細を聞けるような状況には思えなかった。

日見子は、仕方なくセンタースクリーンの右横にある時刻と発生事象が時系列で表示されたクロノロジー（時系列表）に目をやり、目を細めた。そこには、デフコンとともに発令された、簡素で、かつ奇妙な指示が書かれていた。

0448　デフコン3発令
　中央指揮所より指示
・全部隊の駐屯地及び基地外での行動禁止
・全艦船の最寄り港への入港
・全航空機の飛行禁止

警戒態勢は上げても、周辺諸国を刺激しないように配慮しろ、との指示なら理解もできた。だが、これでは一切《いっさい》動くなという指示だといえた。

自衛隊風にいうなら、企図明瞭、意図不明な指示というところだ。何をさせたいのかは分かるが、なぜそうさせたいのかが分からない。

命令として適切ではないが、最低限必要なことだけは書かれている命令。こういった命令を出す状況は一つだ。中央指揮所が混乱している。それも、相当に混乱しているのだろう。何か想定外の事態が起きたに違いなかった。

秋津や自分の件が、何か関わっているのだろうか。日見子が感じた暗い予感は、運用課の伏見《ふしみ》三佐が流した一斉放送で、明確な懸念へと変わった。

「中央指揮所より情報及び指示。陸自の一部隊員が指揮下を離れ、命令を受けずに行動中の可能性あり。各部隊は人員掌握《しょうあく》を急ぎ、所在不明隊員がいる場合は、人事系に加え運用系でも報告すること。以上」

陸自の一部隊員というのは、もしや秋津のことだろうか。だが、秋津は昨日から訓練中のはずだ。訓練での部隊行動中に所在不明になるなど、ありえないことのように思えた。

「班長。中央指揮所の越谷《こしがや》二佐が、ユーチューブを見ろと言ってます」

日見子が思考と疑念の淵に沈んでいると、芦田二曹が受話器を耳に当てたまま言った。

「タケシマ、オキュペーション、ＪＧＳＤＦで検索をしてみろと……」

日見子は、インターネットに接続されたオープン系ネットワーク端末に飛びついた。竹島、占領、陸自、この検索語が意味することを想像して、背筋に氷を当てられたような冷気を感じる。

椅子に掛けるのももどかしく思いながら三つの検索語を入力すると、それとおぼしき動画がトップに現われた。タイトルには〈Takeshima is under the occupation of JGSDF Special Forces Group〉とあった。

「ばかな……」

日見子は、一瞬身を硬くしたが、すぐに〈竹島は陸上自衛隊特殊作戦群の占領下にある〉と題された動画をクリックした。

小銃を持った三人の男が背中を見せて立っていた。全員、おそらくウェットスーツだろう、頭まで覆われた黒ずくめの格好《かっこう》だった。かろうじて見える顔にも、真っ黒なドーランが塗られている。肩口には、目立たないグレーでＪＧＳＤＦとＳＦＧｐの縫い取りがあった。

そして、その三人の視線の先には、八人ほどの男たちが、後ろ手に縛られ、床に座らされていた。その表情は、一様《いちよう》に悔しげに歪《ゆが》んでおり、目は彼らを睥睨《へいげい》する男たちを睨み返している。墨染《すみぞ》めのような濃いネイビーブルーの服には、ＰＯＬＩＣＥの文字と太極旗《たいきょくき》が見えた。

音声は聞こえない。日見子はパソコンの音声ボリュームを上げてみたが、何も聞こえてはこなかった。

画面は、一五秒ほど睨み合う男たちを映していたが、一転してパジャマ姿の初老の男女に変わった。二人ともベッドに腰掛けている。縛られてはいない様子だったが、表情は恐怖で凍り付いている。

その画像も五秒ほどで終わり、次に現われた人物が話し始めると、日見子は息を呑んだ。激しくなった心臓の拍動を抑えるように、握りしめた右手を胸に当てる。

画面には、灰色の建物を背にして、フェイスガードをつけた人物が立っていた。顔は輪《りん》郭《かく》しか分からないが、目元には見覚えがあったし、何より声は秋津のものに間違いなかった。

「韓国によって不法占拠されていた竹島は、解放されました。島を不法占拠していた独島《トクト》警備隊員他の竹島不法占拠者は、全員を拘束《こうそく》しています。若干の怪我をしている者はありますが、命に別状はありません。ただし、韓国政府が、再度竹島の不法占拠を目論《もくろ》む場合、彼らの身の安全は保証できません。繰り返します。竹島は解放されました。現在、同島は陸上自衛隊特殊作戦群の管理下にあります」

秋津が英語で同じ内容を繰り返すと、動画は、そこで唐突に終わっていた。何かの主張はなく、竹島を特殊作戦群が占拠しているという事実だけを伝えていた。

秋津が部隊を率《ひき》いて竹島を占拠したらしい。それだけは分かった。

自分に結婚を申し込んできた男は、幸せな結婚生活とは相容《あいい》れるはずもない、とてつもないことをしでかした。それだけは確かだ。日見子は急に秋津が遠い存在であることを感じ取った。今まで自分が知っていた秋津は、どこかに偽《いつわ》りのある姿だったのかもしれない。

日見子は、その偽りの姿とともに生きることを夢見ていたのだ。

総隊司令部勤務中は無理でも、次の勤務地はお互い幕《ばく》の可能性が高い。一緒に暮らせるいるだろうと考えていた。場所は、八千代台《やちよだい》か和光《わこう》の官舎あたりだろうと予想している。広い部屋は望めないが、おそらく十分なはず。二人とも、週末以外は家に帰れるかどうかさえも怪しい。それに、二人とも生活に必須なもの以外は、本と若干のスポーツ用品くらいしか持ち物がない。

週末には、近くの公園か河原にランニングに行く。日見子にはきついペースだろうが、一人で走るよりは楽しいだろう。そもそも、健康のためのジョギングというわけではない。夜には、酒でも酌《く》み交《か》わしながら、防衛談義ができる。

世間の常識からすれば、何が楽しいのだろうと思うような生活だろうが、日見子にとっては、明るい未来だった。現実となるのならば……。

寂しかった。日見子が感じたのは、怒りや悲しみではなく、寂しさだった。竹島の占拠など、到底理解できたとは思えないが、彼が何を考えていたにせよ、話してくれれば理解できた可能性だってゼロではなかったはずだ。

日見子は自問自答した。いや、本当に可能性はあっただろうか。仲間を、自衛隊を、そして日本政府を、困難な状況に陥《おとしい》れるこんな事態を引き起こすことに共感できただろうか……。

だが、彼は何も語ってはくれなかった。それが事実だ。

受け入れがたい事実を理解すると、日見子の思考は、これから起こる危機に及んだ。過去にも、何度か思考を巡らせていたことだ。思い返すことは容易《たやす》かった。だが、情報屋としての仕事は、未来を予測するだけではない。現状を司令部内に行き渡らせることも必要だった。

日見子は、情報課に割り当てられたスクリーンの表示スイッチをオープン系ネットワーク端末に切り替えると、デスクマイクのスイッチを入れた。ＣＯＣの前面に並ぶスクリーンのうち、センタースクリーンの左隣にあった少し小ぶりのスクリーンに、ユーチューブの画像が映った。

「情報課スクリーンに、今事象に関連すると思われる動画を流します。動画サイトに投稿されていたものです」

動画を流し始めると、ＣＯＣは、それまでの喧噪《けんそう》が、まるで嘘のように静まり返った。短い動画が終わっても、静寂は続いていた。

眉をひそめる者、目を見開く者、口を開ける者、一様に、その表情には驚愕《きょうがく》が貼り付いていた。

「投稿経緯等は、これから確認します」

日見子は、機先を制して当然に発せられるであろう疑問を封じると、芦田に向き直った。彼は既に中央指揮所とのホットラインを離れ、オープン系ネットワーク端末でキーボードを叩いていた。

日見子の視線に「隷下に流します」と、返してくる。日見子は、黙って首肯《うなず》いた。中央指揮所の越谷二佐に問い合わせたかったが、電話に出ているような余裕はないだろう。確認するとは言ったものの、現状では、画面以外から情報を得る手段はない。

投稿者名は、piedpiperjpとなっていた。日本の笛吹《パイドパイパー》きという意味だろうか。投稿日は今日の日付になっている。再生回数は、わずか二三回。投稿されて間もないようだった。

「班長、情報課全員登庁しました」

日見子に声をかけたのは、情報課で最も年若い美杉《みすぎ》三曹だった。夏に偵察航空隊から異動してきたばかりで、最近になって、やっと司令部に慣れたというところだ。部隊では着る機会の多くない制服姿も、まだ様《さま》になってはいない。

「了解。課長に報告したら、さっきの動画を保存しておいて」

動画に映っている人間や建物の照合は、情報本部がやるだろう。だが、これを見ろと言ってきた以上、特殊作戦群の一部が所在不明であることは間違いなかった。

美杉が、足早に立ち去ると、入れ替わりに芦田が報告にやってきた。

「班長。韓国軍の発進兆候は、通信所からの直接入電態勢に変更完了です。それと、韓国軍の通信状況ですが、0511から増大傾向にあるそうです」

「すぐにハチの巣を突《つつ》いたような騒ぎになるでしょうね」

日見子は、首肯《うなず》きながら言った。

「はい。自衛隊の異状にも、気が付くでしょう」

「動画にもね。英語を使っているのは、韓国側に見せることも意識してのことだろうし……」

日見子の言葉は、情報伝送システムのメッセージ受信を知らせる音で遮《さえぎ》られた。端末を覗き込むと、発信者は中央指揮所となっていた。タイトルは〈要求〉、添付ファイルが付いている。

日見子は、中央指揮所からの情報要求かと思ったが、それならそれで案件を指定した情報要求としてタイトルが付けられているはずだった。嫌な予感は、本文を開いて裏付けられた。

０４３８　特殊作戦群本部に、失踪《しっそう》部隊を指揮していると思われる秋津二等陸佐より、衛星携帯電話から連絡が入った。添付ファイルは、通話の録音（三分八秒）。

三分もある音声を、ＣＯＣに流すわけにはいかなかった。日見子はファイルをサーバーに保存すると、各人で確認するように放送し、自分はヘッドセットを付けてファイルを再生した。

「はい。特戦群本部当直槇村《まきむら》三佐」

「秋津二佐です」

「何かありましたか？」

槇村三佐と名乗った声は、眠たげだった。

「録音はしているかな？」

沈んだような落ち着いた声だった。

「ええ。録音中です」

「では、一度しか言わないから、最後まで聞いてほしい」

「了解。どうぞ」

槇村三佐の声は、ようやく怪訝そうな調子になっている。

「我々は、現在竹島にいる。竹島を不法占拠していた独島警備隊を制圧し、竹島を我々の管理下に置いた」

「ちょ、ちょっと待って下さい。東富士《ひがしふじ》にいるんじゃないんですか？」

「東富士には、四名しか残っていない。四名は、第三射場に拘束《こうそく》してある。後ほど確認してくれ」

「何をバカなこと言ってるんですか」

「そこにもパソコンがあるだろう。ユーチューブで『タケシマ』『オキュペーション』『JGSDF』で検索してみろ。私が狂っていないことが分かるはずだ」

「ちょっと待って下さい」

長い間を置いて「見ました」と言った槙村三佐の声は、上《うわ》ずっていた。

「竹島は、我々が奪還した。今から日本政府に対する要求を述べる。この録音を、すぐに中央指揮所に送ってもらいたい。了解か？」

「りょ、了解しました」

「では、要求を伝える。我々の行動が日本政府の意志であることを認め、竹島の奪還完了を宣言せよ。宣言しない時は、武は持つだけでなく、それを用《もち》いる気概《きがい》がなくば、意味がないということを思い知ることになる」

秋津は、そこで一呼吸おいた。続けた言葉は、なぜか少し柔らかな調子だった。

「最後に、蛇足だと思うが、付け加えておく。竹島は現在我々の制圧下にある。よって、もし我々の行動を日本政府の意志とは無関係だなどと宣言すれば、それは日本政府には竹島領有の意志はないと世界に宣言することと同じになる。既に実力で管理下に置いておきながら、それを否定するんだからな。その場合、日本政府には、竹島を実効支配する意志はないとみなされるだろう。韓国は制圧部隊を送り込み、我々は殲滅《せんめつ》されるだろう。だが、彼らも無事ではすまないし、現在我々が拘束している警備隊と政府関係者、そして二名の民間人の命も保証はできない。そして、それ以上に、日本は竹島を取り戻す主張の根拠を永遠に失う。以上だ」

通話は、そこでぷっつりと切れていた。日見子は静かにヘッドセットを置くと、低い天井を仰《あお》ぎ見た。タイを緩め、肺の中に沈殿している鉛のような空気を吐き出した。

要求内容は、日見子が予想したとおりだった。だが、要求が受け入れられない場合の警告は抽象的で、何をするつもりなのか予想がつかない。

〈武は持つだけでなく、それを用いる気概がなくば、意味がない〉。微かに聞いたことがあるような気がした。秋津が何かの折に話していた言葉だろうか。

意志と能力があって初めて脅威となる。それは普遍的な真実だ。

日本政府には、防衛力を整備してもそれを使う意志がない。日見子には、秋津がそんなことを話していた記憶が、おぼろげにあった。

「それだけでは不十分だ。寄らば斬《き》るの気概を持ち、それを見せてこそ、初めて敵を抑止することができる」

日見子は、そんな秋津の言葉を思い出していた。

0621（I）

時刻は、六時二〇分を回っている。普段と同じ訓練なら、隷下部隊がデフコン3への態勢移行を済ませた今頃は、COCに流れる雰囲気も緩んでいるはずだった。

しかし、今日は違う。居並ぶ幕僚の表情は思い詰めたもので、喧噪は、その度合いを増していた。長丁場を覚悟して、それぞれに着慣れた服装に着替えている。パイロットは飛行服、高射は迷彩服、それ以外の勤務者は、作業服か制服だった。制服の勤務者も、多くは上着をジャンパーか簡易セーターに着替えている。日見子も簡易セーターだった。

「IP」

韓国の上空に新たな航跡が現われるたび、要撃管制を担当する運用課伏見三佐の叫びにも近い報告の声が響いていた。

韓国の上空には、この時間にはありえないような数の航跡が描かれている。ただし、今のところ半島上空でCAP《キャップ》（戦闘空中哨戒《しょうかい》）を行なっているだけで、竹島上空には進出していなかった。韓国の防空指揮所につながるホットラインも、沈黙したままだ。

韓国陸海軍の状況は分からないが、艦船には緊急出港が命じられ、陸軍も出動準備を整えているに違いなかった。

日見子は、０７００から予定されている作戦会議でのブリーフィングの準備に追われていた。秋津のことは気掛かりだったが、それを自分で調べるような余裕はなかった。

報告する事項は山のようにあった。当然、内容はほとんど韓国軍に関してのものだ。通信量の増大状況、保有する陸海空戦力の見積もりと彼我《ひが》の戦力バランス、そして何よりも韓国軍との衝突が発生した場合に予想される戦闘様相。

幸か不幸か、まとめたばかりの北朝鮮に関するレポートの基礎資料が使えそうだった。韓国軍の戦力は、北朝鮮にとっては脅威だ。レポートは、資料の少ない北朝鮮の戦力を直接に分析するのではなく、豊富な資料がある韓国空軍の戦力を評価し、その韓国空軍に対するスクランブルなどのリアクションから北朝鮮の態勢を分析していた。分析過程で実施した韓国空軍の評価は、日本との衝突を想定したものではなかったが、対自衛隊用として応用することは可能だった。

韓国空軍は、Ｆ―15、Ｆ―16といった一線級機の機数は空自に劣《おと》るものの、日本が保有するＦ―15よりも新型のＦ―15Ｋを擁しているほか、Ｆ―４、Ｆ―５などの旧式機も数はそろえている。戦闘機に関しては、空自と互角に近い戦力を持っている。だが、ＡＷＡＣＳや空中給油機など、総合的な戦力発揮に大きく影響を与える機種の導入・戦力化において、空自には著《いちじる》しく劣っている。もし衝突することになれば、空自が優勢になるだろう。

そして、空以上に大きな戦力差があるのが海上戦力だった。近年になって、イージス艦の導入など急速な近代化が図《はか》られているものの、韓国の主敵である北朝鮮の海軍が貧弱なこともあって、駆逐艦などの水上戦力は海上自衛隊よりもかなり劣る。特に、現代戦で重要と考えられるネットワーク化が遅れていると言われており、艦船の数や大きさ以上に戦力差があった。そして水上戦力以上に、潜水艦及び対潜水艦戦力については、日韓間では雲泥《うんでい》の差がある。もし衝突すれば、日本の潜水艦が一方的に暴れ回ることになるのは明らかだった。

陸上戦力だけは、韓国が日本を大きく上回っているが、日韓の衝突では、ほとんど出番はない。たとえ日本に陸上戦力を送り込むつもりになったとしても、海空戦力で劣る韓国軍には不可能だった。

日見子は、日韓衝突をシミュレートすればするほど、韓国国防部が衝突を望まないことを確信していた。だが、火病《ファビョン》とも呼ばれる韓国特有の国民性で明らかなように、韓国人には、激しやすい精神的傾向がある。慰安婦問題と同様に、韓国政府が、世論を無視できず、非理性的な判断を下さないとは断言できなかった。

日見子が、豊富な情報を簡潔にまとめようと苦労している横で、情報がわずかしかないことから、さまざまな可能性を報告せざるを得ない安西が、慌ただしくキーボードを叩いていた。安西は、秋津と失踪した隊員に関する報告をまとめていた。日見子以上に、作戦会議でブリーフする内容は多そうだ。

日見子も、その報告内容は気になっている。秋津自身のことだけではなかった。婚約者である日見子は、嫌でも関係者と見なされる。自分自身の処遇がどうなるかも気になっていたのだ。最悪、拘束される可能性だって考えられた。

日見子は、手を休めることなく、「今ある情報は？」と問いかけた。

安西は、日見子以上に不安げな表情を浮かべて答えた。

「秋津二佐と一緒に訓練に行っていた人員は、全部で三〇人です。東富士演習場での射撃訓練だったそうです。ただし、そのうち四人が東富士で拘束された状態で発見されているため、彼と行動中の隊員は、二六名以下と見られています」

「以下？」

「殺されてる可能性もありますから」

一瞬、日見子は、秋津が同僚を殺すなんてことがあるだろうかと思ったが、こうなると通り魔の件も疑わざるを得ない。可能性としては考えずにおくことはできなかった。

「ただし、射撃訓練に行っていた隊員とは別に、一一人の特戦群隊員が所在不明だそうです。それを加えると、総数三七名になります」

合流したと見るべきなのだろう。

「何人が竹島に向かったかは、情報がないの？」

「今のところはありません」

「独島警備隊は何人？」

「四〇人だそうです」

「そうなると、動画に映っていた四人だけってことはないでしょうけど、三七人全員が必要とも思えないわね。竹島に行った以外にも別働隊がいるかもしれないか」

「はい。秋津二佐が言っていた『武を用いる気概がなくば……』という時の人員ってことかもしれません」

「三七人から動画に映っていた四人を差し引くと三三人か。最大三三人で何ができるかってことね」

「人数は大したことありませんが、特殊部隊ですから、いろいろとできることはあるでしょうね。何より、射撃訓練に持って行った武器と実弾を持ってますから」

「装備は？」

「まだ何も……。今のところは、人員についても数しか情報が流れてきてません。幹部曹士の別も、MOS《モス》（特技区分）についても情報なしです」

「どこまで教えてもらえるかしらね」

情報がはっきりしたところで、それを空自に流すかどうかは怪しいものだ。

情報が欲しい。秋津が何を考えているのか知るためにも、そして自分の身を守るためにも。

日見子が、何か新たな情報がないかと正面のモニター群に目をやると、視界の隅に違和感のある制服が見えた。濃緑色の制服は、陸自のものだった。

「来たか」

日見子がつぶやくと、安西も日見子の視線の先を追った。

「先輩。あの二人、昨日のパブに来た女と車に乗ってた男ですよ」

「やはりね」

日見子は、驚きはしなかった。情報保全隊が来ることは、予想していたことだ。

二人の陸自隊員は、司令官のところで二言《ふたこと》三言《みこと》、言葉を交わして、COCを見回した。

そして、視線が合うと、日見子の方に近づいてきた。予想に違《たが》わず、日見子の目の前で足を止める。

「倉橋三佐ですね。中央情報保全隊の川越といいます」

その男は、蛇のような、という形容が似合う冷たい感じのする男だった。制服が微かにタバコ臭い。銘柄は分からないが、樹皮のような変わった香りがした。その香りには覚えがあった。昨夜、安西の待つパブに向かう途中で路上に立っていた男だ。

「こちらは、同じ中央情報保全隊の杉井二尉です」

杉井と紹介された女は、緊張した表情のWAC《ワック》（女性自衛官―陸）だった。まだ若い。

高級幹部がごろごろいる司令部のような所に入る経験が少ないのかもしれない。

「何のご用でしょう」

用件は分かっていたが、日見子はあえて聞いた。尾行をしてくるような相手に、諾々《だくだく》と従うのはしゃくだった。相手が二佐なので、一応礼を尽くして立ち上がっている。

「秋津二佐の件で、お話を伺いたい。司令官の許可は頂いてます」

日見子は、振り返って情報班の次席幕僚である鈴村《すずむら》二尉を呼び寄せた。頭はあまり切れないが、プロパーなので情報職域の経験は短くない。

「私が戻る前に作戦会議が始まったら、この内容でブリーフして」

鈴村が不安そうな顔で「了解しました」と答えると、日見子は安西にも指示を出した。

「人員、武器、その他の携行器材。それから、失踪している隊員の経歴、特に幹部。なるたけ情報を集めておいて。日向三曹についても」

「分かりました」

首肯《うなず》きながら答えた安西は、幾分青ざめた顔をしている。

「任せておいて下さい。ボクは先輩を信じてます」

０６３２（Ｉ）

　日見子は、警務隊の庁舎にでも向かうのではないかと予想していた。しかし、地下にあるＣＯＣを出て、川越が足を向けた先は、総隊司令部の会議室だった。厚手の絨毯《じゅうたん》が敷かれた会議室は、司令官への報告の際などに使われている。そのため、Ｕ字形に並ぶ木製の机や椅子は、無垢《むく》の高級なものだった。尋問の場所としては違和感があるし、普通に考えれば広すぎる。日見子がイメージする取調室と合致しているのは、薄暗いという点だけだったろう。情保隊が会議室を使うことにしたのは、おそらく防音が完璧だからだと思われた。

　ブリーファー用準備デスク両端の椅子に、日見子は川越と向かい合わせで掛けさせられた。杉井は、デスク上にＩＣレコーダーを置くと、川越の左後方に立った。

「事細《ことこま》かに話を聞きたいところですが……」

　情報保全隊は、本来であれば、調査対象から直接に話を聞くことはない。だからこれは「お話を聞く」という類《たぐい》のものではないはずだった。日見子は突っ込んでやろうかとも思ったが、益のないことで心象を悪くしても得なことはなかった。

「事態は急を要します。要領よく答えてもらいたい」

「そのつもりです。私も時間が惜しいですから」

川越は、ゆっくりと首肯《うなず》くと、急に調子を強いものに変えた。

「君が、秋津二佐に対して行なっている協力の内容を話してもらいたい」

「協力？」

「そうだ」

「協力などしていません。情報を流したと疑っているのでしょうが、一般的な軍事知識と仮定の話以上のことは話したことはありません」

「一般的な軍事知識とは、どんな内容ですか」

「日韓双方の政治的背景や軍事力についてです。ですが、こんなことは自衛官が二人いれば、誰でも話すようなことです」

「情報の専門家の話となれば、価値は違うでしょう。ですが、まあいいでしょう。それより仮定の話とは？」

「日韓で紛争になった場合の展開などです」

「日朝ではなく？」

「もちろん日朝や日中間での紛争の話もしています。ですが、今そんなことは関係ないはずではないですか」

川越は、しばらく言葉を発しなかった。話を誘導する方向を思案しているのだろうと思われた。

「だが、君はその筋の専門家です。専門的知見として、竹島を占拠すれば何が起こるか話したのではないですか」

日見子は一瞬言い淀《よど》んだ。

「思考実験として、話をしたことはあります。ですが、読めるのは日韓両政府とも、迂闊《うかつ》に動けないだろうということだけです。この先何が起きる、あるいは何をしたら、どうなるかなんて、私にも想像できません」

「君は、彼に助言を与えたことは認めるわけだね」

川越は、日見子が少しでも協力をしたと強弁することで、追い詰めるつもりのようだった。

「助言を与えたつもりなんてありません。話をした時は、戯《ざ》れ言《ごと》程度にしか考えていませんでしたから。彼が、こんなことを実行すると分かっていれば、当然話していません」

川越は、探るような視線を向けてきている。

「話題を変えよう。秋津二佐を、両親には引き合わせたかね」

日見子は、眉をひそめた。川越が何を考えているのか読めなかった。課長に結婚を報告している以上、婚約のことは認識しているだろう。だが、川越が何を疑っているのか不明だった。

「彼から結婚の話をされたのは、この前の日曜です。その時に受けるとは言いましたが、私も彼も、親に許可を得なければならないような年齢じゃありません。両親には近々話すつもりでしたが、まだ話はしてません」

「では、秋津二佐が、偶然あなたのお父さんと面識があったということはないですか？」

川越は、〈偶然〉を強調した。日見子の父親は、五年ほど前に退官した自衛官だ。最終階級は陸将、西部方面総監だった。

「父の経歴上、もしかしたら、どこかで面識はあるかもしれません。ですが、彼と父の話をしたことはありませんし、父からも、彼の話を聞いたことはありません。まさか、父が関係しているとでも疑っているんですか？」

「所在不明の特戦群隊員は精鋭ですが、数は決して多くない。竹島にも何人か割《さ》いているでしょう。残りの人員でできることは限られてます。ですが、元陸将である君のお父さんが協力しているようなら、話は大きく変わってくる」

日見子は、思わず笑みを浮かべてしまった。川越は、クーデターを疑っているらしい。

「バカバカしい。たとえ元陸将が噛んでいたにしても、今時クーデターなんてあるはずないでしょう」

「本当にそう言い切れますか？」

日見子は、秋津の防適が剝奪《はくだつ》されていなかった理由が理解できた気がした。二佐ごときでは大したことはできないと踏み、高級幹部との接触を探るため、泳がされていたのだ。

「もう一度言います。部隊を率いて、韓国が実効支配している竹島を占拠するなんてことをやる人間が、クーデターをやらないと言い切れますか？」

日見子は言い返せなかった。クーデターも大それたことなら、竹島を占拠することだって、十分に大それたことだった。やっとのことで絞り出した日見子の返答は、やや力ないものだった。

「ですが、父が今回の件にからんでるなんて思えません」

「どうかな。倉橋陸将にしても、退官の契機は、政府見解と異なる発言をしたせいではなかったですか」

父親の退官理由は、確かに、川越の言うとおりだった。だが、それでも日見子は父と秋津がつながっているとは思わなかった。二年あまりの間に、秋津と父の話などしたことはなかったからだ。日見子が、自分から話しでもしない限り、親子だなんて思わないだろう。秋津が、日見子の父に接触するために接近してきたのでない限り。

日見子が反論に窮《きゅう》していると、川越はそのことを追及するではなく、再び「話題を変えよう」と言った。

「秋津二佐と出会った経緯を話してもらいたい。これなら答えられるでしょう？」

記憶を手繰《たぐ》るまでもなかった。今朝から、何度もフラッシュバックしていたからだ。

「出会ったのは、情報本部からここに転属してきた少し後でしたから、二年あまり前。防衛学会のセミナーです。彼は同僚の方と一緒にそのセミナーに来ていて、その同僚の方が私に声をかけてきました」

「その同僚の名前は？」

「覚えていません」

「同僚というと、特戦群の所属？」

「同僚だと言われたことしか覚えていませんが、彼はその時から特戦群所属でしたから、その可能性は高いと思います」

「飯久保一尉ではありませんでしたか？」

「飯久保……、そんな名前だったかもしれません。覚えているのはＦＡＣだということだけです」

「ＦＡＣとは？」

陸自で、しかも情報保全隊ともなれば、知らなくてもおかしくはないだろう。

「前線航空統制官。近接航空支援、つまりは対地攻撃を行なう戦闘機を誘導する人間です」

日見子は、川越の表情に一瞬緊張が走るのを見て取った。

「向こうから声をかけてきたんですね？」

「はい。たまたま席が隣でした。秋津二佐は、彼の向こう側に腰掛けていました。その飯久保一尉が、今回の件に何か関係が？」

「彼は、射撃訓練には参加していない。だが、今朝から所在不明になっている隊員の一人です。秋津二佐以外では、唯一の幹部です。顔は覚えていますか」

杉井と呼ばれたＷＡＣが、一枚の写真を差し出してきた。制服姿で写っていたのは、特戦群という所属から想像されるイメージよりも少々神経質そうな顔をした男だった。あの時に、秋津と一緒にいた人間かどうかの確信は持てない。だが、確かに会ったことのある顔に思えた。

「見覚えがあるような気がします。秋津二佐以外に特戦群に知り合いはいませんから、おそらくこの人でしょう」

川越と同じように、日見子にとっても、これは重要な情報だった。秋津と一緒に失踪している唯一の幹部が、向こうから日見子に声をかけてきた。それは、秋津との出会い自体が、何かの策謀の一部だった可能性を示唆《しさ》するものだった。

その事実は、日見子に少なからぬショックを与えた。自分が結婚を決意するほどの人間が、最初から自分を罠《わな》に嵌めようとして接近してきたのかもしれないのだから。

「その話が事実だとすれば、注目に値《あたい》する話ですね。ですが、他にも聞きたいことがあります。二人の間で結婚の話が出たのはいつですか」

「先ほども話したと思いますが、この前の日曜のことです」

「話は彼から？」

「はい。先週の金曜に連絡が来て、重要な話があるので会いたいと……。土曜は用事が入っていたので、日曜に新宿で会いました」

「不自然な感じはありませんでしたか？」

「突然ではありましたが、付き合って二年あまりですし、特に不自然とは感じませんでした。お互い、特に私の方がですが、急な仕事や、逆に空きのできる勤務ですし、横田と習志野ですから、連絡をとってすぐに会うことは、今までにもよくありました」

「今後の予定については話しましたか？」

「お互いに仕事もあるので、とりあえず入籍だけしようということになりました。二人ともおそらく次は幕勤務《ばくきんむ》でしょうから、その時になったら一緒に暮らす方向で」

「他には何か約束などは？」

プロポーズを受けた時のことは、今朝の呼集から何度も思い出している。それでも、川越が期待しているような情報漏洩や竹島占拠についての協力要請みたいなものは、何もなかった。日見子は、今さらだとは思ったが、もう一度記憶を手繰《たぐ》った。しかし、結果的に川越の機嫌を損《そこ》ねそうな下らないことしか思い出せなかった。

「早めに報告だけはしておいてくれと言われました」

「それだけですか？」

川越は、日見子から彼らの望ましい回答を得られないことにいらついているようだった。

「ええ」

「何かを頼まれたということはないですか」

くどい！

日見子はそう思った。川越の言葉もそして話しぶりも、癇《かん》に障《さわ》るものだった。あくまで日見子が秋津に協力していることにしたいらしい。川越がそういうつもりなら、日見子にも考えがあった。

「質問には答えます。ですがこちらにも聞きたいことがあります」

日見子は、遮られる前に畳みかけた。

「情保隊は、いつから秋津二佐をマークしていたんですか」

「答える義務はありません」

「通り魔事件からですか」

「何を知っているんです？」川越は気色《けしき》ばんで答えた。

安西の話からすれば、昨日の情報保全ネットへのアクセスは、間を置かず情報保全隊の知るところとなるはずだ。ならば疑いを濃くする前に話した方がいいし、日見子にとっても、この尋問もどきは、情報を得るチャンスでもあった。

「情保隊は、事件が実際には通り魔の犯行ではないという可能性を考えた。そして、殺された隊員が勉強会に参加していたことから、秋津二佐をマークした。違いますか？」

「それを知って決行を急いだのですか？」

「私は関係ありません。このことを知ったのは昨日の夜です。司令部にも情報保全ネットへのアクセス権限のある者はいます」

「それはこちらで確認させてもらいましょう。確かに、我々が秋津二佐をマークする端緒《たんしょ》になったのは、通り魔事件でした」

引き込めた。川越は、何かを話す気にはなってくれたようだった。川越にすれば、明確な証拠を示して、精神的に追い詰めるつもりなのだろう。

「検死の結果、単なる通り魔とは思えない傷があったため、警察が疑念を持ちました」

「傷？」

「そうです。殺された日向三曹は、当然徒手格闘の訓練も受けています。不意を衝《つ》かれたのでなければ、そう簡単に致命的な傷を受けるとは考え難い。実際、両腕には多数の防御《ぼうぎょ》創《そう》があったそうです。一方で、内臓に達していた傷も複数みられましたが、ほとんどは体前面にあって比較的浅いものでした。これらは、防御創の存在を考えれば、犯人と格闘する中、防御しきれずに付いた傷と推察できます。ですが、致死的な傷で一ヶ所だけ、唯一背後から刺されたと思われる傷がありました。この傷は、右腰部から肝臓に達しており、非常に深いものでした。しかも傷は、捻りながら抜いたと思われる状態を示していたそうです。検死を行なった医師は、この傷だけでも死に至った可能性があると見ています。つまり、犯人は、人間を刺殺することに関して十分な知識・技能があり、一撃で致命傷を与えた後、通り魔的な犯行態様を、あくまで偽装として付け加えた可能性があるということです。もちろん真に通り魔であっても、背後から襲った一撃で致命傷を与えた可能性はありますが、重要なのは、通り魔とはいえない可能性があるということです」

川越は、呑み込むための時間を与えるかのように、そこで言葉を切った。

「警察は、部内者の犯行を疑っているんですか？」

「あくまで可能性の一つとしてでしょう。怨恨《えんこん》などの線も考慮して、部内者の聴取も行なっていました。警務隊も協力しています」

「それで情保隊も動いた」

「そういうことです。金や女など、普通に考えられる怨恨なら、我々には関係のない話です。ですが、何らかの工作の線があるなら、我々も調べます」

「それで勉強会の線から、秋津二佐をマークした」

「そうです。勉強会の内容については、十分には調べがつきませんでしたが、彼が自衛隊の現状に関して、不満を持っていることは、すぐに分かりましたからね」

「不満があるといっても、愚痴《ぐち》を言う程度なら誰にでもあるでしょう」

「君は知らないのかもしれませんが、彼には訓練の方法を巡って、上官と衝突した過去があります。当時は陸幕まで巻き込んで、ちょっとした騒ぎになりました。秋津二佐に賛同した者も少なくなく、また事故にも至っていないため、口頭注意でとどまっています。ですから、人事上も懲戒《ちょうかい》を受けたことにはなってはいません」

「そこまで警戒していたのなら、なぜ彼は竹島にいるんです？」

川越の顔が、明らかに歪み、語気強く言い放った。

「我々にとっても想定外だった。まさか訓練中の部隊が、まるごと消えるとは思っていなかった。訓練参加者が勉強会のメンバーと一致していれば警戒もしたでしょうが、訓練参加者には、勉強会に参加していない者もいましたし、逆に勉強会に参加していながら、訓練には加わっていない者もいたのです」

東富士は大きな演習場だ。演習場に入るまでは尾行したものの、その後は監視を緩めていたというところだろう。

「で、失地回復に躍起《やっき》になっているわけですか」

「言葉を慎んでもらいたいな。君はまだ状況をよく理解していないようだ。秋津二佐は、明らかに日本政府に害する行動をとっている。しかも、そのためには仲間さえも手にかけた可能性がある」

「しかし、彼は通り魔事件が起こった当日、訓練で習志野を離れていたはずです」

「その程度のことは、我々も当然把握している。実行犯が誰であろうと、指示したのは秋津二佐の可能性が高いでしょう」

川越は、そこで再び間を置いた。

「君が彼を庇《かば》っているのなら、思い直すいい機会だ。君は彼が本気で結婚を考えていたと思うのですか」

「庇ってもいなければ、協力もしていない！」

日見子も既に理解していた。確かに情報保全隊が考えるように、こんな事件を起こす直前になってプロポーズをしてくるのは不自然だった。川越とすれば、日見子が今だに秋津を庇っているのなら、騙されていると言いたいのだろうが、日見子は秋津に協力したつもりなどなかった。

むしろ、一人で泣き叫びたい気持ちだった。こんなことをしでかした以上、秋津のプロポーズが本気だったはずはない。理由は想像もできなかったが、日見子は騙されていたのだから。

川越は、それまでの同情的な装いを捨て、ため息をつくと言い放った。

「どうも君は非協力的だな。失望したよ」

「十分協力しています」

「だが、君の口から有意義な情報は話してもらっていない」

最初から日見子を秋津の協力者だと決めつけている相手を喜ばせる情報など、与えられるはずもなかった。日見子は、「事実は話しています」と吐き捨てるように言った。

「では、君が彼らに協力していないという証明ができるか？」

「悪魔の証明など、できるはずがないでしょう！」

「埒《らち》があかないな。では、我々に協力する意思があることは示してもらえるかな？」

「どういう意味ですか」

「自白剤の使用に同意してもらえるかね」

日見子は、思わず呻《うめ》いた。立ち上がって川越の胸ぐらを掴んでやりたかった。しかし、そんなことをしたら、彼らの疑念を深めるだけだということは理解していた。時間がない。そんなことに付き合いたくはなかった。だが、彼らを納得させる材料は、今の日見子にはなかった。

「そんな時間は惜しい。ですが……、いいでしょう」

どうせ、何も出てきはしない。早く済ませてCOCに戻りたかった。騙されていたとしても、秋津が何をしようとしているのか知りたかった。そして、できることなら彼を止めたいと思っていた。

杉井が、黙ったまま席を離れ、隣の準備室につながるドアを開けると、白衣を着た医官が入ってきた。知らない顔だった。わざわざ他基地から呼び寄せたに違いない。川越たちは、最初から自白剤を使うつもりだったのだろう。

杉井が、ヘッドレストのついた部長級幕僚用の椅子を押してきて、それに掛けるように言った。日見子は、杉井を睨みつけて、その椅子に掛け直すと、背もたれに体重を預けた。白衣を着た医官は、一言も発することなく、注射の準備をしている。アンプルから薬液を吸入し、シリンダーを軽く押し出して注射器内の空気を抜く。針先からしずくが一滴漏れ出した。自白剤といっても、秘密をぺらぺらと喋《しゃべ》らせる自白剤など存在しない。だから、正確には催眠鎮静剤なのだろうと思われる透明な液体が、冷たく光っていた。

注射器を準備する医官の所作《しょさ》に迷いはなく、手慣れた印象だった。情保隊が、自白剤を使って調査を行なっているという話は聞いたことがなかったが、もしかすると、そう珍しいことではないのかもしれなかった。

「これは米軍の協力の下、防衛医大で開発したバルビタール系の自白剤です。非常に強力な薬で、これを注射されると嘘をつくことはできなくなります。あなたは、あなたの意志とは関係なく、真実を語ることになります。もし、話したくない事実を話してしまったとしても、それはあなたのせいではありません。ですから、気持ちを楽にして下さい」

医官の言葉は、まるで舞台役者の台詞のようだった。日見子は、自白剤を使用する場合の決まり文句なのかもしれないと思った。実際、それはアミタール面接と呼ばれる精神医学的技法を用いた尋問の定型句だった。

日見子は、簡易セーターを脱いで、ワイシャツの左袖をまくり上げている。医官は、その細い手首を取ると、アルコール消毒を行ない、肘の内側に、冷たく光る注射針を当てた。医官がゆっくりと薬液を注入すると、腕の内側に冷たい感触がじんわりと広がった。

薬液は、一瞬で心臓に達すると、数秒を経《へ》ずして血液脳関門を通り抜けた。

日見子の意識は、ほどなくして混濁《こんだく》した汚泥の中に沈んでいった。

0739（I）

杉井が運転席のドアを開けて乗り込むと、川越はまだ携帯で話している最中だった。彼女が荷札の付いた鍵を目前にかざして見せると、無言で首肯《うなず》いた。

「仰《おっしゃ》りたいことは分かりました。こちらもできるだけのことはしています。鍵は入手しましたので、これから家宅捜索を行ないます。彼らが行動を開始した以上、証拠は隠滅《いんめつ》されてしまった可能性が高いと思いますが、何とか探し出してみます」

杉井は、エンジンを始動させると、車を出した。英語の標識に戸惑いながら、ゆっくりと基地のゲートに向かう。

「ええ。はい。その場合は、誰か人を寄越《よこ》して下さい。こちらも二人しかいませんから、人手が足りません。よろしくお願いします」

川越は、終話ボタンを押すと、大きく息を吐き出した。

「課長は、かなりキテいるみたいだな」

「直接お話しされたんですか？」

「いや、課長は中央指揮所に入っている。泳がせると決めたことに対して、批判を浴びているらしい」

川越は、それだけ言うと、腕を組んで目を閉じた。

杉井は、ゲートを出てしまうまで運転に集中した。そして、自衛隊と違って出門はノーチェックのゲートを通過すると、顔をしかめた川越に、遠慮がちに声をかけた。

「状況は、どうなんでしょうか？」

「アメリカに何と答えるかが問題になっているらしいですね。韓国からは何を言ってきても当面は無視すると決定しました。だが、アメリカを無視することはできない。安全保障の重要課題でありながら、アメリカを無視すれば、日米同盟に係わります。おまけに、外務省がへそを曲げています。外務省は、まずもって情報を摑んでいながら泳がせたという判断が気にくわない。そして、それ以上に、その情報を警察庁には通知しながら、外務省には教えなかったことが気にくわない。何せ、外務省は、竹島占拠の一報を、防衛省や警察庁からではなく、アメリカの国務省から聞いたそうです。外務省とすれば、蚊帳《かや》の外にされた上、非難の矢面《やおもて》に立たされているのですから、へそを曲げるのも当然と言えば当然ですが」

基地に徒歩で通える距離にある官舎は、すぐに目に入った。

「もう既に、課長の責任問題になっているようです。秋津を追っていたメンバーが撒《ま》かれ、我々が倉橋三佐の身柄を押さえたことで、やつらとの接点は我々だけとなりました。何としてもドラゴンフライの狙いを探れとのことです。ドラゴンフライの首班が秋津二佐ではない可能性もあります。倉橋三佐がまだ把握できていない首班につながっている可能性もあるでしょう」

「しかし、どうやればいいんでしょう。自白剤を使ってもそれらしいことは自供しませんでしたし……」

「方法は我々に任されてますが、基本は、ドラゴンフライにおける倉橋三佐の役割を探ることです。彼女が自白剤で自供しなくとも、彼女の役割が分かれば、彼らの狙いも、今後の推移も占えます。なんとか動かしがたい証拠、例の重要証拠三号を押さえて、倉橋三佐を追い詰めるんです」

杉井は、外来者用駐車場に車を駐めると、ドアを開けて寒風の中に出た。

日見子の官舎捜索は、杉井が寝室と浴室を、川越が居間とキッチンを担当することに決めてあった。プライバシーに配慮したということもあるが、杉井の方が女性心理を読んだ捜索ができるだろうと判断されたためでもある。

杉井は、ベッドのマットレスに怪しい縫い目がないかチェックしながら、背後の居間で捜索を続ける川越に声をかけた。

「先ほどの尋問をどう思われますか？」

「彼女がドラゴンフライの一員という証拠は得られませんでしたが、関係していることは確認できました。彼女の任意性が不明なので、利用された可能性はありますが、それは低いでしょう。我々が確たる証拠を押さえれば、自供が得られる可能性はあると思いますよ」

「しかし、あの自白剤に抵抗できるものなんでしょうか。私は、記録を見たことがあるだけで、実際に自白剤を使用した現場に立ち会ったのは初めてですが、あれを使用して秘密を隠しおおせた人間はいなかったはずです」

「それには私も驚きました。しかし、あなたも知っているとおり、自白剤とはいうものの、実際には心の抑制《よくせい》を低下させる催眠剤です。記憶や意志を操作できる薬ではありません。抵抗できる人間がいても不思議ではありません」

「それはそうですが……」

杉井は、まだ釈然《しゃくぜん》としないものを抱えていた。

「プロポーズには、どんな意味があるんでしょう。一年あまりに及ぶ付き合いをしながら、こんな事件を引き起こす直前になってプロポーズしたことには、何か特別な意味があるように思えてなりません」

「彼女は、まだ完全な協力者ではなかったのかもしれません。秋津二佐が、彼女の協力を得るために、切り札としてプロポーズした可能性も高いと思いますよ。急いで入手したい情報があったのかもしれません」

確かに、そういう推定は可能だった。しかし、果たして本当にそうなのだろうか。拭《ぬぐ》いきれない疑念が、まとわりつく霧のように、杉井の頭の中を被っていた。

「あるいは、死を覚悟して純粋な恋愛感情から結婚しようとした可能性もありますが……」

川越の声が不意に途絶えた。杉井が気になって視線を上げると、川越がキッチンで何かを見つめていた。ごみ箱の中から何かを見つけたようだった。

「ありましたよ」

杉井が近づくと、彼は手のひらに何かを載せて差し出した。それは、破られた薬のＰＴ

P包装だった。
「マイスリー。超短時間作用型の睡眠導入剤です。即効性の高い催眠鎮静作用がありま
す」
「これを使って、自白剤に抵抗する訓練をしていたということでしょうか」
「おそらくそうでしょう」
そうなると、彼女が秋津二佐に協力していなかったと考えるわけにもいかなかった。
「さあ、続けましょう。これは、自白剤による尋問がうまくいかなかったことの説明にな
るだけで、彼女の協力を示す証拠とはいえませんからね」
杉井は、無言で首肯《うなず》くと寝室に戻った。
そして手を動かし続けながら考えた。男性にとっても重要なことだろうが、女性にとっ
てプロポーズは特別な出来事だ。そこには何らかの意味があると思えた。我々を混乱させ
るためだけにプロポーズしたり、それを受け入れ、結婚することを決めたとは思えなかっ
た。
杉井は、自分の中に芽生えた疑念を振り払うためにも、目をこらして捜索した。日見子
が秋津二佐に協力していた物証を見つけられれば、これ以上捜査方針に疑問を持たなくて
も済む。
杉井が、そんな逃避にも似た思いを抱きながら捜索を続けていると、不意に胸ポケット

に入れた携帯が震えた。画面を見ると、調査課の直通番号の一つが表示されていた。

「はい、杉井二尉です」

「古部だ」

「はい」

杉井は、上ずった声で答えた。内局防衛政策局調査課長。杉井は、直接話をした経験はなかった。訓示を行なう講堂以外で顔を見かけたこともない。川越でさえ、会ったことがあるだけで、直接言葉を交わした経験はないはずだった。

「残念だが、倉橋三佐の身柄拘束は、総隊司令官の同意が得られなかった。我々に捜査権限がない以上、任意以外での聴取はできない。だが、捜査への協力は得られた。君は、倉橋三佐に張り付け。たとえいっときでも離れるな。そしてどんな些細《ささい》な事象も見逃すんじゃない。彼女がドラゴンフライへの協力を行なっている兆候を見つけたら、すぐに報告しろ。君はまだ若く経験も浅い。自分で判断するんじゃない。すぐに報告するんだ。分かったな」

まるで脅迫のような古部の念押しを受けて、杉井はすっかり萎縮《いしゅく》した。了解しましたとだけ返答すると、押しつぶすようにして終話ボタンを押した。

「誰からですか？」

「古部調査課長です」

杉井は、川越に古部からの指示を伝えた。

「仕方ありません。ここの捜索を終え、倉橋三佐が目を覚ましたら、医務室からＣＯＣに連れていきなさい。司令部内の捜索は私一人で行ないます。君は、調査課長の指示どおり、倉橋三佐に張り付きなさい」

12・22―2　失踪部隊

1006（I）

ＣＯＣには、オペレーションを司るメインルームの他に、各課に、メインルームでの活動を準備するための作業室がある。その情報課作業室の中、安西の隣では、鈴村が、ほぼ三〇秒おきに送られてくるメールをチェックしていた。彼は、げんなりした顔で、日見子の帰りを待っていた。司令部で勤務しているとはいっても、司令官へのブリーフィングを、二等空尉が行なうことは多くない。しかもこんな非常事態でのブリーフィングでは、居並ぶ高級幕僚の追及も尋常ではなかった。先ほど０７００過ぎに行なわれた作戦会議で、彼はつるし上げに近い質問の嵐にさらされていた。彼とすれば、もう御免こうむると言いたいのだろう。安西は、それを横目で見ながら、日見子が戻ってきた時に話せるようにと、入手した情報を整理していた。

彼は、パソコンに向かいながら、何度もCOCのメインルームにつながるアイボリーのドアに目をやっていた。

「美杉三曹。上の事務室を見てきてくれないか。向こうに行ってるかもしれないから」

「いいですけど、電話してみれば分かるんじゃないですか。班長がいれば出るでしょう」

「それもそうだな」と言いながら、安西は、自即電話（自動即時電話）の受話器を上げて、二階にある情報課事務室につながる番号を押した。呼び出し音を八まで数えると、耳から離した受話器を、三センチ上から、電話機に落とすようにして置いた。

時刻は一〇時を回ったところだ。日見子が情報保全隊に連れ出されてから、既に三時間半が経過していた。情報保全隊が何を聞きだそうとしているにしても、長すぎるように思えた。しかし、日見子が戻ってくる気配は一向にない。

安西は、課長に状況を聞くために腰を上げた。課長なら、何か聞かされているかもしれないと思ったからだ。安西は、普段から課長とは、なぜか反りが合わなかったため気乗りしなかったが、今は日見子のことが心配だった。課長は、司令官が居並ぶトップダイアス（司令官等の高級幹部席）の後方に控えている。彼がメインルームに向かって足を進め、ドアに手をかけようとすると、不意にドアが手前に押し開かれた。

その先には、情報保全隊の杉井二尉と、彼女に肩を支えられた日見子が、幽霊のような顔をして、立っていた。

「どうしたんですか」

安西は、ドアを左手で支えて、道を空けた。

「休めるところはありませんか」

杉井は、安西の問いには答えず、日見子の体を半《なか》ば引きずるようにして作業室に入ってきた。日見子の顔面は蒼白《そうはく》で、足を一歩進めるのさえやっとという状態だった。

安西は、「奥のソファに」と言って杉井を誘導する。二人が敗残兵のようにしてソファまで行き着くと、体に力の入らない日見子を手伝ってソファに座らせた。日見子は、焦点が定まらない目をして、しきりに頭を振っていた。

安西が、問いただすような視線を向けると、杉井は「自白剤を使用させてもらいました」と答えた。一瞬絶句したが、すぐさま非難と追及の言葉をぶつけた。

「そんなもの使う権限が、あなた方にあるんですか」

「本人同意の上です」

「だとしても、許されることじゃない」

「本人が了解の上、医官が処置しているんです。違法ではありません。それに、あなたが許す許さないと言うべきことではありません。そんなレベルの事態じゃないんです」

安西は、なおも食い下がろうとしたが、日見子が手を上げて、二人の口論を中止させた。そして、目を閉じたまま「状況は？」と、初めて口を開いた。

安西は、息を吐いて、気持ちを落ち着けると、整理していた事項を頭の中でなぞった。

「韓国が非常事態宣言を出しました。軍は態勢を上げています。空軍機は、三個フライト一二機が竹島上空でＣＡＰ《キャップ》（戦闘空中哨戒）しているほか、地上待機も増強しているようです。艦艇も進出していると思われますが、こちらは通信傍受《ぼうじゅ》の結果で推測しているだけで、センサーを上げてないので、詳細は不明です」

日見子は、なおも苦しげに頭を振って意識を取り戻そうとしていた。安西の言葉をどこまで理解できているのか、判然としなかった。

「日本では閣議が開催されましたが、細かなもの以外に、新たな指示は出ていません。依然各基地等で待機しているだけです。中央指揮所は、偶発的な衝突を懸念しているようです。それと、おそらく政府レベルでしょうけど、クーデターか、失踪部隊……秋津二佐を中心とした所在不明隊員をこう呼んでます……が韓国を攻撃するような事態を警戒しているようです。ヘリや輸送機は、燃料を抜けとまで言ってきました」

美杉が、肌色の官品毛布を持ってきて、日見子にかけてやった。

「マスコミは、例の動画に気が付いて大騒ぎしています。韓国の非常事態宣言と合わせて、完全に特番態勢です。ですが、日本政府からの発表が何もないので、今のところは動画と韓国の対応についての事実報道だけでとどまってます」

日見子は首肯《うなず》くと、苦しげに「総隊の態勢は？」と聞いてきた。

「アラート機のみ、対領侵時の通常兵装、ガンとＩＲミサイル装備でスタンバイです。増強待機はするなと指示が来てます。しかも、全基地のアラートをリアルタイムカメラで映せと言われてます。やはり、警戒はするものの、偶発衝突を恐れている感じです。また、Ｆ―２は特に気にされているようで、対地対艦兵装は絶対にするなと厳命が来ました。ただし、ＳＡＭ（地対空ミサイル）に関しては、中央から何も言ってきていないので、ペトリオットと短ＳＡＭを五分待機に付けてます」

「こいつらは？」

日見子は、ソファの横に立ったままの杉井を親指で指さした。

「秋津二佐と接触のあった人間を中心に、尋問をしているようです。ボクも絞られました」

それを聞いて、日見子が初めて笑みを見せた。

「失踪部隊とやらについては？」

日見子は、かなりつらそうだった。質問が短い。

「人員規模については、総数は変わりなし。射撃訓練に参加していた人員以外の所在不明隊員を合わせて三七名ですが、竹島に渡った人員は一〇名前後の模様です。彼らが使用した漁船の船長が、鳥取《とっとり》港で発見されて、その証言から判明したようです。ですので、依然国内に二七名前後が潜伏している可能性が高いです。警察は各地に検問を設《もう》けて行方《ゆくえ》を追ってます。入管も警戒しているそうですが、武装した彼らが通常の方法で出国できるはずはありませんから、こっちは一応ってところだと思います」

「彼らの名簿は？」

「情報なしです。秋津二佐についても、経歴等何も入ってきていません」

「幹部は、飯久保一尉というのが一人だそうよ。調べておいて」

安西は、杉井に目をやってから「了解」と答えた。

「通り魔事件は？」

「今のところ新たな情報はありませんが、殺された日向三曹については、身上票《しんじょうひょう》が入手できそうです。入ってきたら報告します」

「分かった」と答えた日見子は、しばらくの間、右手でこめかみを押さえていた。

「薬の持続時間はどのくらい？」

「半減期が三時間と聞いています。五時間もすれば、かなり楽になると思います」

杉井は、無表情のまま答えた。

それを聞いた日見子は、一二時になったら起こすように言うと、パッタリと倒れて、ソファの上に横になった。

「ここまでする理由は何ですか」

安西は、日見子にかけた毛布を直しながら、目を合わせることなく杉井に問いかけた。

「自白剤のことでしょうか」

上級者に問い詰められた杉井の声は、強《こわ》ばってはいたが、物怖《ものお》じしている様子はない。

「そうだよ。異常だろ！」

「異例ですが、不適切だとは思いません」

決然とした、という表現が似合う返答は、何らかの自負に裏打ちされているようにも聞こえる。しかし、だからといって、安西にもそう易々《やすやす》と引き下がれない思いがあった。

「どこがだ。お前らだって、同じ自衛官だろ。同じ自衛官のくせに、何かをしたわけでもない先輩に、自白剤まで使って、信憑性《しんぴょうせい》が怪しい話をさせる理由がどこにある」

自白剤を使えば、意識レベルが下がって嘘をつくことは難しくなるが、逆に真実を話すつもりになっても、辻褄《つじつま》の合う話ができるとは限らない。

杉井は、押し黙っていた。安西が目を向けると、握りしめた拳が白くなっている。ややあって、杉井は絞り出すように言い訳をした。

「信憑性が怪しくなっても、話を聞きたい事情があるからです」

「事情って、何だ！」

「言えません！」

「言えない程度の話か」

口に出してから、何だか嚙み合っていないようにも思ったが、安西はとにかく大声を上げたかった。

「違います！」

階級上位者が相手であれば、これほど詰めよることはできない。情報保全隊も忙しいのか、杉井が一人で戻ってきた今がチャンスだった。安西は、一呼吸置いて別の方面から攻めることにした。

「お前ら、業務隊から鍵を借りて、先輩の官舎まで捜索しただろ。そんな権限がどこにある。お前らに捜査権限なんてない。完全な越権行為だ。いや、不法行為だ。この話をマスコミにぶちまけたっていいんだぞ！」

旧軍への反動のためか、自衛隊は法的権限を超えた活動にはことさら敏感だった。情報保全隊でも、普段の活動では、尾行に際しても私有地には立ち入らないなど、法令遵守《じゅんしゅ》は徹底している。安西の追及に、杉井は目を伏せたまま、口を引き結んでいた。

「先輩の官舎で、何を捜していた？」

おそらく無意識のことだろう。杉井が視線をそらしたことを、安西は見逃さなかった。

何か特定のものを捜していたのかもしれない。

「マークしていた要監者を見失った失態を、先輩をつるし上げることで贖《あがな》おうってわけか？」

「違います！」

「何が違うっていうんだ。この人はな、腹芸で人を謀《たばか》るようなことができる人じゃない。頭は切れても、自分の起案文書が通らなければ、司令官にも食ってかかるような子供なんだ。そんな人が、こんな大事に関わりながら、知らない振りができるわけないだろ」

「ですが、この人は、竹島の占領は自分の発案だって言いましたよ！」

「先輩の発案？」

「そうです」と言った杉井の顔には、口にしてしまったことを後悔している様子が色濃く浮かんでいた。

「どういうことだ？」

「どうもこうもありません。この人は秋津二佐に対して言ったそうです。政府の意図に反して、竹島を占拠すれば、面白い事態になると」

杉井は、呆《あき》れたような、それでいて緊張したような、なんとも不思議な顔をしていた。そして、今さら隠しても仕方がないと思ったのだろう。安西が口を閉ざしていると、言葉を継いだ。

「領有権を主張している以上、自衛隊の部隊が竹島を占拠してしまえば、その行為を政府の意図とは無関係であるとは言えなくなるということを、秋津二佐に教えたんです。それを聞いた秋津二佐が、自分の意志でそれを実行したとしても、この人が彼を焚《た》き付けたと言っておかしくはないんです」

安西は、日見子が考えそうなことだと思った。日見子は、真面目な自衛官が聞いたら不《ふ》謹慎《きんしん》だと言って怒りそうな、冗談とも本気ともつかない仮定の話をよくしていた。

「その話は、自白剤を使って聞き出したのか」

「ええ、そうです」

安西は、日見子なら言いかねないとは思ったが、情報保全隊にそんなことを告げる理由もなかった。

「それなら、本当かどうかは疑わしいだろう。意識レベルが下がった状態で話したことなんて、必ずしも当てにはならないはずだ」

「意識レベルが下がった状態で話したということこそ重要なんです。この話が嘘だなんてありえません。意識レベルが下がった状態で、政府の立場がどうこうなんていう複雑な嘘をつけるはずがないんです。意図してのものではない可能性も残ってますが、この人が今回の事態に深く関わっていることは疑いようがないんです」

情報保全隊は、他のケースでも自白剤を使用したことがあるのだろうか。安西は、この点では、追及の方向を失敗したと思った。確かに、高度な嘘がつけない状況で話した複雑な話は、記憶を引っ張り出したものと考えることが妥当《だとう》だった。

それならば揚《あ》げ足を取るような、些末《さまつ》な話をして、相手の激高から失言を誘った方がよさそうに思えた。

「意図してのことじゃなきゃ、それはつまり利用されただけだろ。それなのに、お前らは越権行為や薬まで持ち出して、先輩を連中の一味だと決めつけようとしている。先輩をスケープゴートにして、お前らの失態をうやむやにするつもりだろ」

安西は、なおも畳みかけようとした。だがそれは、杉井の「あなたは！」という叫びに遮られた。

「あなただって、保全に関わる人間なら、我々の苦労は分かるはずです。証拠が出てきた時点で、機密が漏洩していたり、工作が完了したりしていれば、保全は失敗じゃないですか。それに、これはそんな生ぬるい事態じゃありません。彼らは戦争を望んでいるのかもしれないし、クーデターを考えているのかもしれない……」

杉井の目は、微かに潤《うる》んでいた。

「証拠なんてなくたって、そんな事態は止めなくてはならないんです」

「証拠どころか、疑うべき根拠があるかどうかも怪しいじゃないか。そうまで言うってことは、やはりお前らは、証拠を偽造してでも先輩を一味に仕立て上げるつもりなんだろ！」

安西は、杉井がそれさえも必要だと言う可能性があると思っていた。しかし、杉井の口から出た言葉は、安西の予想とは違っていた。

「我々には、この人を疑う合理的な理由があります！」

1204（Ⅰ）

「で、続きはなんだって？」

日見子は、膝に毛布をかけたまま、両手で蓋《ふた》を外したマグカップを握っていた。寝覚めのコーヒーを持ってきてもらえる身分は上々のものだったが、実際の気分は最悪だった。まだ、薬が抜けきっていない。頭の中が全体に霞《かすみ》がかかったようで、三時間しか睡眠が取れなかった日の起き抜けのようだった。

「それが、それきり黙っちゃって」と言った安西は、今も部屋の隅でパイプ椅子に座っている杉井を、横目でちらりと見た。杉井は、日見子に顔を向け、膝をそろえて静かに座っていた。視線が合って睨み合う形になったが、日見子も杉井も動かなかった。

「するとあれは、合理的な理由とやらの証拠を摑むために張り付いているってことか」

両手の中で湯気を上げているコーヒーに視線を落として、日見子はつぶやいた。

「というか、何かしでかさないか監視しているというところじゃないでしょうか。彼らには司法捜査権がないですから、とにかく監視したいんでしょう」

安西の顔には苦笑が浮かんでいた。

「情保隊のその他の動きは？」

「先輩に関しては、先ほど話した、官舎の捜索くらいです。後は、司令部勤務員の携帯を調べてました。番号を控えていただけみたいなので、これはまあ、一応の動きでしょうね」

日見子は、舌打ちして「私のとばっちりか」と罵《ののし》った。

「それと、これは全国的な動きですが、失踪部隊の人員と過去に接触のあった人間については、自己申告しろと通達がありました。情保隊が事情聴取するそうです」

「てことは、失踪部隊の面子《メンツ》についてはリリースされたの？」

「はい、総勢三七名、うち、幹部は秋津二佐と先輩からも話のあった飯久保一尉の二名です」

「陸自は大変だな」と言って、日見子は残りのコーヒーをあおった。

「今はまだ自己申告を取りまとめている最中ですが、空自だって、結構な数になってます」

「飯久保一尉がＦＡＣだったから？」

「ええ。F—2部隊を中心に、一部高射職域でも接触のあった人間がいるようです」

「なるほど」

　そのことがこれから起こることに関係しているのだろうか。

　竹島に渡った秋津たちには、カードがない。唯一できることといえば、人質に危害を加えることだが、彼らが日本政府に自分たちの行動を正当化しろと要求していることと嚙み合わない。単純に日韓戦争をさせたいのなら、最初から苦労して、死者を出すことなく制圧する必要などなかったはずだ。

　それに、そんなことをすれば、韓国は強硬手段に出る可能性が高い。いかに彼らの技量が高くても、わずか一〇名前後では、簡単に制圧されるだろう。

　また、彼らが日本政府の追認を得ようとしている以上、独自に韓国政府に対して要求をしているとも思えなかった。

　やはりこれから何か行動を起こすとしたら、残りの人員だろうと思われた。

「課長も、会ったことがあるかもしれないって言ってましたよ」

　安西の言葉に、日見子は、思考の淵から引っ張り出された。飯久保のことだろう。

「そうか。課長もF—2だったか」と言った日見子は、不安な思いを強くした。なんとか身の潔白を証明しないと、早晩、身動きが取れなくなりそうだった。失踪した幹部両名とも接触の経験がある、しかもその一方と婚約までしていたとなれば、嫌疑がかかるのも当然だった。

しかし、彼らに荷担《かたん》していないことの証明は、論理的に不可能に思えた。事実の不存在の証明ほど難しいものはない。日見子にできることといえば、彼らの目論見《もくろみ》を推定し、それを妨害することだけだった。日見子が彼らの目論見を見破り、対抗策を講じる手助けができれば、日見子自身の疑いも、多少なりとも晴れるだろうと思えた。

それに、日見子は秋津がなぜこんなことをしでかしたのか、知りたかった。もう裏切られていたことは疑いようがなくても、秋津を問い詰めてやりたかった。どうして私を騙したのかと。

その上で、できることなら彼を止めたいと考えていた。これ以上の過《あやま》ちを犯すことを、思いとどまらせたいと思っていた。

そして、そのためには、何よりも失踪部隊についての情報が必要だった。

「幹部二名の経歴は？」

安西が、目の前にクリアファイルを差し出した。中にはA４判のペーパーが、三枚ずつクリップ留《ど》めされて入っていた。

秋津の経歴は、防大を卒業後、陸幹校と呼ばれる久留米《くるめ》の陸上自衛隊幹部候補生学校を経て、旭川《あさひかわ》の第九普通科連隊に配置され、そこでレンジャー資格を取っている。その後は一貫して普通科畑を歩いていた。幕僚経験は少なく、指揮官職を含む部隊勤務が多かった。特殊作戦群には編成当時から関わり、陸幕勤務を挟んで、都合二度に亘って勤務していた。

この程度の経歴は、聞いていた。日見子は「部隊ばっかりでね。幕僚は肌に合わない」と言っていたことを思い出した。

性格面では、リーダーシップがあり、部下の信望が厚いと評されていた。それは日見子もよく知っていることだったし、四〇人近くもの人間を死地に引き連れていけることを考えれば、ある意味、当たり前の評価ともいえた。

日見子が知らなかった情報としては、特戦群において、安全管理の上で問題のある訓練を行なっていたことが記《しる》されていた。

急遽《きゅうきょ》まとめたと思われるレポートの最後には、過去に保全上の問題が指摘されたことはないと書かれていた。情保隊としての言い訳だろう。

一方の飯久保は、高校卒業後、一般曹候補学生として入隊。語学能力が高く、情報科に配置されそうになったが、本人の強い希望で普通科配置となったようだ。普通科配置となった後も、主として英語に強い点が買われて、多くのMOSと呼ばれる特技区分を取得している。FACになったのも、英語能力のためだろう。

特殊作戦群に配置されたのも、主にこの語学力の高さからのようだった。特殊作戦というと、一般には体力バカのようにも思われているが、敵性地域内で民間人と接触し、宣伝工作などの心理戦も任務とするため、語学力も必要になる。飯久保は、英語だけでなく、韓国語や中国語、それにロシア語も話せるようだ。

性格面では、我《が》の強いところもあるが、強い精神力があるとされている。こちらも、保全上の問題はなかったとされていた。

自衛隊は、良くも悪くも階級組織だ。官舎での奥さんの立場でさえ、旦那の階級で決まる。しかも、人そのものが戦力である陸上自衛隊にあっては、特にその傾向が強かった。失踪部隊も、この二人が率《ひき》いていると見て間違いないだろう。

だが、経歴資料には、二人の思考を推《お》し量《はか》ることのできる情報は少なかった。心情面からの推察が困難であれば、能力面から可能行動を絞り込んでいくしかない。そして、能力とは、秋津と飯久保のスキルの他は、陸曹の数と技量といえた。

「陸曹に変わった経歴の人間は？」

「特戦群なんで、全員がレンジャー資格を持っている普通科の猛者《もさ》です。ですが、特に変わった経歴といえるものがある隊員はいません。語学のできる人間もいますが、飯久保一尉ほどではないようです」

「韓国語のできる人間は何人いる？」

「日常会話程度が四人、意思疎通が十分可能な程度の者が二人います」

「そのうちの何人かは竹島に行っただろうから、他の連中が韓国に渡った可能性は高くないわね」

「はい。行ったとしても数人しか韓国語を話せないわけですから、韓国人を偽装しての行動は難しいでしょうね」

考慮から外すことはできないものの、可能性は高くない。語学のできない人間では、山間地に潜伏はできても、都市部での破壊活動などは難しい。

「他には？」

「彼らは、全員が秋津二佐のやっていた勉強会に出入りしていたようです」

「勉強会に出入りしていて、今回の失踪部隊に加わっていない隊員は？」

「殺された日向三曹だけです」

その勉強会は、これを行なうためのリクルート活動だったということだろう。

不意に、会話が途切れた。安西を見ると、何か言い難そうだった。

「それと、共通項として、全員独身です」

おそらく、独身隊員ばかりを集めたのだろう。少なくとも、竹島に渡った人間は命がけだ。韓国がその気になれば、間違いなく死ぬ。

しかし、そんな事実よりも、安西が言い難そうにしていた理由が、今さらながらにショックだった。独身者を集めたということと、秋津のプロポーズが噛み合わないのだ。プロポーズが本心ではなく、何らかの裏がある行為だったことは間違いなかった。

「気にしなくていいわ。私も、もう分かってる」

日見子は、自分を納得させるように言った。まだ気持ちの整理はつかなかったが、理性で状況を理解することはできた。

プロポーズに、何らかの裏があったことは確実だ。だが、その裏は読めなかった。情報保全隊は、秋津が日見子を情報源としたり、日見子の父親と関わりを持とうとしたと考えているようだ。だが、日見子はそのどちらでもないことを知っている。父親への紹介を頼まれたこともなければ、情報提供を頼まれたこともなかった。

「少しよろしいでしょうか？」

そう声をかけてきたのは、いつの間にか、近くまで来ていた杉井だった。日見子は、たっぷり三秒ほど睨《ね》め付けると「どうぞ」と先を促した。

「昨晩のことですが、倉橋三佐は秋津二佐に携帯で電話をかけていますね」

「ええ、でも出なかったわ」

杉井は首肯《うなず》くと「分かっています」と答えた。

「通信記録を確認しました。呼び出し音は何回鳴りましたか？」

日見子は、眉根を寄せ「そんなことまで覚えてないわ」と返す。

杉井は、黙って日見子を見つめていた。不審な態度を見せないか疑っている目だった。これ以上嫌疑を持たれても面倒なだけだ。不安そうな様子を見せることも、逆に怒りを示すことも良くない。日見子は「それが何か？」と、努めて冷静に答えた。

「秋津二佐の携帯は、その時、鳥取港で着信しています。そしてその直後電波が途切れました。時間的に、竹島に向けて鳥取港を出発する直前だったと思われます。そして、この時間は、あなた方が情報保全ネットにアクセスした時間でもあります。呼び出し音の回数を、こちらが彼らをマークしたことを伝えるための符丁《ふちょう》として使ったのではありませんか？　あるいは、あなた自身にも監視の目が及んでいることを察知して、証拠の隠滅《いんめつ》を図ることを伝えたかったのではないですか？」

日見子は、自分の行動を呪った。偶然とはいえ、確かに杉井の言うとおり勘ぐれないこともない。日見子が、小さく舌打ちすると、安西が助け舟を出した。

「単なる偶然ですよ。それに、彼らはその何時間も前に東富士で同僚を拘束してから行動してるんでしょう。決行を判断したのはその時点のはずじゃないですか」

「確かに東富士でも判断しているはずですが、最終判断は鳥取港でするつもりだったかもしれません。それに、この人自身がマークされていることを知ったことで証拠の隠滅を図った可能性があります。我々の捜索が難航している理由だって、我々は証拠が隠滅された結果だと考えています」

「ばかばかしい！」

日見子は、思わず口走っていた。冷静に振る舞うつもりだったが、それを貫《つらぬ》けないのが、彼女の彼女たる所以《ゆえん》だった。

「情保隊が司法機関じゃないことは知ってるけど、司法でも情報でも防諜でも、予断排除の原則が大切なことは同じでしょう。私が彼らの仲間だと思い込んで見れば、私が何をしても彼らの支援をしているように見えるんでしょうね」

杉井は、言い返してこなかった。黙ったまま日見子の目を見つめていたが、やがて「電話を借ります」と言って、壁際のパイプ椅子に戻っていった。この話で揺さぶりを入れ、反応を見ろと言われていたのだろう。日見子は、またしてもヒートアップしてしまったことを、ほんの少しだけ後悔した。だが、すぐに頭を切り替えて、思考を巡らせた。

「失踪部隊が鳥取港から出たと言っていたけど、彼らの足取りについて情報は入ってるの？」

「竹島グループ、竹島に向かった失踪部隊をそう呼んでます。彼らについては判明しました。使用したと思われるレンタカーのマイクロバスが、鳥取港に放置されていました。そのナンバーを警察が調べた結果、昨日の朝、御殿場《ごてんば》市内で、訓練に参加していなかった失踪隊員がレンタルしたそうです。予約は三日前の水曜日に入れられていました。彼らは1048に裾野《すその》のインターチェンジから高速に乗り、ほぼ走り通しで鳥取港についてます。経路は警察のNシステムで把握しました」

「携帯も電源を切っていなかったってことは、彼らの行動が把握されることは織り込み済みなんでしょ。大した意味はないわね。他の連中は？」

「他の連中のことは別働グループと呼んでます。彼らについては分かりません。ですが、先輩を起こす直前に、放置されていた軽装甲機動車が発見されてます。場所は、御殿場市内の廃車置き場です。ブルーシートで隠蔽《いんぺい》された状態だったそうです。ただし、訓練に乗っていった台数より、五両ほど足りないそうです」

「五両足りないか。どこかに持っていったと見るべきね」

「はい。警察情報では、付近のNシステムとオービスには記録がないそうです。で、今車両運搬車《セフティローダー》のレンタルと盗難に怪しいものがないか洗っているそうです」

「この五両は、行き先を把握されたくなかったってことだ。逆に言えば、その五両の行き先が分かれば、彼らの行動は見えてくる……」

糸口がつかめそうだった。だが、それが分かったことで、日見子は、なお一層焦燥感《しょうそうかん》を募《つの》らせた。彼らも、軽装甲機動車の運搬手段が洗われることとくらい認識しているだろう。となれば、それが判明する頃には、彼らは行動を開始して、こちらのリアクションが間に合わないように仕組んでいる可能性が高い。

昨日の昼前から行動を開始し、国内を車で移動しているとすれば、既に、全国どこにでも移動が完了していておかしくない頃だった。もっとも、オービスは速度を落とせば問題ないが、Nシステムはかわせない。Nシステムの所在地を避けて行動しているとすれば、北海道や九州は、もう少し時間がかかるかもしれない。

「彼らが何かやろうとしているなら、もうあまり時間がないはずだわ。急がないと……」

「なぜ時間がないはずなんです？」

日見子は、安西に説明してやった。失踪部隊がバカでないなら、この推論は、間違っていないはずだ。

「軽装甲機動車以外の装備も分かっているのよね」

「はい。ただ、あまり良い情報とはいえません」

「多いってこと？」と聞いた日見子には、ある程度想像がついていた。何を行なうつもりにせよ、そのために必要な装備は、射撃訓練の訓練項目を操作して、十分に調達したはずなのだ。安西は一枚のペーパーを手渡してきた。装備品のリストだった。

「そうです。放置されていた軽装甲機動車の中に残されていたものを除くと、小銃としてM4カービンが四二丁、消音器付きの拳銃が一六丁、消音器なしの拳銃が二一丁、バレット対物狙撃銃が六丁、M2重機関銃五丁、その他暗視装置など多数」

「なんでもありって感じね」

「いえ。そうでもないです」

日見子が、疑問を浮かべた目を向けると、安西は、肩をすくめて答えた。

「ボクも自分じゃ分からなかったんで、園田《そのだ》三佐に聞いてみました」

園田三佐は、運用課の基地警備担当幕僚だ。総隊司令部では、最も地上戦闘に詳しい。

「で、彼が言うには、持っていかなかったものが参考になるそうです」

「特戦群が持っていて、この中に入ってないものというと、ミニミと対人狙撃銃、それと手榴弾にグレネードあたりか」

「ええ。そこから導き出される結論としては、機関銃や手榴弾を持っていっていないことから、彼らは武器を無制限に使うつもりはないらしいということです。あくまで制限された戦闘をする、具体的に言えば重要拠点の占拠とかだろうってことでした」

日見子の脳裏《のうり》には、ふと国会議事堂が浮かんだ。しかし、これは的外《まとはず》れというものだろうと思い直した。国会議事堂や首相官邸は、機動隊が周囲を何重にも固めているはずだ。多数の武器を携行《けいこう》したままでは目立ちすぎてそこまで到達できそうにない。機動隊をなぎ倒していくつもりであれば、機関銃を持っていかなかったのはおかしい。

「ただし、重機関銃であるM2を持っていることは注意が必要だろう、とも言ってました。M2の数と軽装甲機動車の数が合うことからも、M2はミニミに代えて軽装甲機動車に装着している可能性が高いだろうって話です」

「軽機関銃では不十分な目標を狙っているってことか」

「はい。ただ、そうなると、目標が思いつかないとも言ってました。自衛隊の駐屯地にでも殴り込みをかける以外は、必要なさそうだなんて、笑ってましたよ」

確かに、現状では他には考え難かった。それとも、政府が自衛隊に警備をさせる可能性のある施設だろうか。しかし、もしそうならば、能力の高い特戦群とはいえ、規模の勝負になってしまう。重要施設に対して、政府が戦車や装甲車両を含めて配置させる決定をすれば、特戦群でも手は出せなくなる。

「それと、対人狙撃銃を持っていかなかったところを見ると、要人の狙撃はまずないだろうってことです。バレット対物狙撃銃を使って、超長距離での狙撃を狙っている可能性は否定できないものの、それにしても対人狙撃銃を持っていかない理由にはならないと言ってました」

それは、理解しやすい話だった。

「暗殺もなさそうね」

安西は、首肯《うなず》いた。

「中央指揮所も同じ見解？」

「はい。で、政府は在日韓国・朝鮮人による破壊工作が行なわれる可能性があることにして、治安出動命令を出して重要施設を陸自部隊に警備させることを検討中だそうです。ただし、クーデターも怖がっていて、都心には入らせないつもりみたいです」

日見子は、思わず声を出して笑ってしまった。それを聞いた杉井は、壁際で眉をつり上げていた。

保守的な現内閣は、前政権と違って自衛隊をただの無駄遣い組織とは見ていない。それでも、従前のやり方までは変えていない。内閣危機管理監は、相変わらず警察官僚ポストだったし、防衛省内にも警察官僚を送り込み、監視の目を怠っていなかった。

「空自への指示はないの？」

「はい。対領侵措置での地上待機だけです」

日見子は、それが気がかりだった。秋津や飯久保が、自分と接触してきたのには理由があるはずだ。それはつまり、この事態が、空自にも関係する事態であることを匂わせていたが、それはまだ点でしかなかった。別の点を見つけて線を引かなければ、漠然とした懸念だけでは、組織は動かせない。

「他に、国レベルの動きは？」

「アメリカが、状況を説明しろと言ってきています。駐日大使が官邸に押しかけたそうです。ただ、その一方で、韓国にも自重《じちょう》を求めているようです」

日見子は首肯《うなず》いた。当然そうなることは想像できたからだ。日韓戦争にでもなれば、喜ぶのは北朝鮮と中国だけだ。アメリカにとって、プラスは何もない。

「韓国は？」

「アメリカの働きかけもあるからでしょうけど、動員こそかけていないものの、警戒態勢を上げてます。外交ルートでは、猛烈に抗議してきてます。まあ、当たり前の反応でしょうね」

「そうね」と答えた日見子は、こちらからアクションを起こすことを考えていた。依然として情報が足りないが、待っているだけでは、十分な情報が得られた時には既に手遅れ、という可能性があったからだ。

「それと、例の身上票が手に入りましたよ」

「身上票？」

「ええ。殺された日向三曹の身上票です」

忘れていた。そういえば、安西が入手できるかもと言っていたものだった。身上票は、隊員の身の上全般について記録したものだ。仕事ぶりだけでなく、私的なことまで含めて記載され、後の指揮官が隊員の身上を把握するために使用する。どこの誰と付き合っているとか、貯金はいくらぐらいあるのかなど、一般社会ではプライバシーとされる事項まで把握に努め、記載することが求められる。

「どうやって手に入れたの？　警務隊から？」

秘文書ではないが、隊員の私事まで記載するため、普通コピーされることはない。

「いえ。警務隊ルートは、成果なしでした。ですが、陸幕の人事に知り合いがいまして、ちょっとした貸しがあるもんですから、そいつに頼んだんですよ」

日向三曹が死亡したため、陸幕に送られていたらしい。日見子は、パラパラとめくりながら「有用な情報はあった？」と聞いた。
「最後のページを見て下さい」
そこには、次のように書かれていた。
一〇月三〇日　水中接敵、岩壁登攀《とうはん》から敵地を襲撃する総合訓練の要員として最終段階の集中訓練に参加。士気は高く、訓練意欲旺盛《おうせい》。
一一月四日　親しい友人である諸岡三曹から報告及びＰＫＯ要員からの除外上申あり。要確認。
一一月五日　諸岡三曹から報告を受けた事項について、本人に問いただすも、本人は否定。ただし、動揺した様子が見られ、嘘をついている可能性が考えられる。要調査。
一一月一〇日　通り魔被害により死亡。遺族に連絡。
「友人からの報告？」

それが、殺害された原因と今回の事象とに何かつながるのだろうか。

「報告の内容は分かりません。身上票には、これ以上書かれていませんでしたし、情報保全ネットを改めて見返してみましたが、そちらにも、この報告について推測できる材料はありませんでした」

「でも、一週間もしないうちに殺害されていることから見て、やはり何らかの関係がある可能性が高いわね。それにしても……」

日見子にはもう一つ引っかかっていることがあった。

「諸岡三曹……」それは、どこかで聞き覚えのある名前だった。

「情報保全ネットにあった、日向三曹の親交者です。で、これが電話番号です」

と言って安西が目の前に置いたメモには、自即電話の番号が書かれていた。

「彼も二中隊所属でした。情報保全ネットも調べてみましたが、こちらには注目すべき材料なしです。渡した番号は、二中隊本部の事務室です。直接電話して情報が得られるかどうか分かりませんが、今のところ他に情報収集手段がありません」

勉強会の参加者は、全員が失踪部隊に参加している。となると、秋津は、この諸岡三曹を、勉強会に呼ばなかったということだ。その一方で、彼は友人として日向三曹の何かを知っていた。それは、失踪部隊にとって都合の悪い何かだったのかもしれない。秋津が、それを知り、日向三曹を消すことを考えたのかもしれない。日向三曹には、消されなければならないどんな事情があったのだろうか。

日見子は、自即電話に手を伸ばしたが、そこで動きを止めた。

まずもっての問題は、電話口に諸岡三曹が出てくれるか、あるいは取り次いでもらえるかだった。特戦群に電話をしたところで、航空総隊司令部からの電話など、誰でも訝しがるだけだろう。情報保全隊が、今回の事象に関して、特戦群を聴取していることは間違いないし、部隊の中では箝口令《かんこうれい》を敷いているだろう。

たとえ諸岡三曹に取り次いでもらえたとしても、彼がこの何かについて、話してくれるかは、さらに怪しかった。

接触は難しい。だが、この時に諸岡三曹が報告した内容が分かれば、失踪部隊の行動を推測する、数少ない貴重な情報となるかもしれなかった。

日見子は、受話器の上に手を置いたまま、諸岡を電話口に出させる方法と、話すつもりにさせる方法を考えた。

しかし、いくら考えても、妙案は浮かばなかった。諸岡には、総隊司令部の幕僚を相手にする必要性がないのだ。しかし、妙案が浮かばないことで、逆に日見子の覚悟は決まった。当たらずに思い悩むより、当たって砕《くだ》けた方がマシだ。

日見子は、受話器を持ち上げると、メモにあった番号をプッシュした。呼び出し音は一回しか鳴らなかった。

「もし？」

電話口に出た声は、自衛隊内の電話であれば、当然に口にするはずの、部隊名も氏名階級も名乗らなかった。さすがに統制が厳しいといわれる特戦群だけのことはある。

「空自、航空総隊司令部情報課の倉橋三佐です。そちらは特殊作戦群の二中隊で間違いありませんか？」

「三佐を相手に失礼ですが、どのようなご用件でしょうか」

「そちらの諸岡三曹に伺いたいことがあって、電話しました。取り次いでもらえますか？」

「お聞きになりたい内容とは、どのようなことでしょうか？」

諸岡三曹が存在するとも、存在しないとも答えない。なかなかに頑《かたく》なで、頭の回転も悪くない。声は、洞窟で発したら見事な余韻《よいん》を引きそうだった。日見子は、この会話が楽しくなってきた。しかし、悠長《ゆうちょう》に会話を楽しんでいる時間はない。そして、回りくどい話も苦手だった。

「そちらの部隊が、今どんな状況にあるかは分かっています。しかし、こちらものっぴきならない事情がありまして、本件に関して情報を求めています。私は秋津二佐の婚約者です。いいえ、だったと言った方が正確でしょう。おかげで、そちらの部隊と同様に、私も猜《さい》疑《ぎ》の目で見られています。自分の嫌疑を晴らすためにも、私は秋津二佐が行なおうとしていることを止める必要があるんです。そのために、本件に関して、諸岡三曹から情報を頂きたいのです。取り次いで下さい」

日見子は、最後の一言を、有無を言わさずという調子で言った。お願いというよりも、脅迫するような口調だった。この会話は、論理的な駆け引きを伴う交渉ではなく、言葉で相手を圧倒する戦闘なのだった。

電話の相手は、しばし無言だった。だが日見子も言葉は発しなかった。焦ってもいいことはない。ややあって、電話口の声は、声を潜めて言った。

「私が諸岡です。補給陸曹を兼ねているので、中隊本部にデスクがあります。ですが、今は話せません。三分後に電話しますから、電話番号を教えて下さい」

周囲に人がいて話せないのだろう。日見子は情報課作業室の番号を伝えて、静かに受話器を置いた。日見子以上に不安そうな顔をしている安西に「かけ直してくれるそうよ」と声をかけると、椅子の背もたれに体重を預けた。

首を左に向け、壁際に座る杉井を見た。そろえた膝の上で、両の拳を握っていた。日見子のことを睨んでいたが、何か言ってくる様子はなかった。

日見子は、クリーム色の壁にかけられた無機質な時計の黒い秒針を見つめた。常に同じ速度で回っているはずだったが、酷《ひど》く遅く感じる。針が二周と半を過ぎたところで、電話が鳴った。

「COC情報課作業室、倉橋三佐です」

「特戦の諸岡三曹です」

「周りに人は？」

「いません。今は、補給倉庫からかけてます」

「了解。先ほど話したとおり、私は秋津二佐と婚約してました。そのおかげで、失踪部隊に協力していたのではないかと疑いを持たれてます。その疑いを晴らしたいと思ってますし、秋津二佐がこれ以上何かをしようとしているなら、自衛官の一人として……いえ、彼に近しい人間だったからこそ、彼を止めたいと思っています。協力して下さい」

「中隊長は、私にとっても尊敬できる人でした。しかし、もし中隊長が、仲間を殺しているのなら、それを許す気にはなれません」

「日向三曹のことね」

「やはり、日向は中隊長に殺されたんですか？」

「それはまだ分からない。でも、関係がある可能性は、きわめて高いと思う。だから、その日向三曹の件で、聞きたいことがあるんです」

「分かりました。ですが、代わりに分かったことは教えて下さい。特戦は、今事実上の軟禁状態で、尋問はされても、我々には、何も教えてはもらえないんです」

「分かったわ。こちらが把握した内容は教えます」と声を潜めることもせずに言った。部屋の片隅にいる杉井は、黙って睨み付けているだけだった。おそらく、この電話を盗聴しているのだろう。

「あなたは、日向三曹が殺される六日前、一一月四日に、秋津二佐に対して、日向三曹について何か報告して、ＰＫＯ要員から外すように上申してますね」

「どうしてそれを？」

「日向三曹の身上票を見ました。ですが、そこには報告の内容が書かれていなかったんです。何を報告したんですか？」

諸岡は、長いこと口を閉ざしていた。

「日向が付き合っていた女性が、妊娠したんです」

「妊娠……。あなたは、なぜそれを知っていたんですか？」

「日向の彼女は、私の妻の友達なんです。彼女を、日向に紹介したのも私でした。妊娠は、日向本人に伝える前に、彼女が妻に相談したんです。彼女は、日向が妊娠を喜ばないんじゃないかと不安がっていたんです」

「本気ではなかったということ？」

「いえ。愛されているとは思っていたようです。ただ、彼は、彼女に対して、自分の命は、この国のために使うんだと言っていたそうです。だから、彼女は、日向が子供を疎《うと》ましく思うんじゃないかって考えていたみたいです」

「それで？」

「妻から、彼はそんな薄情な男ではないと伝えてもらってたんですが……」

電話口からも、言い難い雰囲気が伝わってきた。

「実際には、彼女によれば、ですが、妊娠を伝えると、日向はショックを受けた様子だったそうです。それで、私は日向に、結婚すればいいじゃないかと言ったんですが……」

「そのつもりはないと？」

「いえ。いずれは結婚すると言いました。ですが、今はまだダメだとも。私は、彼が選抜されているPKO要員から外されることを恐れているんだろうと思っていました。中隊長は、家庭のある者は家庭を第一にしろという方針で、PKOなども独身者を優先して選抜してましたから。それに……中隊長がやっていた勉強会も、妻帯者は参加不可でしたし」

「勉強会は、独身者限定だったのね？」

「ええ。私も参加させてほしいと言ったことがあったんですが、秋津二佐は、家庭のあるやつは早く帰れと言って、参加させてもらえませんでした」

「了解。それで、日向三曹は、その後どうしたの？」

「彼女には、堕《お》ろすように勧《すす》めたそうです。彼女は、悩んでましたが、最終的には結婚してもらえなくても産むと決心をしたそうです。日向は、それを聞いても、彼女には何も言わなかったそうです」

「そう。それで、あなたがそのことを、秋津二佐に報告したということ？」

「はい。日向からは、絶対に黙っていてくれと言われていたんですが、表向きにはＰＫＯ要員の指定を外さずに、実際に話が来た時には、中隊長が断わる形にしてもらえば、本人には分かりませんから。そのように上申したんです」

「報告の後に、何か動きはあった？」

「中隊長が、本人に聞いたらしく、日向からなぜ話したのかと詰《なじ》られました。彼には謝《あやま》りました。それと同時に、ＰＫＯだけが任務じゃないんだから、活躍の場はあると話してなだめようとしたんですが……。彼は、取り返しのつかないことをしてくれたと言ってました」

諸岡の声には、後悔の色があった。

「倉橋三佐。日向は、私の報告のせいで殺されてしまったんでしょうか」

結果的に見れば、その可能性は否定できなかった。だが、不自然な点もあった。

「確認するけど、日向三曹の言った取り返しのつかないことというのは、あなたが秋津二佐に妊娠の件を報告したことなのね。彼女を妊娠させたこと自体ではなかったのね？」

「そうです」と言った諸岡の声は沈んでいた。

「状況から見れば、日向三曹は、今回の失踪部隊に参加する予定だった可能性が高いと思う。あなたは、日向三曹が、失踪部隊から抜けようとしていたと思う？」

「思いません」と即座に返ってきた返答は、確信に満ちていた。

「日向は、妊娠のことを報告しないでくれとさえ言ってたんです。彼は、妊娠の事実があっても、失踪部隊に参加するつもりだったと思います。今となってはですが、日向は、報告されたら外されると考えて、それを恐れていたんだろうと思っています」

日見子は、参加の意志が堅いのなら、なぜ殺す必要があったのかと訝しんだ。引き込むことに成功しているのであれば、そこまで独身者に拘《こだわ》る必要はないように思えた。

「分かった。話してくれてありがとう。感謝します」

電話を切ろうとした日見子を、諸岡が思い詰めた声で押しとどめた。

「三佐は、中隊長が日向の殺害を指示したと思っていますか？」

日見子は、即答することができなかった。秋津が仲間を殺すような人間だとは思っていなかったが、自分が裏切られることだって考えていなかったのだ。自分の人物評価が当てになると考えることは、子供じみている。

「そう思いたくはないわ。少なくとも、私の知っている彼は、そういう人ではなかったから」

「私も、そう思います。中隊長は、自分が安全な位置にいながら、部下に危険な命令を下すような人ではありませんでした」

諸岡は、一旦言葉を切ると、衝撃的な話を始めた。

「以前、中隊で人質救出を目的にしたCQB（近接戦闘）を訓練した時のことです。十分な訓練で私たちが自信を持つと、中隊長は、人形の代わりに自ら人質役になったんです。しかも、実弾を使用させて」

日見子は息を呑んだ。彼女は、自分自身のことを、無茶をする人間だと思っていたが、そんな自分から見ても、秋津の行なった訓練は無茶すぎた。

攻撃対象が人質を取っている時、最後にはその人質を盾にする可能性が高い。そうなれば、人質をかすめるようにして攻撃対象を狙い撃たなければならない。まかり間違えば、人質も即死する。

「それまで自信を持っていた私たちですが、この訓練には度肝《どぎも》を抜かれました。最初は、人形の代わりに自分が人質になっていることを、中隊長は私たちに告げませんでした。だから、その時には普通にやれたんです。ですが、中隊長が人質役をやっていることが分かってから行なった二回目以降は、みんな震えてました。足がすくんで突入できなくなった者もいましたし、突入したものの、一度も引き金を引けなかった者もいました。この訓練の後、自信をなくして一般部隊に戻してほしいと言い出す者もいましたし、一人は退職するとまで言い出しました。私は詳しく知りませんが、陸幕の監察官室が乗り出してきて、問題になってたみたいです」

この話が、川越が言っていた秋津が上官とぶつかったという訓練の話なのだろう。確かに、こんな訓練を承認できる上官がいるとは思えない。おそらく、秋津が独断で行なったのだ。

「中隊長は、慢心気味だった私たちに、実戦の恐ろしさを分からせようとしたんです。『実戦は、生身の人質がいるだけじゃない。こちらが実弾で撃たれるんだ。この訓練に適応できないやつは、残酷だが適性がないということだ』と言ってました。中隊長は厳しかったですが、だからこそ、尊敬もしてたんです。そして、中隊長は誰にもまして、自分に厳しかった。私は今でも中隊長が日向を殺そうとしたとは思えません」

「そうね」

自分が死ぬ危険まで冒《おか》しながら部下を鍛えようとした秋津が、失踪部隊を抜けようとしたわけでもない日向を殺したとは、論理的に考えても不自然だった。

「私が……、日向を殺してしまったようなものです。だから、なぜこんなことになってしまったのか、分かったら教えて下さい」

「ええ。分かったことがあれば教えるわ。でも、たとえ、秋津二佐が殺害を指示したのだとしても、それはあなたの責任ではないわ。だから、気にしないで」

諸岡は、力ない声で「はい」と答えた。日見子は、今後の諸岡との連絡手段を確認すると、静かに受話器を置いた。ここにも苦しんでいる人間がいた。多くの人の思いを巻き込んで、秋津は何をしようとしているのか、日見子は、今一度考えた。

「日向三曹は、失踪部隊から抜けようとしていたわけではないらしい。それにもかかわらず、殺害した理由が分からない」

日見子は、諸岡の話をかいつまんで安西に話した。

秋津の意図を探るという目的でも、成果といえるものはなかった。となれば、やはりこちらからアクションを起こすしかなかった。日見子はゆっくりと立ち上がった。

「どうするんです」

「直接、秋津二佐に話を聞く」

ガタンと椅子を蹴《け》る音が聞こえた。杉井が立ち上がっていた。

「通信手段があるんですか」と、杉井が勢い込んで尋ねた。

「衛星携帯電話があるんでしょ？」

協力を認めたと思ったのか、杉井の表情には、落胆と警戒の色が浮かんでいた。

「秋津二佐と直接会話することなんて、認められません」

「認めるのはあなたじゃない。誰が認めてくれるのかは知らないけど、どうせ今まで誰が呼びかけても答えてないんでしょ。もしかしたら私が問いかければ答えるかもしれない。秋津二佐が要求したように、彼らの行動を追認するなんて、政府にできるはずはない。だとすれば、少しでも秋津二佐の意図を探る手段があるなら使うべきじゃない？」

「だからといって、彼らに情報を与えるつもりの人間を、接触させられません」

「そう思うんだったら、防衛大臣にそう言うことね。直轄《ちょっかつ》部隊なんだから」

日見子は、そう言い捨てると、トップダイアスに向かって歩き始めた。

杉井は、自即電話に飛びついていた。

1226（I）

日見子は、情報課の作業室を出ると、足早にトップダイアスに向かった。浜田の定位置は、司令官のほぼ真後ろ。防衛課長と並び、課長クラスでは、最も司令官に近い位置に陣取っていた。作戦を指揮するCOCにあっては、トップダイアスの両翼端に席を持つ総務部長や監察官よりも司令官に近い。

耳元で囁《ささや》くのでなければ、課長への報告は司令官にも直接耳に入る。課長から防衛部長や副司令官に報告してもらうことなく話が通せるため、日見子にとっては都合が良かった。

日見子は、浜田の隣まで行くと、進言が長くなりそうなので片膝をついて声をかけた。

「課長、上申したいことがあります」

司令官とその両隣に席を並べる副司令官と防衛部長も、椅子をわずかに回して、日見子に目を向けた。日見子は、彼らにも聞こえるように声を潜めなかった。

「私に、竹島にいる秋津二佐に呼びかけさせて下さい」

自衛隊では、簡明であることが重視されるため、文書でも口頭でも、まず結論から入る。理由は、その後だ。だから、よほど突飛なことを言い出さない限り、結論を話しただけで遮られることはない。しかし、この時の浜田は違った。

「馬鹿なことを言うな。お前が呼びかけてどうなる」

いつもの鷹揚《おうよう》な浜田らしくないと思ったが、日見子はこの程度で引き下がるつもりは毛頭《もうとう》なかった。強引に上申するためには、上申理由よりも、状況を先に話した方が良さそうに思えた。

「時間がありません。別働グループが何を行なうつもりにせよ、国内であれば、全国どこであっても、配置を完了しておかしくない頃合いになりつつあります」

「だからといって、竹島に乗り込むような連中を、お前が説得できるとでも言うつもりか？」

「いえ、説得するつもりではありません。別働グループの動きを推測するための情報を引き出したいんです。誰が呼びかけても、向こうからの応答がないとは聞いています。ですが、私が呼びかければ、応答があるかもしれません」

「ばかやろう。そんな都合《つごう》良くいくわきゃねえだろ」

なおも口を開きかけた浜田に割って入ったのは、司令官の手嶋《てしま》空将だった。

「自信はあるのか？」

日見子は、小躍《こおど》りしたい内心を抑えて、手嶋に向き直った。

「自信はありません。ですが、他の誰かが呼びかける時とは、違ってくる可能性があると思ってます。かえって強く拒絶される可能性もありますが、もしかしたら応答する気になるかもしれません」

「司令官」

誰もが異常な緊張にあるこの非常時であっても、いつもと変わらない声を出したのは、副司令官の水野《みずの》空将《や》だった。

「上申は、お止めになった方がいいかと思います。司令官の評判に差し障ります。倉橋三佐の普段の言動を見るに、私は倉橋三佐がこの件に協力しているとは思いませんが、情保隊は協力者として疑いをかけてます。その倉橋三佐に秋津二佐と会話する機会を与えれば、司令官の評価に傷が付きかねません」

「そうです」と後を継いだのは浜田だった。

「私も自分の部下を疑うつもりはありませんが、こいつが疑いを持たれていることは間違いありません。こいつに話させるように上申なんてしたら、司令官自身が軽率だと言われかねません」

浜田の言葉は、管理者として当然のものだ。しかし、日見子はほんの少し不満だった。普段の浜田からすれば、もう少し、日見子の肩を持ってくれそうなものだと思ったからだ。

「そうかもしれんが、時間がないことも事実だろう。日本の警察は無能じゃない。軽装甲機動車なんていう目立つものを持ち歩いている連中を、いつまでも見つけられないはずがない。そして、そのことを連中だって理解しているはずだ」

手嶋の言葉に、日見子は黙って首肯《うなず》いた。

「しかし、もしこいつが連中に協力していたとしたら、通話中に何かの符丁を使って情報を漏らしかねません。そうなれば司令官が責任を追及されます」

「もしそうなら、通話させなくても管理責任は問われることになる。それに、責任を取ることも上に立つ者の仕事だ」

手嶋は、覚悟を決めたような顔で言葉を継いだ。

「何より、このままでは私が次期空幕長に選ばれる可能性は低い。ここで一発逆転を狙うことも悪くないだろう。私も倉橋三佐を信用しているとまでは言わないが、裏表のある器用な人間じゃないことは、司令部の人間なら察していることだ」

手嶋が、やにわに作ったような人の悪い笑みを浮かべて言い切ると、それ以上口を挟む者はいなかった。


中央指揮所での決定は、それが誰によるのかを日見子は知らなかったが、あっさりと下された。「ゴーが出たわよ」と伝えた時の杉井の顔は、見物《みもの》だった。

政治的にも軍事的にも手詰まりの状況の中、誰もが、事態打開の可能性がある手段であれば、何であれ試してみたいと思っていたのだろう。ただし、秋津二佐に情報を与える会話は禁止するとの条件付きだった。情報保全隊のせめてもの抵抗だったのだろう。

通電課の干川《ひかわ》二曹がラインチェックを終え、「中央指揮所、COCともラインモニターOKです」と告げると、日見子は、COCの中央に置かれたデスクマイクの前に腰掛けた。それと同時に、COC全体に衛星電話の呼び出し音が響いた。

プツッという回線がつながる音が微かに響くと、日見子は大きく息を吸い込み、そしてゆっくりと呼びかけた。

「竹島、空自航空総隊作戦指揮所倉橋三佐。竹島、こちら空自航空総隊作戦指揮所倉橋三佐、感明あるか送れ」

今までは、回線がつながっても竹島グループからの返答は、一語としてなかったという。デスクマイクを握る日見子の手が、じっとりと汗に濡れた。私が呼びかけても、何の反応も得られないのだろうかと日見子が諦《あきら》めかけた時、耳になじんだ声が響いた。

「感明数字の5」

一瞬呼吸が止まった。問いたいことと問うべきことが頭の中で交錯する。大きく深呼吸すると、何とか息は絞り出したが、決めていた言葉はどこかに飛んでいた。

「なぜこんなことをしたの！」

「なぜかと聞くのか？」

「当たり前でしょ」

日見子が本当に問いたいことは、同じなぜでも、竹島を占拠した理由ではなかった。なぜ日見子を騙したのか、問いただしたかった。なぜ自分を誘ってはくれなかったのか、問いただしたかった。

しかし、日見子は、その狂おしいほどの焦燥の中で、浸りきらない自分も知覚していた。本音《ほんね》をぶつけたがっている自分を、頭の隅から冷静に見つめる別の自分がいることを知覚していた。

「この国は、今だ夜明け前の暗闇の中にいる。我々の目的は、国民を黎明《れいめい》に導くことだ」

「何が言いたいの」

日見子は、二人の自分の狭間《はざま》の中で揺れ動いていたが、感情に素直になりたい自分が、それを外から見つめる冷めた自分自身であることも知っていた。結果は見えていた。感情に素直になりたいのは、なれないことが分かっているからだ。

「相変わらず、君はせっかちだな」

秋津は、状況に似合わない軽《かろ》やかな笑い声を響かせた。

「最初に言ったはずだ。武は持っただけでなく、それを用いる気概がなくば、意味がないと。自衛官は理解しているかもしれないが、残念ながら、多くの国民は、このことを理解していない。そして、もどかしいことに、日本は民主主義国家だ。これを国民が思い知らなければ、日本の国家意志は変わらない」

秋津の真意を探ろうと頭を巡らせていると、冷めていく心が感じられた。マイクに向かっている自分自身の後ろ姿が、頭の上から見えるような気がした。

武を用いる気概。どうやらこれがキーワードのようだった。しかし、まだ彼らがこれから行なおうとすることを占えるほどの材料では到底なかった。

「民主主義国だということが分かっているなら、民主的な手段を採《と》ればいいじゃない」

「寝ぼけたまま六〇年以上を過ごしてきた国民に、ただ言論だけで気概を持つことの必要性を分からせることなど不可能だ。それに、そんな悠長《ゆうちょう》な手段を採らなくても、政府の意思決定に影響を与えることはできる。それは君だって分かっていることだろう。だからこそ、竹島を奪取すれば面白いことになると言ったんじゃないか？」

「残念ながら、私の発案だってことは、もう話してあるわ。あなたのおかげで、私は完全に疑われてる。自白剤まで使われたわ」

「なるほど。しかし、自白剤といったって万能じゃない。全てを話したわけじゃないだろう」

まだ隠していることがあるとでも言いたいのだろうか。日見子は、秋津の言葉に、何か誘導しようとしているような雰囲気を感じた。

「別に隠し立てすることはないわ。ただの戯《ざ》れ言《ごと》を、あなたが実行に移してしまっただけのことよ。実行に移すなんて、思いもよらない話だったのに」

「質問に答えてないな。君も理解している。この国の人間は、体験しないと学習できないということを」

だから、体験させるつもりということなのだろうか。

「何を体験させるつもりなの？」

秋津はすぐに答えを返してこなかった。日見子は微かに後悔した。問いかけが直接的すぎたか。

「それは、いずれ分かることだ。そして理解する。自分たちが、虚構の安寧《あんねい》の中にいたのだということを。防衛力だけ整備して、それだけで敵を抑止できると信じ、偽《いつわ》りの平和に酔っていたのだということを」

「素人《しろうと》相手の防衛学の講義にしては、抽象的すぎると思うわ。意志と能力を具備してこそ脅威になる。そのことを、身をもって体験させたいということなの？」

秋津は、乾いた声で笑って答えた。

「君のように、論理的帰結が全てな人間ばかりだと、世界は単純でいいだろうな」

日見子は複雑な思いだった。誉《ほ》められていると同時に、バカにされているようにも感じた。おそらくどちらも間違ってはいない。実際の世界では、論理的帰結として予想される未来を、真実とは思えない人間が多いと言いたいのだろう。身をもってしか理解のできない人間が多いと。しかし、これ以上抽象的な話をしても、秋津がそう簡単にボロを出すとは思えなかった。日見子は、矛先《ほこさき》を変えることにした。

「わずかな人員と武器、それに軽装甲機動車だけで何ができるというの」

「できることは、いくらでもあるさ」

「不意を衝《つ》けば大抵の施設は占拠できるかもしれない。でもそれだけだわ。銀行強盗やテロリストと変わらない。あなたが言うように、国民を導くようなことはできない」

「そうかな。事実、ここ竹島の占拠はできているだろう。周囲の海は韓国軍の艦艇だらけ、上空も韓国軍機が飛び回っているが、彼らは手出しすることもできない。その一方で、韓国のマスコミは騒然となっているじゃないか。中には、自衛隊を殲滅《せんめつ》しろなんて勇ましい意見もあったぞ」

「日韓戦争を始めさせるつもり？」

「それも悪くないな。しかし、君も指摘したとおり、竹島を占拠しただけでは戦争にはならない。大統領と韓国軍が、見込みのない戦いを挑《いど》むほど愚《おろ》かでなければ、だけどな」

日韓戦争の勃発《ぼっぱつ》を目的としているとは、思えなかった。竹島の占拠に加えて、韓国国内でテロを行なったにせよ、あまりにも不確実だ。ただし、戦争を避けようという考えもないようだ。

「だからと言って、日本政府があなたたちの行動を追認するとでも思ってるの？」

「どうかな。だが、認めなければ竹島は失う。それははっきりしている。外部から見れば日本政府による占領だからな。だから日本政府の意志とは無関係だと言うこともできない。政府首脳もこの会話は聞いているだろうが、彼らはさぞかし悩んでいるだろうな」

竹島占拠の追認も、望んではいるのだろうが、見込みがないと理解しているとおり、やはり最終目的ではないように思えた。不確実すぎることを目的としているとは思えない。

何が目的なのだろう。日見子は、左手で胃のあたりを押さえた。もっと揺さぶりをかけないとダメだ。日見子は、心を決めた。ブラフをかけよう。深く息を吸い込むと、声のトーンを落として言った。

「こちらは、もう別働グループの動きを捕捉してる」

返答があるまでに三秒以上の間が開いたが、日見子はそれ以上口を開かずに待った。

「で、彼らを拘束したのか？」

「拘束はしていないわ。でも監視は付けてある。常道でしょ」

「君は嘘をついている。俺が、そんな単純な嘘に引っかかるとでも思っているのか？」

秋津の口調には、微かな不安があるようにも感じられた。

「君たちは、彼らの動きを捕捉してはいない。一部を捕捉していたとしても、それを私に話すことにメリットがない。それに、捕捉されて気が付かないほど私の部下は鈍くない」

嘘だと返されることは覚悟していた。どうせブラフだ。信じてもらう必要はない。秋津に不安感を与えられれば、それでよかった。それに、秋津が不安を感じたためか、ほんのわずかとはいえ、情報も得られていた。

「そんなことはないわ。私は諦めてほしいだけ。あなたたちに追随《ついずい》するような自衛官はいないわ。それどころか、全員であなたたちが行なうことを止める。私もよ」

「どうかな。共感する自衛官は少なくないはずだ。専守防衛などという軍事的合理性とかけ離れた理念を押しつけられ、存分に力を発揮することが許されない状態に不満を覚える者は多い。でなければ、我々の行動に、なぜこんなにも参加する者がいるのだ。彼らは命じられて参加しているのではない。自分たちがいくら戦う能力を磨き、寄らば斬《き》るの気概を持っても、国家が同じ気概を持たなければ、何の意味もなさない」

秋津の口調には、明らかな憤《いきどお》りがあった。

「それどころか、自衛官でありながら、幻影に毒され、武人の気概を持たないことを当たり前のように考える者さえいる。せめて隊員にだけは気概を持たせようと実戦的な訓練を行なえば、事故を恐れて訓練を止めにかかってくるくらいだ」

諸岡の言っていた実弾を使用したCQB訓練のことだろう。それに、他にも同じような事案があったのかもしれない。

「そして、それに染まった自衛官は、武人の気概を失い、訓練のための訓練を繰り返すだけの木偶《でく》と化す。君だって分かっているはずだ。問題意識を持った自衛官なら、誰だってぶち当たる矛盾《むじゅん》なのだから」

秋津の言いたいことは、日見子にも理解できた。情報収集のため、国際法上なんの問題もない収集機によるフライトさえ、周辺国を刺激するとして制限がかかる。日見子自身、空幕の担当者と罵り合いの激論を交わしたことは一度や二度ではなかった。

日見子が発した「だからといって……」という力ない声は、自信に満ちた秋津の声に遮られた。

「事実を国民に突きつける我々の行動は、いずれ必ずや評価されると確信している。妨害する者がいることは織り込み済みだ。我々は必ず目的を達成する」

「笛の音で導けるのは、分別のない子供だけよ」

日見子の言葉は、屈服していないことを示すせめてもの抵抗だった。それに返してきた秋津の言葉には、笑っているような響きがあった。

「実際に子供なのさ。理念を語り、現実を見ることのできない者は子供だろう。だが、我々が導く先は、暗い洞窟ではない。現実という荒波の上だ」

今さら確認するまでもなかった。秋津は確信に基《もと》づいて行動しているのだ。ブラフや懇願が通じることはない。

日見子は、自分自身ありえないと思いつつも、聞いておくべき問いを発した。

「もし、日本政府があなた方の行動を日本政府の意志であることを認め、竹島の奪還完了を宣言したら、どうするつもりなの」

「指揮下に復帰する。交代部隊が来て、我々を拘束するというのであれば、抵抗はしない。おとなしく拘束されよう。現在拘束している韓国人の処遇についても、命令に従う。国民期待している結末というわけではないが、完全ではないにせよ、目的は達成される。国民は、武を用いることで初めて達成されるものがあるのだということを理解するだろう」

日見子は、秋津の声に侮蔑《ぶべつ》の色が混じったように感じた。それは、日本政府にできるはずはないという侮蔑感なのか、あるいはこの言葉に何らかの嘘があるのか、日見子には、そこまで推し量ることはできなかった。

「さて、この会話が国民に開示されることはないだろうと思うと残念だな。おそらく、君と話す機会も、これで最後だろう」

「待って。最後に聞きたいことがある」

「まだ何かあるのか？」

日見子は一呼吸置き、「なぜ殺したの？」と絞り出した。

「日向三曹のことだな」

長い沈黙があった。

「あれは事故だ。彼には申し訳ないことをしたと思っている」

「あなたの意志ではないということ？」

「答える必要はない。しかし、彼には死ぬべき必然性はなかった」

おそらく秋津より上、あるいは別系統で指示をする人間がいる。そして、その人間と秋津の間には、意見の相違があったということだ。

「あなたは、あなたたちの行動の全容を承知しているの？」

「もちろんだ。ただし、若干の意思疎通の不足というものは、なかなかに避け難い。さて、では日本政府が思い直すことを期待している」

日見子が最後の言葉をかける間もなく、通信は切れた。日見子は、俯いたまま、秋津とは別に首謀者がいる可能性を考えていた。今までのところ、それが誰かを占う材料は、得られていなかった。

「倉橋三佐」と呼ぶ声に、日見子は頭を上げた。司令官、手嶋の声だった。

「判明した事項はあるか？」

日見子は、手元のメモに目を落とした。秋津と話しながら書き殴った内容を見返す。残念ながら、確定的な情報は何もなかった。だが、推測できることは多かった。

「まず、彼らの目的は、キーワードになっている『武を用いる気概』を、国民に何らかの行為によって持たせたいと思っていること。日韓戦争は、目的とはしていないものの、勃発しても構わないと考えているらしいこと。竹島占拠の追認も、実現可能性のあるものとは考えていないこと。自衛隊の中にも『武を用いる気概』が足りないことを憂《うれ》えている人間が潜在的におり、それをリクルートの材料としているらしいこと。そして、秋津二佐とは別に、おそらく彼より上位の指揮者がいる可能性があること、です。それと、彼は別働グループについて語った時、『一部』と言ってました。いくつかは分かりませんが、別働グループは分散しているものと推定されます」

「それを元に導きだせるインテリジェンスはあるか？」

日見子は、しばし思案した。

「彼は『武を用いる気概』について語る際、専守防衛についても批判していました。その点を踏まえても『武を用いる気概』というものが、攻勢作戦を行なわず、防勢作戦偏重《へんちょう》であることと関係している可能性が高いのではないかと思われます。可能性としては、自衛隊による防衛が、万全ではないということを示すことが考えられます」

「可能行動は絞れるか？」

「残念ながら、彼らに同調する勢力が存在する可能性が否定できない以上、現段階で可能行動を絞ることは困難です。同調勢力がなく、失踪部隊だけだとすれば、重要施設の破壊や占拠に限られると思われます」

「少なくとも、失踪部隊だけで実行が可能と思われる重要施設攻撃については、対応しておく必要があるということだな。同調勢力がいる可能性も考慮した分析は、中央指揮所でも当然に行なうだろうが、総隊としてのレポートをまとめておいてくれ」

「了解しました」とだけ答え、日見子は、盛り込むべき総隊としての視点について考えていた。

各種報告をまとめる指揮の結節において、それぞれの視点に立って報告をまとめることは重要だ。その意義は、より広範な視点に立って全体を包含して考える上級の部隊に対して、専門性の高い知見から情報を提供することにある。「総隊としての視点」とは、つまり失踪部隊がなんらかの形で〝航空〟に関係する行動を採る可能性に言及することだ。

そのことについて、日見子には特別の思いがあった。

「私に接触してきた意味があるはずだ。何か、必ず」

1248（I）

秋津は、終話ボタンを押すと、衛星携帯電話を置いた。それは、二昔前の携帯電話のようなデザインで、今の感覚からすれば、やぼったい代物《しろもの》ともいえた。背中を預けた簡素な椅子が、耳障りな異音を発した。

「彼女の通話に答えたりしてよかったんですか」

秋津の目の前に、ＰＯＬＩＣＥのロゴが入った緑色のプラスチック製マグカップが置かれた。隣には、同じマグカップを持った徳田一曹が立っていた。二人とも、迷彩服に着替えてリラックスしている。

「構わないさ。何も不都合なことは話してない。やつにも、少しは肝《きも》の冷える思いもしてもらわんとな」

「そうですね」

「そう。不公平ってものだ」

秋津は、つぶやくように言うと、意地の悪い笑みを浮かべた。

「本当は、引き込みたかったんじゃないですか」

「果たして、来たかかな」

「少なくとも、気概を持たないことの矛盾は感じている方なんでしょう？」

「それはな。だがどうかな。彼女は、真に国家の将来を考えてはいないよ。いや、考えてはいるか。それを憂《うれ》いていないだけだ」

「どういうことですか？」

「少し語弊《ごへい》のある言い方だが、彼女は、ある種のトリガー・ハッピーなんだ。戦闘そのものや、相手の裏をかくために頭を巡らせることが楽しくてたまらない人種なんだよ。今の会話だって、こちらの意図を探ろうと必死だっただろうが、同時にそのゲームが楽しくてたまらなかったはずだ。我々を止めると言っていたが、その動機は、日本政府に対する忠誠心じゃない」

「なるほど。愛国者ではないということですか。親方日の丸に惹《ひ》かれた公務員自衛官は少なくないですが、戦闘狂も困りものですね。しかし、スリルが楽しいのなら、我々の側についた方がいいんじゃないですか？」

秋津は、おどけたように両手を挙げると笑って言った。

「我々の作戦が失敗する可能性は、どの程度あると思う？」

「竹島占拠が問題なくいきましたからね。この後に関して言えば、失敗する可能性は少ないでしょう。船の確保に問題があったC班だけが懸念ですが、それ以外は移動中に事故でも起こして警察に嗅ぎつけられでもしない限り、失敗するとは思えません」

「そう。ところが、そうなると彼女にとっては面白くない。勝ちの見えたゲームはつまらないのさ」

「なるほど。やっかいな人ですね」

「そう。日本政府がどうにも手の打ちようがない竹島占拠を、やってみたら面白いというくらいだからな」

「そんな人を、よくたぶらかしましたね」

「人聞きの悪い言い方だな。事実だから仕方ないが」

秋津は、まだ顔に貼り付けていた緊張を、やっとのことで緩めた。

「彼女が、どの程度恋愛感情を持っていたかは、正直言ってよく分からない。彼女としても、自分の忠誠心の持って行きどころを探していたんだろう」

秋津は、自分が少々冷たすぎるかもしれないと考えていた。自分の人物評価がそれほど的を外しているとは思わなかったが、男と女ではものの考え方が異なることも理解している。結婚を決断する女性の気持ちは、想像とはいささか違っているのかもしれない。

「そういうものですか」

「多分な」

それだけ言うと、秋津は口を閉ざした。マグを掲げ、褐色の揺らぎを見つめる。その中に、揺らぐことのなかった瞳を思い返していた。

「中隊長自身は、どう思われてたんですか」

秋津は、しばらくの間、たゆたう液体に視線を落としていた。そして、苦かった初恋を吐露《とろ》するように、つぶやいた。

「作戦を抜きにして出会えていたらよかったかもしれないな。少なくとも、信頼に足るパートナーになってくれたはずだ」

ただし、銃後にとどまっている女性には思えなかった。互いに背中を預けられる女性だっただろう。

「残念でしたね」

秋津は、少し寂しそうに笑うと、目を鋭くした。

「だが、それを言っても始まらない。現実の出会いは違っていたんだからな。何事も、思うようにはならないものさ」

そう口にすると、秋津は唇を噛んだ。不幸な出会いがあれば、不幸な別れもある。

「何を考えてますか？」

「日向のことだ」

徳田一曹は、やっぱりと言いたげな表情を浮かべて言った。

「彼には気の毒なことをしましたが、中隊長が責任を感じる必要はありません」

「しかし、部隊編成は私に任されているはずだった。私が日向を外すと決めた以上、横やりを入れられる筋合いはなかった。あの男は、安全な場所から指示を出すだけなのに、些細な不安要素が増えただけで震え上がる臆病者だ」

「でも、飯久保一尉の話では、気概を持った人らしいじゃないですか」

「昔の話だろう。彼女と接触したことだって、元はと言えば、あいつの保身策から出たことだ。情保隊の先回りをするためには役に立ったが、それだって、そもそも日向を殺したりしていなければ、必要がなかった。情保隊に嗅ぎつけられることもなかったはずだ」

秋津は、机に拳を叩き付けた。

「しかし、彼が手配してくれなければ、この作戦は成立しませんでした。納得するしかありません。万事完全というわけにはいかないんですから」

秋津は、歯噛みしていた。この後の事態がどう展開しても、生きて再び日本の土を踏めるとは考えていない。だが、もし生きて帰ることがあれば、いずれ落とし前はつけるつもりでいた。

1248（I）

日見子は、COCのセンターコンソールから離れると、情報課のデスクに向かった。杉井が、金魚の糞《ふん》のように後に従っている。情報課デスクには、ホッとした表情を浮かべた安西と、まだメインルームの雰囲気に慣れていない美杉が、いくぶん強《こわ》ばった表情を浮かべて座っていた。

「保全班から美杉三曹の代わりを出してくれる？」

「それと、あんたも手を貸して」と言った日見子に、安西は「またアレですか」と答えた。そして、受話器を上げると、作業室につながるプリセットボタンを押した。

「吉富《よしとみ》二曹に、美杉三曹と代わるようにって、伝えてくれるかな。うん、そう。ボクもそっちに行くから」

日見子は、安西が指示を出したことを見届けると、作業室に足を向けた。秋津との直接会話から、少ないながらも情報が得られた。それを早く整理分析したかった。

情報課作業室の中央には、無機質な樹脂《じゅし》製の長机が二つそろって置かれ、一つの大きなテーブルとなっていた。まだ新品の家具特有の匂いを放っている。進行役のファシリテーターを兼ねる日見子は、デスクの中央に座り、右側には鈴村と安西、左側には芦田と美杉が座っていた。そして、少し離れた壁際には、杉井が、パイプ椅子に掛けている。

「彼らを止めるためには、まず彼らがやろうとしていることを知らなければならない。自由な見解を出して。どんな突拍子もないことでも構わない。彼らがやろうとしていることは、おそらく突拍子もないことだから」

日見子が行なおうとしていたのは、ブレーンストーミングだった。一人の人間の考えは、どうしても偏向し狭窄《きょうさく》する。どんなに予断を排除しようと努めても、人の思考は、それまでの経験や思想に縛られるからだ。日見子は、自分の思考が見えない檻《おり》に捕らえられ、秋津たちに想定外の行動を採られることが怖かった。

「ただし、総隊としてのレポートをまとめる、ということは、頭の隅に入れておいて」

「陸にからむことは、陸幕や陸自の方面隊がやるからですね」と答えたのは、安西だった。

「それもある。でも、それだけじゃない。彼らがやろうとしていることは、間違いなく航空がらみだからよ。認めたくない事実だけど。そうでなければ、彼らが私に接触した意味がない」

日見子は、確信に満ちた瞳で答えた。

「でも、そうだとすると、空自の隊員にも同調者がいるってことですよね。そんなことあるんでしょうか。航空戦力は、陸と違って一人や二人の同調者がいたところで、部隊として動かなければ戦力になりませんよ」

芦田の言うことは、もっともではあった。航空戦力は、かけ算の戦力とも言われる。関係するどこか一部署の能力がゼロだったら、全体の戦力もゼロになってしまう。一人一人が戦力である陸上戦力とは、性格の違いがあるのだ。

「そうね。でも、ここでは航空がらみということを前提に考えて。総隊としてのレポートが、司令官の指導事項よ。ただし、空自に限定しないで。民航機を使ったテロもあれば、韓国空軍だっている」

日見子は、議論の入り口で無駄な時間を使いたくはなかった。芦田が、それ以上追及してこないことを確認すると、議論を進めるために水を向けた。

「彼らの中で、航空関係の技能を持っているのは、飯久保一等陸尉のみ。彼はFACで、携SAMも扱えるわ」

「もし航空団が絡んでいるとしても、考慮するのはアラート機だけでいいんじゃないでしょうか」

口火を切ったのは、鈴村だった。前任地が八空団の情報幹部だったため、航空団の運用に関しては、課長を除けば情報課で最も詳しかった。

「アラート用以外は、ミサイルでもボムでも弾庫から運び出して搭載するなんて目立ちすぎて無理じゃないでしょうか。航空団が丸ごと協力しているのであれば、話は違ってきますが……」

「それに、どこの基地も、列線（エプロンに航空機が並んだ状態）はモニターされてますね。掩体《えんたい》（防護強化された格納庫）運用している基地では、シェルター内にもモニターがあるんですか」

安西は、鈴村に向けて聞いた。今も、COCの三番スクリーンには、各基地の状況が、定期的に切り替わりながら映されている。

「警備用のセンサーはあるけど、モニターはないな。でも逆に、弾薬庫には警備用のモニターがある。全部の基地じゃないかもしれないけど。それらはWOC（航空団戦闘指揮所）で常時モニターしてる。総合的に見れば、掩体運用している基地の場合は、飛行隊レベルで協力していれば、可能性はないわけじゃないだろう。でも飛行隊レベルでとなると、やっぱり現実的ではないけど」

「問題はやはりアラート機か。アラート機を動かすとしたら、何人くらいが協力している必要があるんですか」と質問したのは、芦田だった。

「アラート機は、基本、飛ぶための準備は終わってるから、極端な話、後はパイロット一人でも飛ばせるよ」

「なるほど。となると、考慮すべき武装は、赤外線ミサイルとガンだけ。竹島上空に殴り込みってのは無理そうですね」

　安西は、少しホッとしたような顔をしていた。

「向こうは、レーダーミサイルも積んでるだろうから、返り討ちになる可能性が高いね。数が多かったら分からないけど、数的優位に立てる可能性は低いでしょう」

「アラート機を使われることを考えれば、残る可能性は、民航機を落とすか、地上を機銃掃射するかですか」とつぶやいて、安西は顔をしかめた。

「しかし、それじゃあ単なるテロか。別働グループにＦＡＣがいるなら、誘導してピンポイントで機銃掃射をするのかもしれません。ただ……警察のバリケードを機銃掃射して、その後に地上部隊が突破するとかはできなくもないですが……、Ｍ２を持っているのに、航空機から機銃掃射なんてするまでもないですね」

　可能性としては外せないが、蓋然性《がいぜんせい》の高い可能行動、つまり失踪部隊がやりそうな行動とは思えなかった。

「輸空隊関係は？」

　話の展開が詰まりそうになったので、日見子は矛先を変えるように促した。

「中央指揮所の指示で、全部燃料を抜いてます。輸送能力のある空中給油機もです。別働グループが基地に殴り込んで機体を奪取しても、すぐには飛べません」

　それは、中央指揮所でも早くから懸念した可能性だった。当直だった芦田しかＣＯＣにいない時点で出された指示だ。

「U—4やT—400、それにU—125はどうです？」

安西の言葉に、鈴村と芦田も虚を衝《つ》かれたという顔をしていた。多用途機や訓練機、それに救難機であるU—125にしても、韓国までなら十分飛行できたし、人員もそれなりに乗ることができる。

だが、それまで口を開かなかった美杉が、その可能性も否定した。

「先ほど、それらも燃料を抜くように指示が出てました。海自のP—3やUS—1、陸自のLRもです。それに、それらを奪うのでしたら、民航機の方が簡単じゃないでしょうか？」

「それもそうか。機関銃を搭載した軽装甲機動車が突っ込んだら、空港警備の機動隊なんて、簡単に蹴散《けち》らせる」

安西は、一本取られたとでもいうように、自分の頭をペシッと叩いた。

「それに、その機体を使って韓国に乗り込むとしたら、民航機の方が向こうも政治的に落とし難いでしょう。特に乗客がいれば」と継いだのは芦田だった。

「しかし、空港に着いた時点で韓国軍に包囲されませんか？」美杉の言葉は、素朴な疑問だった。

「別働グループがパラシュートを持っているかどうかが鍵か」とつぶやいた鈴村は、視線を安西に向けた。

「武器以外の携行品については情報がないよ。我々が情報を貰えてないだけで、中央指揮所は把握《はあく》してるかもしれないけど……。事態がここまで来ると、保全系より情報系の方で要求した方が情報を貰いやすいかもね」

「その点は、後で確認しましょう。パラシュート以外にも、確認しておきたいものもあるしね」

日見子は、そう言って口元に笑みを浮かべた。瓢簞《ひょうたん》から駒とでも言うのだろうか、こんなところで諸岡と接触したことが役に立ちそうだった。中央指揮所経由で問い合わせても、教えてもらえない可能性が高かったし、教えてもらえるとしてもおそらく時間がかかる。補給陸曹を兼ねている諸岡に補給倉庫を確認してもらえば、情報が得られるはずだった。

「で、空自内に協力者がいる可能性について、情報は？」

日見子の問いに、安西は、作業室の壁際でパイプ椅子に足を組んで座っている杉井を親指で指した。

「飯久保一尉と接触した経験のある者を中心に、あいつらが調べましたが、今のところ怪しい者はいないようです。今朝の呼集時に所在不明だった隊員も、現在は全員掌握《しょうあく》できてます」

「そう。じゃあ別の方向、空自に協力者がいると仮定して、何をしたら彼らの目的、『武を用いる気概』とやらを国民に持たせることができるか考えてみて」

自由な発想をぶつけるという趣旨を一番に理解して、発言したのは、またしても安西だった。

「『武を用いる気概』とやらが謎ですね。先輩が言ってたみたいに防勢作戦偏重《へんちょう》を糾弾《きゅうだん》するつもりなら、韓国軍を竹島から遠ざけるような打撃を行なって、攻勢作戦の有用性を示すか、逆に空自の防空網を突破して重要施設の破壊をやってみせるかじゃないでしょうか」

「空自機が空自の防空網を突破、という時点で矛盾してないかな。裏切り者には、何ができても当たり前に思えます。それでは防勢作戦偏重の糾弾にはならないでしょう」

誤謬《ごびゅう》をついて方向修正をしたのは鈴村で、補足を述べたのは芦田だった。

「韓国機を落としたところで、それほどのインパクトになるでしょうか？　どうせ韓国軍を攻撃するなら、対艦攻撃が要警戒じゃないですかね」

日見子は首肯《うなず》いて美杉を見た。彼は、発言するよりも書記として、メモをまとめていた。

「空自の協力者がらみで、今までの話をまとめてみて」

美杉は、メモを繰りながら、答えた。

「ええと、アラート機による活動が要警戒ですが、合目的性に適合する活動ができる可能性が低い。民航機を奪って韓国内に空挺《くうてい》降下する可能性がある。実行可能性は低いが、韓国軍の航空機及び艦艇に対する攻撃は合目的性に合致する、ってところでしょうか」

「韓国への空挺降下は、合目的性という点では問題あるかもしれませんね」

合目的性、要は動機に対して行動が妥当かどうかということだ。安西の言葉を聞いて、美杉はメモに書き添える。

「人質を殺害しないところを見ると、日韓戦争を望んでいるわけではなさそうだけど、日韓戦争を避けようとしているわけでもないみたいだから、空挺降下をするとしたら、目的はその方向かな。青瓦台《せいがだい》（韓国大統領府）を急襲するとか」

「じゃあ、この場合としては日韓戦争惹起《じゃっき》を意図というところですね」と言って、美杉がメモに書き加えた。

話が途切れ、一区切りついたところで、日見子は全員の思考を、別の方向に振り向けた。

「流れで、空自部隊が彼らに荷担している場合の話になったけど、韓国側に荷担者がいる場合はどう？」

「韓国軍とつながっている可能性を示す情報があるんですか」と聞いたのは、芦田だった。

「ないわ。あくまで排除できない可能性の一つよ。ただし、専守防衛を問題にするなら、他国が関与している可能性は高いはずよ」

全員、韓国軍の関与自体が突飛な考えと思っているのだろう。なかなか口を開く者がいなかった。仕方なく、という感じで発言したのは、やはり安西だった。

「空自関与の場合と同じことですが、部隊として関与している可能性は低いでしょうね」

「そうなると、彼らでもアラート機は通常は対空兵装だけですから、生起《せいき》する状況は限られますか」と答えたのは芦田だった。

その言葉を聞いて、しばらく沈黙が続いた。それを破ったのは美杉だった。

「今、竹島上空を飛んでいる機体もそうでしょうか。ターゲットが竹島グループとすれば、対地兵装もあるんじゃないでしょうか」

「小グループとはいえ、携ＳＡＭを持っている可能性があれば、アウトレンジできる兵装があるかもな。移動目標をピンポイントで捕捉できる対地兵器となれば、マーベリックとかか。人質がいることを考えれば、ＪＤＡＭはないだろうな。威力がありすぎるし、動目標に使えない」

その言葉が意味することを想像してか、鈴村は両手を挙げておどけたポーズをとっていた。

「マーベリックでも相当な威力でしょう。ヘリは考慮しなくて大丈夫でしょうか」

安西の疑問には、日見子が答えた。

「韓国保有のコブラ搭載ＴＯＷじゃ携ＳＡＭをアウトレンジしきれない。竹島の上から海上を監視したんじゃＮＯＥ（地形追随飛行）で躱《かわ》せないからミサイルの射程勝負で負けるわ。それにヘリは航続距離が短い。竹島にもやっと往復できるくらいだから、日本まで来ることは難しい。考慮から外しても大丈夫でしょうね」

そして一呼吸おいて、話題を核心に向かわせた。

「で、マーベリックがありとして、合目的性はどうかしら」

「マーベリックで破壊可能な目標となると……原発やダムとか、社会に影響の大きな目標を狙えば、秋津二佐が言っていた話とは合致しそうですね」

芦田の言葉を、鈴村が補足する。

「後は、人口密集地の都市部は、心理的にはインパクトがありますよね。あるいは、視覚的なインパクトだとしたら、コンビナートとかでしょうか」

他の候補を探して思案顔のメンバーの中、安西が急に思い出したように言った。

「あ、でも、原発やダムは、ジュネーブ条約違反じゃなかったでしたっけ。もしそうだとすると、どんな理由があったとしても、相当な非難を受けますよ。可能性は低いんじゃないでしょうか」

日見子は、顔には出さないものの、自分が考えていたことと同じ見解が聞けたことに満足していた。

そろそろ、話題を変えようかと考えていたが、芦田は少し拘《こだわ》りがあるようだった。

「しかし、イスラエルによるイラクのオシラク原発やシリアのアル・キバル空爆は、ジュネーブ条約違反だとは言われてないですよね」

日見子は、軽く首肯《うなず》くと美杉に向かって指示を出した。

「防衛課に行ってジュネーブ条約について聞いてきて」

彼が「了解」と言って腰を上げたことを確認すると、日見子は話題を変えた。

「航空活動という点では、一応民航機を使ったテロの可能性もあるけど、秋津二佐が言っていた目的とはどう考えても合致しそうにないわね。何か懸念事項はある？」

安西は周囲を見回した。鈴村は首を振った。芦田は、何かを考えている様子だったが、口は開かなかった。

「後は、これらの活動が考えられるとして、別働グループが、どう関わるのかね。民航機のジャックであれば、当然彼らがやるんでしょうけど。その他の活動があるとしたら、彼らは、どう連携できると思う？」

「順当に考えるなら、空自の対処能力を削《そ》ぐための破壊活動ですよね」

鈴村の言葉に、安西が首肯《うなず》いていた。

日見子は、「具体的には？」と問いながら、自らの頭の中で可能性を列挙した。

「能力の高い特殊部隊が三〇人弱、重機関銃を含む銃器を多数携行しているとなれば、結構なことができますよね。空自の基地警備も以前より強化されているといっても、特戦群相手にどれだけ持ちこたえられるか……」

言い淀《よど》む鈴村は、量《はか》りかねているように見えた。無理もない。全員地上戦は専門外だからだ。日見子は、舵取《かじと》りを誤ったと思った。

「細かいことは園田三佐に聞くわ。何をやられたら、今考えた各種活動を、我々が阻止《そし》難くなるか考えてみて」

「そういうことなら」と口にしたのは、安西だった。

「目を潰《つぶ》すか、神経を遮断《しゃだん》するか、脳の活動を止めるか、さもなくば腕を縛るか、を考えればいいってことですよね」

「複合もあるだろうが、人数を考えれば、いくら特戦群といっても、全てはできないか」

とつぶやいた鈴村は、思案顔になった。

「ええ。レーダーか、指揮通信系か、司令部か、それとも航空団、あるいはＳＡＭサイト」

「ＳＡＭサイトはないな。機動してない現状では、重要防護対象の近傍に展開しているわけじゃない。レーダーは警備要員も少なくて狙いやすいが、ＡＷＡＣＳやＥ―２Ｃもやらないと意味がない。それに要撃機だって機上レーダーはある。確かに、何か起こった時に見逃してしまう可能性は高くなるが、確実性は低いな。指揮通信系は……」

再び言い淀んだ鈴村は、芦田を見た。

「無人の防衛マイクロ通信所の破壊は簡単ですが、自動的に迂回《うかい》回線でデータが飛びます。どことどこを切断すれば、完全に回線が切れるか把握は難しいでしょう。複雑すぎて私にだって分かりません。効果的な破壊活動はかなり難しいですよ。よほど詳しい人間が情報を漏らさない限り」

言葉を切った芦田は、日見子に一瞬だけ視線を向けた。

「幸いなことに、私もそこまで詳しくないわ」

「定期のメンテもあったりして回線は常に変わってますし、把握してるのは通電課の人間だけでしょう。それに、空自にせよ韓国空軍にせよ、航空関係者が噛んでいるとしても、多数じゃないでしょう。目標が少なければ、ボイス回線だけでもなんとかなります。昔はそれでやってたんですから」

現在使用されている防空用管制システムＪＡＤＧＥ以前の、ＢＡＤＧＥができるさらに前は、実際にボイス回線とアクリルボードに手書きで指揮していた。今でも、システムダウンを考慮して訓練だけは行なわれている。目標が少数なら大きな影響が出るとは考え難かった。

「司令部は……警告を出せば大丈夫ですね。特戦群がどんなに能力が高くたって、閉めきっちまえば、トラック満載の爆薬を持ってきたって大丈夫ですから」

日見子は、わざと意地の悪い質問をした。何せ、自分自身が疑われているのだから。

「内部に手引きする人間がいても？」

少し考え込んだ鈴村は、安西に向かって言った。

「ＳＯＣ／ＤＣもＣＯＣ／ＡＯＣＣも、指揮所の出入管理は、中からしかできないように変えてもらいましょう。それも二重化して」

首肯《うなず》いた安西を見て、日見子は話を進めることにして、あえてさりげなく言った。

「残る可能性は航空団ね」

「いろんな意味で、量の問題になるんじゃないですかね。施設は大きい、警備の要員は多い、航空機だって多い。少々の損害を与えたところで、被害復旧能力だって高い。弾庫を爆破したり、燃料タンクを破壊したりすれば長期的な影響は大きいですが……」

芦田の言葉に安西も納得した顔をしていた。

「逆に短期的な影響だけだったら？」

「短期的？」鈴村は怪訝な顔をしていた。

「そう。例えば機体を銃撃するだけとか」

「確かに、一時的に飛べなくなりますし、そのくらいならできるかもしれません。何を懸念してるんですか？」

「彼らは何も、日本に対して戦争をしかけるつもりじゃない。おそらく自衛隊の能力、それも専守防衛で守りきる能力に対する国民の信頼を揺るがせばいい。一時的にでも能力を失わせれば、その間の一撃で、信頼は吹き飛ぶわ」

「それはそのとおりですが、航空団は全国で七つもあります。戦力を集中させれば実行は容易になりますが、他の基地から上がれます。逆に、全部襲おうとしたら各基地四人程度になります。別働グループの能力が高くても、実行は難しいんじゃないですか」

「そうね、実行は困難。だけど効果は大きい。レーダーサイトを襲っても効果は不確実だけど、航空団を攻撃すれば、それだけで我《われ》の能力をゼロにすることができるかもしれない。そうなれば対処すべき航空機が少数でも、防ぐことは不可能になる」

防衛課から戻ってきた美杉が「可能性は低くても、影響は大きい。となれば警戒はせざるを得ない」と言って、メモに書き加えた。

日見子は「他に懸念事項は？」と問いかけたが、答える者はいなかった。

「ＯＫ。ジュネーブ条約はどうだった？」

「はい。ジュネーブ条約の該当条項は、第一追加議定書五六条で、原発やダムを攻撃対象とすることを禁じられているそうです。で、オシラクやアル・キバルについては、イスラエルが追加議定書には未加盟なことと、核燃料が搬入されていなかったことから、条約違反とは見られていないようです。問題となる韓国ですが、韓国も追加議定書を批准《ひじゅん》しているそうです」

「原発やダムの可能性は低そうですね。ジュネーブ条約違反となれば、国際的非難は半端ではありませんよ」

日見子は首肯《うなず》くと、それ以上口を開く者がいないことを確認して、ブレーンストーミングを打ち切った。

「鈴村二尉と芦田二曹は、今の話をレポートにまとめておいて。後でチェックする。私はちょっとやることがある」

このレポートを回しておけば、最低限の警告にはなる。可能行動の列挙でしかないため、警備態勢を上げさせる根拠としては弱すぎるが、事前に周知しておけば、可能行動が絞れた時には、どこの部署でも、対処の腹案ができているだろう。

これからやるべきことは、仮説を強化するための さらなる情報収集と分析、そして専門家に話を聞くことだった。

1319（I）

日見子は、情報課作業室を出ると、メインルーム後方左にある情報課席の後ろを回り、後方右に席を構えた園田三佐に近づいた。彼は頭の上で両手を組み、伸びをするようにして座っていた。背伸びは、前方に設《しつら》えられたスクリーンを遮ることになるため、最後部に席を持つ者だけの特権だった。

「少し意見を聞きたいんだけど、いいかな」

姿勢を変えずに、視線だけ向けてきた園田が答えた。

「今忙しい、ようには見えないよな」

「見事に」と答えて、日見子は勝手に園田の前の座席、高射幕僚の席に、横を向いて腰掛けた。足を組み、わずかに体をよじって後ろを向く。日見子の後に付いてきていた杉井は、二人から二メートルほど離れた壁に背を預けた。

「何が聞きたい？」という問いに、日見子は先ほどのミーティングの結果をかいつまんで話した。

「航空がらみだと思う理由は、自分に接触してきたからってだけか？」

本音ではそうだった。だが、園田を説得するために、日見子は合理的な説明を試みた。

「それは第二の理由。一番は、韓国軍に協力者がいる場合、航空以外は日本側へのアクションが難しいからよ。陸は、日本に来ること自体が困難だし、艦艇は、相当数の人間が関わらない限り動かせない。空なら、パイロット一人でも、離陸さえしてしまえば勝手に行動することができる」

「なるほどな。秋津二佐との会話は、俺も聞いてた。専守防衛を云々《うんぬん》するなら、確かに他国が関わらないと、アピールは難しいしな。しかし、別働グループが空自基地を攻撃して、その間に韓国軍機が日本を攻撃するなんて、本当にありえる話か？」

「信じがたい話だとは思う。でも、これまで把握されているあらゆる情報と矛盾しないわ。標的が問題になりそうだけどね」

「失踪部隊が韓国側とつながっている可能性を示す情報はあるのか」

日見子は、眉間《みけん》にしわを寄せた。日見子の推論の一番弱い部分だったからだ。

「ないわ。残念ながら」

「相当深いつながりがないと、持ちかけることさえ難しいぞ」

「分かってる。それはこれから調べる」と答えたが、調べる当てがあるわけではなかった。

「だが、その話のとおりだとすると、非常にまずいことになる」

日見子は、ただでさえ細い目を、さらに細くした。

「失踪部隊としては、実行可能性は高いと見ているはずだ」

先ほどのブレーンストーミングで、実行が難しいとみた話が、こうも簡単に否定されるとは思わなかった。

「いくら技量レベルに格段の差があるといっても、装備は大差ないし、人数を考えると、そう簡単に基地警備が破られるとも思えないけど」

「破られる可能性があるかもしれないと思ったから、俺のところに来たんじゃないのか？」

「もちろんそうだけど、そんなに不利なの？」

日見子は、悪い予感が当たりそうな気配を感じて、胃のあたりにきりきりとした痛みを感じた。園田は、机に肘を置き、両の手を組むと、唐突に問いを発した。

「戦車が何で陸戦最強の兵器だか分かるか？」

「火力、防御力、機動力、全てにおいて高いレベルでバランスされているから、かしら」

「うん、間違っちゃいない。だが、その中でも特に突出してるのは防御力だ。火力は、対戦車ミサイルを装備していればそれほど大きな差はないし、装軌車両なら機動力も大差ない。だが、戦車ほどの装甲防御力を持った車両は他にない」

日見子は首肯《うなず》いて答えた。

「でも、その話がこの話とどう関わるの？」

「別働グループは、軽装甲機動車にＭ２を持っている」

「今は、どこの基地にも軽装甲機動車があるじゃない。機関銃はミニミだけど、装甲は同じはず。対抗できないことはないんじゃないの？」

「とんでもない。太刀打ちなんて、できやしない」

　園田は、一呼吸置いて続けた。

「いいか。軽装甲機動車は、７・６２ミリ弾までの対弾能力がある。正面の防弾ガラスだって７・６２ミリ弾に耐える。５・５６ミリのミニミは当然だし、小銃としては威力の大きい７・６２ミリの６４《ロクヨン》式でも貫通はしない。それに対して、向こうは50口径のＭ２を持ってる。入射角が傾いていれば止まることもあるだろうが、基本は貫かれる。防弾ガラスに至っては、50口径相手じゃ、ないのと変わらない。ぶつかれば、どうなるか、結果は分かるだろ？」

「一方的……か。こちらの攻撃は通じないのに、向こうはこちらを破壊できる」

　つぶやいた声は、微かに震えていた。

「それと、同じ50口径の対物狙撃銃を持っていることも気になる」

「こちらの軽装甲機動車を狙い撃たれるってこと？」

「それもある。だが問題はむしろ射程だ。戦闘機が銃撃される可能性を言っていたが、エプロンに並んだ戦闘機を狙うとしたら、二キロ以上の距離から撃てるはずだ。大抵の基地の外から撃てるし、基地外をパトロールでもしない限り、どこから撃ってるのかさえ分からないかもしれない」

「対策は？」

「空自の軽装甲機動車はＭ２を積めるように改造してないし、訓練もしてない。せめて狙われている場所が分かって警備ポストにＭ２を配備して迎撃すれば、もしかしたら止められるかもしれない。Ｍ２は数が少ないから、ピンポイントで位置が予測できないと厳しいけどな。が、基本的には、陸自の支援を仰ぐしかない。だが果たして陸自が動いてくれるか……。彼らが動くとしたら、いつ頃だと予想しているんだ？」

「軽装甲機動車の足取りは掴めてない。足取りが掴めないってことは、慎重に動いている証左だろうけど、それでも既にほぼ全国に展開し終わる頃よ。今すぐ動いてもおかしくはないわ」

　園田は舌打ちした。

「ただの杞憂《きゆう》だといいがな……、一応各方面隊には懸念事項として流しておくよ」

1322（I）

「安西一尉。倉橋三佐に電話なんですが、不在と伝えたら安西一尉を出してくれって。4327です」

美杉は、受話器を掲げていた。

安西は、目の前の電話機から受話器を上げると、赤く点滅する4327のボタンを押した。ボタンが緑に変わったことを確認し、「安西一尉です」と告げると、受話器からは荒い息づかいが聞こえてきた。

「特戦の諸岡三曹です。先ほど倉橋三佐から調べてほしいと言われた件、確認ができました」

情報課のミーティングが終わると、日見子はすぐに諸岡三曹に電話して、失踪部隊が射撃訓練用として持ち出した装備、及びそれ以外で、なくなっているものがないかどうか、調査を依頼していたのだ。

安西は、ボールペンを握ると、臨時に実施した保全調査の結果を書き殴ったメモをめくった。白紙のページを見つけると、最初の行に〈モロオカ調査結果〉と書き、「どうぞ」と促した。

「まず最初に無線機ですが、ＨＦが八台、それとＵＨＦ無線機が二台なくなってます。これは中央即応集団司令部からの指示で、確認してありましたが、再度チェックしました」

安西は、舌打ちしたい気持ちを押し殺した。中央即応集団司令部からの指示で報告済みということは、中央指揮所は知りながら、航空総隊には情報を教えてくれなかったのだ。

「ＨＦ八台、ＵＨＦ二台。そちらのＨＦは信頼性が低いのか？」

ＨＦ帯は、地表波や電離層反射のおかげで見通し外でもつながるため、長距離の通信に利用されるケースが多い。竹島に持ち込んでいても、ＨＦなら通じるはずだ。それが八台も持ち出されているとなれば、明らかな意味があった。

「他の無線機がどうなのかまでは知りませんが、無線機の不具合報告なんて書いたことありませんから、信頼性が低いってことはないと思います。重いっていう不満はありますけど」

信頼性が低ければ予備を持つ。予備として持っていったのでなければ、失踪部隊は、最大八ヶ所に分散しているということだった。

「了解。他は？」

「爆薬類。Ｃ—４や手榴弾も再度確認しましたが、員数は合ってます。持ち出されてはいません」

中央指揮所からの情報のとおりだった。これで、通信所や指揮所を狙っている可能性は、低くなった。

「落下傘《らっかさん》もなくなっていません。全数ありました。これも司令部に報告済みです」

「了解」

これで韓国に殴り込む可能性も消えた。

「それから、デジグネータ。品名はレーザー照準機となってましたが、これもなくなっていません。これは、司令部から確認指示がなかったので、報告してません。こいつは、ほとんど使った実績さえないです。ケースにも埃《ほこり》が積もっていたくらいです」

レーザーJDAM用のデジグネータを持ち出していないということは、JDAMを使用した爆撃も考慮していないということになる。通常のJDAMの可能性は消えていないものの、別働グループが目標指示支援できる状況で、より命中精度が高く、移動目標も攻撃できるレーザーJDAMを使用しない理由は考え難い。少なくとも、F―2部隊が、爆撃するつもりで協力している可能性も消えたといってよかった。

「了解。他には？」

「射撃訓練の一般命令ですが、起案者は猿島《さしま》一尉です。射撃訓練の参加者ですが、射場に拘束されていました。起案日は一一月三〇日です。ただし、これは元々の般命で、実際に使用された般命は、一二月二〇日に変更されたものです。起案は飯久保一尉です。変更点は、人員が加えられて、武器や弾薬もかなり増えました。それと実施日も変更しています。急遽調整したので、苦労させられました」

失踪部隊による計画自体が、最近になって急遽変更されたのかもしれなかった。

「了解。これで全部だよね」

「はい。倉橋三佐から調査依頼があった事項は、以上です。あと、ブルーシートが相当数持ち出されてます。員数外のものもかなりの数があったはずなので、何枚なくなっているのか正確な数が分からないんですが、射撃訓練に使用するには多すぎる枚数が持ち出されているようです。おそらく、六〇枚程度だと思います」

放置されていた軽装甲機動車にかぶせられていたという情報があった。それに射撃訓練に使用した分は射場に残されている可能性もある。それでも、多数が持ち出されているとすれば、移動中の軽装甲機動車を隠すために使用されている可能性が高いと思われた。工事用車両の保護用にも使われることがあるため、ブルーシートで包んでしまえば目立たないだろう。

「了解。追加調査を頼むことがあればまた連絡します。ありがとう」

安西は、電話を切ると、周囲を見回した。日見子は、まだ戻っていなかった。

諸岡から得られた情報は、状況証拠でしかなかったが、日見子の懸念を裏付けるものだった。失踪部隊が東富士を出たと思われる時刻から、既に二五時間以上が経過している。

安西は、背筋に冷たいものを感じていた。

１３２５（Ｉ）

「悪い材料ばかり集まってきたわね」

　安西から話を聞かされた日見子は、メガネを外し、目頭《めがしら》を押さえた。まだ自白剤が抜けきっていないのか、目の奥に疼痛《とうつう》があった。安西の隣に並ぶ鈴村からバインダーを受け取る。

「他にも悪い材料があるんですか？」という鈴村の問いに、日見子は、園田三佐の見解を伝えた。

「何か対処しますか？」

「警備態勢の上申は園田三佐がしてくれる。私たちがすべきことは、もっと明確な警報を発することよ」

　日見子は、鈴村がまとめたレポートを見ながら答えた。レポートの出来は、普段であれば、思わずため息の出そうなものだったが、今は、修正をさせる時間などなかった。バインダーを鈴村に向けて言った。

「園田三佐の見解と、失踪部隊の携行物品から導ける推論を加えて、そのままサーバーにアップ。今ある文面は直さなくていい。追加の分を書くだけでいいから、とにかくスピード重視で。課長、部長にも事後報告でいいわ」

日見子は、奥にあるソファまで体を運ぶと、倒れ込むようにして腰を下ろした。左に目をやると、変わらない視線を向ける杉井が、パイプ椅子に掛けている。

杉井が、日見子を疑う合理的な理由があると言った話を思い出した。合理的な理由などあるはずもないのに、何をもって理由としているのだろうかと訝しんだ。安西の話だと官舎の捜索までしたという。何か物証でもあると考えているのだろうか。確か杉井は、私が証拠の隠滅を図ったから証拠が見つからないのだと言っていた。

それに、他にも疑問はいくつもあった。

まずは、情報保全隊が動き出す契機ともなった、日向三曹殺害事件の動機だ。

秋津は事故だと言っていた。なにがしかの齟齬《そご》があったと思われるが、彼らが殺害したことは、もはや疑いようがない。

当初、失踪部隊にリクルートしようとして失敗、口封じをしたのかと思われたが、諸岡の話を信用するなら、むしろ彼は失踪部隊に参加しようとしていたと考える方が自然だった。失踪部隊への参加者を、独身者に限定しようとしていたことからすれば、秋津が彼を外そうとした可能性もある。秋津以外の者の意志で殺害されたとすれば、秋津が事故だと言うこととも矛盾はしない。秋津が日向を外そうとしたところ、何らかの誤解で別の人間が日向を殺した、あるいは殺させたのかもしれない。

だが、日向に子供ができたことをもって彼を外そうとしたのであれば、日見子にプロポーズした行動と、明らかに矛盾する。

もちろん、今となっては、日見子もプロポーズが、本心からだったとは考えることはできなかった。その事実を受け止めることは、自らの心臓に針を打ち込むようにつらいことだったが、日見子は拳を握りしめて耐えた。

本心でなかったのなら、それは何かを得るための作為だったことになる。情報保全隊が考えるように、日見子から情報を引き出そうとしていた可能性も考えられたが、秋津にそれらしきそぶりはなかった。

将来の情報引き出しのために布石としてプロポーズしたのなら納得はできたが、今回の性急な行動と矛盾した。竹島占拠に始まる今回の事件は、射撃訓練の一般命令の変更時期などを考えれば、この一週間以内に計画され、実行されたことになるからだ。

だが、こんな大それた事件が、たった一週間の準備で、実行できるものなのか、日見子には疑問だった。

それに、日見子から情報を引き出すための布石だったのだとしたら、接触からプロポーズまでに二年あまりもかけることも不自然だった。秋津と飯久保が日見子に接触してきたことも、偶然とは思えない。やはり、情報を聞き出す以外の目的があったのではないだろうか。

秋津の性格を考えると、謝罪の言葉がなかったことも気になっていた。彼は、人に迷惑をかけた時、謝罪を躊躇《ちゅうちょ》するような性格ではなかった。事実、日向に対しては申し訳ないことをしたと言っていた。

ソファに座り、中空を見つめて黙考する日見子に対して、杉井が鋭い視線を投げかけているのは、他ならぬ秋津のせいだった。だが、彼はそのことで、日見子に迷惑をかけたとは言わなかった。なぜだろう。

日見子は、頭の中のメモ帳に、疑問点を書き出していた。

韓国とのつながりが見えないことも、その一つだった。武を用いる気概、武威の必要性を説くためには、専守防衛の妥当性を否定するため、他国からの攻撃を作為する必要がある。竹島を奪還して韓国との緊張を高め、さらなる危機を演出することは、そのための布石として妥当だった。

だが、韓国が国として日本を攻撃することは、アメリカが許すはずがない。一部軍人の暴走を企むのであれば、韓国軍内部と相当に強いパイプが必要なはずだったが、失踪部隊にそれを窺わせる情報、親交者や交友関係は何もなかった。ただし、韓国側に内通者がいる場合、その動機は合理的な説明ができそうだった。韓国の世論を考えれば、指揮を無視して日本を攻撃しても、竹島奪還に報復した英雄として、処罰は難しいかもしれないからだ。

分からないことだらけだった。真実は一つしかなく、全てを説明できる一本の道が、必ずどこかにあるはずだ。だが、日見子は、霧の中に迷い、それを見ることはできなかった。

胃がきりきりと痛んだ。どこで事《こと》を起こすにせよ、おそらく、別働部隊は準備を終える頃のはずだった。時間がない。

だが、可能性を示す警報をいくら発したところで、確証がなければ、陸自まで含めた部隊が動きはしない。中央指揮所は、航空総隊からの報告が航空攻撃の可能性を示唆しても、それは航空総隊が自らの所掌《しょしょう》範囲での危険を考慮しての報告としてしか見ないだろう。総隊司令官にしても、それ以上の配慮があって日見子に報告をまとめるように指示したとは思えなかった。

それでも、日見子は確信していた。今まで集まった全ての情報は、航空攻撃、特に別働グループと呼応した航空攻撃の可能性を否定していなかった。そしてまた、秋津との二年あまりに及ぶ月日は、日見子が情報を流すような人間ではないことを、秋津に伝えているはずだった。それが分かっていながらプロポーズしてきたということは、プロポーズが何かの偽装工作の可能性を示している。航空総隊司令部の幕僚が関わっているという偽装工作が必要な作戦は、航空攻撃に違いなかった。

その時、日見子の黙考を破ったのは、美杉の「班長」という緊迫した呼びかけだった。

彼は、情報伝送システムの端末を見つめたまま、メールを読み上げた。

「セフティローダーのレンタル情報。東京、千葉、神奈川で、合計五両のセフティローダーが、昨日の０７１９《マルナナヒトキュウ》から０９０３《マルキュウマルサン》にかけてレンタル。レンタルしたのは、コピーされていた免許証から、射撃訓練に参加していない失踪部隊の隊員五名と判明。予約は全て三日前の一九日水曜日。これらは軽装甲機動車を運搬していると思われる。移動情報は警察庁に照会中。なお、予約された同日水曜日、関東各所のレンタカー業者に対して、セフティローダーのレンタルを問い合わせた電話が多数入っていたもよう。以上です」

「了解。鳥取港に行ったマイクロバスも、予約は水曜だったわね」

「はい。同じ日です」

日見子は、途中経過の情報を貰えていなかったことに歯噛みした。おそらく中央指揮所で、五両分の情報が揃うまで、留め置いていたに違いない。

重要な情報なのに！

マイクロバスなら、当日に予約を入れても調達できる。だが、セフティローダーとなると、話は別だ。三日前に、慌てて予約を入れたのだ。

そこまで思い至ると、一斉情報で伏見三佐の声が流れ始めた。内容は、同じセフティローダーのレンタル情報だった。今さらながら緊急と判断して、運用系統でも流したのだろう。日見子は、最後まで聞くことなく、考察に戻った。

彼らは、決行を焦っていた。何らかの情報をトリガーとして、おそらく二年あまり前から計画していた作戦の決行を、急遽決めたに違いなかった。

失踪部隊が東富士演習場から消えたのが、昨日の金曜日。日見子が要監者に指定されたのも昨日だ。

秋津からプロポーズをされたのは日曜日。それを課長に報告したのは、一日間をおいた火曜日の課業外だった。

突然、日見子は、冷水を浴びせかけられたように感じた。全身の毛が逆立ち、冷や汗が噴き出した。ソファにもたれかけていた背を起こし、両の手のひらを合わせた。

つながった。バラバラだったパズルのピースが。きっちりとつながってしまった。証拠はないが、嵌め込むことができなかったピースが、寸分の狂いもなく嵌まり込むと、それはその場所以外に収まることはありえないように思えた。

そこに浮かんできた絵は、日見子にとって思いがけないものだった。しかし、それは向き合わなければならない事実だった。秋津だけではなく、彼もまた、日見子を陥《おとし》れようとしていた。

「安西！」

普段、決して呼び捨てにすることはない日見子の尋常ではない叫びを聞いて、安西は弾かれたように立ち上がった。「はい」という声も、裏返っている。

「情報保全ネットで課長の記録を出して」

「え？」とすっとんきょうな声を出した安西が、慌てて言った。

「無理ですよ。課長の分なんてアクセス権ありません」

「人事記録は！」

「無茶言わないで下さい。上司の人事記録なんて人事が出してくれるはずないじゃないですか」

日見子は、唇を引き結び、ソファの肘かけに、拳を叩き付けた。安西と芦田が、不安げな顔でソファに近づいてきた。

「どうしたんですか」

「課長が関与してる」

芦田は「そんなばかな」と、声を荒らげた。浜田と付き合いの長い芦田には、俄《にわか》には信じがたい話なのだろう。日見子は、芦田の声の大きさに驚いたが、彼の衝撃も理解できるような気がした。

「先輩、なんで課長が関与してるって思うんですか」

日見子だって、浜田が秋津と結託し、この危機を引き起こしているとは思いたくなかった。そして、それ以上に、日見子を罠《わな》に嵌めようとしているとは思いたくなかった。浜田は、日見子の防適を心配し、彼女を支えてくれる存在だと思っていたのだから。

「プロポーズよ。今まで、プロポーズの意味が分からなかった。情保隊が疑うように、情報を渡してはいないし、彼らがそれで何か利益を得ていたとは思えなかった」

　いつの間にか、壁際の定位置を離れ、杉井もソファの横に近寄っていた。

「でも、利益は得ていた。情報という利益を。私が課長に結婚を報告したのが火曜の課業終了後。そして、その日のうちに課長は情報保全ネットにアクセスして秋津二佐のファイルを確認したはず」

　日見子が、言葉を切って視線を杉井に向けると、彼女は声を出さずに首肯《うなず》いた。

「秋津二佐は、早めに報告してくれとも言っていたわ。秋津二佐が要監者指定を受けたのは、プロポーズを受ける前週の火曜日。その後、尾行に気が付いたか何かで、彼らは、情保隊が秋津二佐をマークし始めた可能性を警戒した。そして、何か別の目的で接近していた私を、情保隊が嗅ぎつけているかどうかを確認するためのセンサーとして利用することを思いついた」

　日見子は、左の人差し指でメガネを押し上げると、こめかみを押さえた。激しい動悸《どうき》で、頭がずきずきと痛んだ。

「結婚の報告を受ければ、課長が情報保全ネットで秋津二佐のファイルを見ても、不思議はないわ。課長なら権限外でもないから、警戒されることもない。で、要監者に指定されていることを知った彼らは、作戦の決行を急いだ。翌日から車の予約を入れ、元々計画されていた射撃訓練の般命を急遽変更して、武器と弾薬を持ち出した」

「しかし」と言ったのは芦田だった。

「それだけで、課長を疑うのはどうでしょう」

「課長の前任地は？」

それを聞いて「あっ」と小さな叫びを上げたのは安西だった。

「韓国。駐在武官だ。机の上のクリスタル」

課長の机の上に載っているのは、空自が使用するF―15Jではなく、コンフォーマブルタンクを装着したF―15Kだ。武官時代に、韓国軍からプレゼントされた品だと言っていた。

「韓国軍人、それも空軍軍人とはかなり深い接触があるはずよ」

「でも、課長が内通者だとしたら、最初に秋津二佐が班長に接触した理由は、なんなんでしょう。最初から情保隊のマークを確認するつもりだったわけじゃないですよね」

「そこははっきりとは分からない。おそらくこれから起こる何かに関係して、情報を流したことにするつもりじゃないかと思う。それに、秋津二佐に呼びかけた時、私には謝罪の言葉もなかった。おそらく私は最初から何かのスケープゴートだったのよ」

日見子を見つめる顔は、どれも話を理解はできても、事態を呑み込み切れていないようだった。

「だから課長の経歴が知りたい。どこかで秋津二佐か飯久保一尉と接触があれば、この可能性は極めて高くなる」

「でも、この話をしたって、人事は記録なんて出してはくれませんよ」

安西の、口惜《くちお》しそうな言葉に、助け船を出したのは意外な人物だった。

「それは、私の方で調べましょう」

「どういう風の吹き回し？」

「可能性があるなら調べます。それだけのことです。情報保全ネットの端末を借ります」

杉井は、それだけ言うと、パーティションで視線を遮られた情報保全ネットの端末に向かった。

「待って」日見子は、まだふらつく足で立ち上がった。

「私を疑う合理的な理由って何？」

杉井は、一瞬思案顔になったが、返してきた台詞は、「それは言えません」という素っ気ないものだった。

「倉橋三佐の推論は、注目に値するものだとは思います。ですが、単なる推論です。証拠はありません」

1334（Ⅰ）

私の方で調べると言ったものの、杉井は迷っていた。自分一人で調べるのか、それとも、この推論を報告し、情保隊という組織として調べる方向にするのかを。

「無理……だろうな」

自即電話を見つめていた杉井は、独《ひと》りごちて情報保全ネットの端末に目を向けた。情報保全隊の隊員である彼女のＩＤを使えば、全自衛官、たとえ上司だろうが、航空幕僚長のモノであろうが見ることができる。

杉井のやろうとしていることは独断だったが、捜査方針とは明らかに異なることをする以上、これは組織に対する裏切りでもあった。だが、杉井は、どうあっても、自分の中の疑念を振り払いたかったのだ。

杉井は、パーティションの陰から身を乗り出して日見子の動向をチェックする。相変わらず、ソファでこめかみを押さえてうずくまっていた。

杉井は、大きく深呼吸して、覚悟を決めると、ログイン画面に向き直った。ＩＤカードを差し込みパスワードを打ち込む。

探すのは、浜田と秋津の接点、あるいは浜田と飯久保の接点だった。

――一九九五年、当時小学生だった杉井幸子《さちこ》は、兵庫県伊丹《いたみ》市に両親と弟の家族四人で暮らしていた。一月一七日、まだまどろみの中にあった杉井は、激しい衝撃と音で目を覚ました。土砂崩れのように降りかかる本や陶器の置物に、わけも分からず、ただ布団を被って耐えた。阪神《はんしん》・淡路《あわじ》大震災だった。

揺れが収まると、布団をはねのけ、埃で煙《けむ》る中、倒れた家具を乗り越えて隣室に向かった。

「聡《さとし》！」

「おねえ……ちゃん」

必死に絞り出したような声だった。弟の聡は、倒れた本棚の下敷きになっていた。本棚の下を覗《のぞ》き込むと、埃まみれの顔を涙でぬらしていた。

「今助けるからね」

弟は、無言のまま力なく首肯《うなず》いた。

駆けつけた両親とともに弟を助けだしたが、体を折り曲げた弟は「痛いよう」と言って泣くだけだった。

電話はつながらず、父が弟をおぶって、団地の外まで出た。周囲はガレキの山と化していた。杉井と両親は、弟をおぶって近くの病院に向かった。弟は、おなかを押さえて苦しんでいた。後で分かったことだが、いくつかの臓器が破裂を起こしていたのだ。病院に着いたものの、そこもガレキと化していた。

呆然とした杉井と両親に救いの手を差し伸べたのは、阪神・淡路大震災で、災害派遣要請を待つことなく、近傍災害派遣を根拠として、唯一迅速《じんそく》な災害派遣を行なった第三六普通科連隊だった。彼らは、弟を担架《たんか》に乗せ、無線で無事が確認されていた病院まで徒歩で走った。

弟は、緊急手術により、なんとか命を取り留めた。その日から、杉井は将来自衛官になると決めたのだった。

防大に入り、希望どおり陸上自衛隊にも入れた。しかし、幹部候補生学校を卒業して配置された部隊は、弟を助けてくれた普通科ではなく、健軍《けんぐん》駐屯地に所在する西部情報保全隊だった。

人の役に立ちたいという思いで入隊した杉井にとって、情保隊は希望外どころか、仲間のあら探しをする嫌な存在でしかなかった。

だが、導入教育で渡された一冊のファイルが彼女を変えた。

部隊に着任後、最初に行なわれた導入教育で、教官役を仰《おお》せつかった一等陸尉は、簡単な概要説明をした後、そのファイルを杉井に渡した。

「近年の保全事案だ。我々の戦闘記録というところだな」

冗談めかした物言いに、杉井は軽い気持ちでファイルをめくった。そして、そこによく知る名前を見つけた。

それは、防大のバドミントン部の二年先輩で、海上自衛隊に入った女性自衛官だった。今でも年賀状のやり取りをしている。横須賀《よこすか》のシステム通信隊に配置されたが、補給本部に異動になったと今年の年賀状に書いてあった。

彼女は、工作員であることが確認されている中国人留学生と付き合っていたのだ。そのため、防適を剝奪され、補給本部の原価計算課に異動させられていた。

「どうした？」

「先輩が……」

「ショックか？」

杉井は、言葉を返せなかった。

「ここでは、よくあることだ。気にするな。だが、一つだけ覚えておけ。俺たちがいるのは最前線だ。目に見えない最前線なんだ。俺たちがいることで、組織の健全性が保たれ、自衛隊が健康体として活躍できる。俺たちは、自衛隊という生物の免疫機構なんだ」

それ以来、杉井はその先輩とは連絡を取っていない。自分の防適に傷が付くと思ったからではなかった。彼女の保全事案を知りながら、何食わぬ顔で付き合い続けることができなかったからだ。それは彼女に対する裏切りであるような気がしてならなかったからだ。

そうして、情報保全隊の隊員は孤独になっていくという――。

その日以来、杉井は免疫機構の一員として、走り続けていた。

だが、免疫機構が正常な細胞を殺すわけにはいかなかった。そんなことをすれば、免疫機構が健康体を不健康にしてしまう。アレルギー症状と同じだ。

杉井は、浜田と秋津たちの接点を探した。日見子が言うように、もし浜田に秋津たちとの接点があるならば、秋津が今になってプロポーズをした理由に合理的な説明ができてしまう。

それに、彼女が探していた物証についても、無理のない説明ができてしまう。

杉井は、自分のＩＤでアクセスできる限りの資料を漁《あさ》ると、意を決して受話器を上げた。そして、川越が出ると、日見子の推論と照会したいデータを告げた。

「言いたいことは分かりました。だが、君は自分の任務を全《まっと》うすればいい」

「やらなければならないことは、ちゃんとやってます」

杉井は、電話口にそう告げながら、ソファにいる日見子を見た。

「ターゲットに怪しい動きはありません！」

杉井は、自分自身の口調に驚いていた。今まで、川越やその他の上司に、こんなに激しく食ってかかったことはなかった。

「それでも、君は倉橋三佐の監視をちゃんと行ないなさい。たとえ浜田一佐がドラゴンフライに関与しているとしても、倉橋三佐が秋津二佐と婚約したのは、歴《れっき》とした事実です。その事実を元に、我々が倉橋三佐を追っていれば、我々としては、できる限りのことをしたといえるのです」

「そんな言い訳のためにじゃなく、真実のために行動して下さい！」

杉井のいつにない剣幕に押されたのか、単に面倒になったのか、川越はしぶしぶ承諾した。

「分かりました。浜田一佐と飯久保一尉の訓練記録については、こちらで探してみます。だから君は君の仕事をしなさい。いいですね」

「よろしくお願いします」

杉井は、そう言って電話を切ると、情報保全ネットの記録をプリントした。日見子と話すことは気乗りしなかった。杉井自身の思いと、組織としての情保隊の思いは異なっていたが、日見子と話す時は、情保隊の杉井として話さざるを得ないからだった。

彼女は、プリントされたデータを一瞥《いちべつ》すると、重い腰を上げた。

12・22——3　襲撃

1349（Ⅰ）

「来ました！」

美杉の声を聞いて、日見子は立ち上がった。すぐさま美杉の後ろに回って情報伝送システムの端末画面を覗《のぞ》き込む。

メールのタイトルは〈セフティローダー等車両移動情報〉、発信者は中央指揮所だった。美杉が画面をクリックすると、メールの本文が浮かび上がる。

〈失踪部隊が利用していると見られる車両の移動情報〉

〈セフティローダー一両：千葉から御殿場を経由し、北陸自動車道加賀《かが》ＩＣ付近まで移動、最終確認21／２１０３Ｉ、以後不明〉

〈セフティローダー二両：東京及び神奈川から御殿場を経由し、八戸《はちのへ》自動車道八戸ＩＣ付近まで移動、最終確認22／0339　Ｉ、以後不明〉
〈セフティローダー二両：東京及び千葉から御殿場を経由し、東関東自動車道を通過、北関東自動車道友部《ともべ》ＪＣＴ《ジャンクション》付近まで移動、最終確認21／1611　Ｉ、以後不明〉
〈普通自動車（トヨタ、ランドクルーザー）一両：御殿場から北陸自動車道及び能登《のと》有料道路を通過、石川県珠洲《すず》市付近まで移動、最終確認22／0124　Ｉ、以後不明〉

日見子は、日本地図を思い浮かべた。そこに空自基地と移動情報の地理をプロットする。

一両目のセフティローダーは、小松《こまつ》基地の近傍で姿を消している。八戸に行った二両は三沢《みさわ》基地の近傍だ。残り二両のセフティローダーが最後に確認されたのは、百里《ひゃくり》基地の近傍だった。

日見子は、思わず「おかしい」と漏らしていた。この情報は、二重の意味で変だった。

全てのセフティローダーは、昨夜のうちに空自基地近傍で姿を消していた。移動後休息を取ったとしても、とっくに攻撃準備を整えているはずだった。

仮に、韓国軍の一部と呼応しているとしても、呼集のかかった本日早朝から、韓国軍は相当のフライトをしているはずだ。たまたま内応しているパイロットのフライトになっていないという、偶然の幸運に助けられているのかもしれない。

セフティローダーの行き先も変だった。日見子は、失踪している五両という数から、移動にフェリーを使わざるを得ない北海道を諦め、三沢、百里、小松、築城《ついき》、新田原《にゅうたばる》の本州・九州の五基地に軽装甲機動車を振り向けるのではないかと予想していたのだった。韓国軍の一部と内応しているなら、韓国に近い築城、新田原の両基地が外れていることも不自然だった。

何か根本的な読み違いをしているのかもしれなかった。日見子は焦った。

COCの館内放送が、移動情報を流し始めた。韓国軍が嚙んでいることも、可能性の一つとしては報告してある。日見子は、司令官はじめ上層部が、その可能性を懸念してくれることを祈った。

別働グループが事《こと》を起こそうとしていることは間違いない。だが、それが、韓国軍の一部と呼応した航空活動であるなんていう話は、とてもではないが簡単に信じてもらえることではない。しかも、日見子がそう推論する論拠は、情報保全隊が疑っている彼女自身が、彼らの協力者などではなく、罠に嵌められているだけだという前提に根ざしている。

日見子が突拍子もないことを言い出せば、司令部の勤務員など、日見子を個人的に信じてくれる人間以外には、自衛隊を混乱させるための欺瞞《ぎまん》活動とも取られかねなかった。

総隊司令部内だけではなく、中央指揮所の面々にまでこの話を信じさせるには、確たる証拠が必要だった。しかし、そのための時間は、もうないのかもしれなかった。

「最終確認時刻と場所をプロットした地図を作成して。基地との距離もよ」

「珠洲市のランクルはどうしますか？」

「それもプロットして。日本海を見渡せる位置ということを考えると、通信中継か何かだと思われると書いておいて」

美杉が立ち上がって、作業用のパソコンに向かうと、奥から数枚の紙を手にした杉井が現われた。

「浜田一佐の経歴です。保全上問題となる事項は、認められません。もっとも、そんなものがあったら情報課長に補職されることはありえませんが」

「秋津二佐、あるいは飯久保一尉との接触は？」日見子は、プリントアウトされた課長の経歴書類に目を走らせながら聞いた。

「明確な接触があったことを示す情報はありません。ですが、一九九八年から二〇〇一年にかけて、浜田一佐は三沢にある第三飛行隊の飛行隊長をされています。同時期、一九九五年から二〇〇〇年にかけてですが、飯久保一尉は、青森《あおもり》の第五普通科連隊に勤務しています」

「そこでFACとして共同訓練を？」

「いえ。彼がFACとして教育訓練を受けたのは、二〇〇〇年に幹部任官した後です」

だめか。日見子は明らかな落胆を、その顔に浮かべた。

「しかし、飯久保——当時三曹ですが——は五連隊在勤時、既に携SAMのMOSを持ってました」

MOSは、特技区分と呼ばれ、火器等の操作資格を付与するものだ。

「それなら、対抗訓練を行なっていた可能性はあるか」

「当時の船命は、既に保存期間を過ぎて破棄《はき》されているはずですが、身上票には訓練の記載があるかもしれません。現在問い合わせてます」

日見子は、杉井の目を見つめた。COCに現われた時には、思い詰めたような目をしていたが、今はそれに加えて迷いの色も浮かべていた。

「杉井二尉」

「なんでしょう」と答えた声には、警戒があった。

「私を疑う合理的な理由というやつを教えて。私には、それが誤りだということは分かっている。失踪部隊になんの協力もしてないのだから。もしそれが、何らかの物証なら、むしろ課長の関与を証明するものになるかもしれない。あなたたちは、物証が見つからない理由を、私が証拠隠滅したからだって思っているかもしれないけど、それさえも課長が私に防適のことを告げることで作為した結果なのかもしれない。別働グループは、いつ動き出してもおかしくはない。いえ。もう動き出しているかもしれない！」

日見子は、切れ長の目を細めて、杉井の目に問いかけた。たっぷり三秒は見つめていただろうか。しかし、杉井の視線は、日見子のそれに耐えられず、目を合わせまいと泳いでいた。

しかし、杉井は顔ごと視線を外すと「私の判断では教えられません」と答えた。

「だったら、許可をとって。川越二佐か、もっと上の許可が必要なら、今すぐ取って。でないと取り返しのつかないことになる！」

「上申してみます。でも、期待しないで下さい」

杉井は、傍らにあった机から、自即電話の受話器を手に取った。

日見子は、今や定位置ともなったソファに向かい、力の入らない足を踏み出した。足が思うように動いてくれないので、机に手を突きながらのゆっくりとした歩みだった。

日見子は、最終手段を考えていた。

別働グループの襲撃を受ける前に、なんとかして戦闘機を上げさせなければならない。韓国と呼応しているとしても、決して数は多くないはずだ。少数でも離陸させて、ＣＡＰとしておけば、対処できる可能性はある。

そのための最終手段は、虚偽の報告をすることだった。日見子の言葉を信じさせる嘘。物証なしでも、命令を出させるには、それしかなかった。たった一つの冴《さ》えたやり方。そんなタイトルの小説があったことを思い出した。だが自分のやろうとしていることは、ちっとも冴えていない。日見子は苦笑を浮かべると、覚悟を決めた。

あと数歩で、ソファにたどり着こうという時、天井のスピーカーから、伏見三佐の声が響いた。

「セフティローダーの移動情報二報。友部JCT付近で最終確認されていたセフティローダー二両は、大洗《おおあらい》港から苫小牧《とまこまい》港に向かうフェリーに乗船していた。フェリーは既に苫小牧に到着。セフティローダーは、車両ナンバーが港で検問中の警察官に伝達される前に通過した。通過時刻は1348I。以上」

おそらく、作戦決行が急に決まったため、大間《おおま》か青森から函館《はこだて》に向かうフェリーの予約が取れなかったのだろう。おかげで時間的猶予《ゆうよ》ができていたことになる。もし大間か青森から出航していたなら、彼らはもっと早く展開を終えていたはずだ。

目標は千歳《ちとせ》基地だ。軽装甲機動車が向かった先は、百里基地ではなかった。1348I、今から五分ほど前だった。千歳に二両、三沢に二両、小松に一両……これが何を意味するのか。

機種ではない。千歳と小松はF—15だが、三沢はF—2だ。方面隊も、北空（北部航空方面隊）と中空（中部航空方面隊）にまたがっている。

アラートハンガーは、どこの基地でも同じ規模だ。この三基地だけが異なっているわけではない。

日見子は、各基地の情景を思い出した。長く伸びる滑走路、その脇を走るタクシーウェイ、巨大な格納庫と、その前のエプロンに並ぶ航空機……。いや、並んでいない。そうだ、並んでいなかった。

日見子は、踵を返すと足をもつれさせながら、倒れ込むようにして作業室のドアを押し開けた。叩き壊すように開けられたドアが、激しい音を響かせる。メインルームは喧噪に包まれていたが、日見子のただならぬ様子を見て、一瞬の静寂に包まれた。

情報課の作業室ドアは、メインルームの左前方にある。警備担当の園田三佐の席とは対角線上だった。日見子は、その対角線上に声が届くように叫んだ。

「ターゲットはやはり航空機よ。軽装甲機動車はシェルターの襲撃用。狙撃のできない基地だけ軽装甲機動車で襲うつもりなのよ」

園田三佐は、一瞬呆気《あっけ》にとられたような顔をしていたが、すぐに事態を理解して受話器を取った。

冷戦時代、ソ連の脅威に対抗するため、空自基地の抗堪化《こうたんか》事業は、北方重視で整備された。航空機を空爆や地上攻撃から防護するための掩体《えんたい》は、北日本の基地に偏《かたよ》っていた。

千歳、三沢の両基地は、ほぼ全機数分、小松基地は、半数がシェルター運用されている。他の基地にもあるが、ごく少数だった。軽装甲機動車は、シェルターの数に応じて向けられたのだ。

日見子は、ガラスに囲まれたトップダイアスに向き直った。踵《かかと》を引きつけ、両手を体側《たいそく》に下ろして直立不動の姿勢を取る。

「司令官。アラート機のホットスクランブルと警備態勢を上げることを上申します」

「倉橋三佐。出すぎているぞ。君が発言すべきことではない。それに、航空機を上げることは中央から止められている」

防衛部長、葛城《かつらぎ》空将補は、当然のことを言っていた。運用に関する上申が権限外であることや、航空機を上げることが中央指揮所から禁止されていることも、日見子は当然承知している。

それでも、今すぐにでも対処しなければ、手遅れになるかもしれなかった。そしてそれは、伏見三佐の声で裏付けられた。

「報告します。竹島上空にいる三個航跡中の一個航跡から分離した航跡が、竹島上空を離れて、方位０７０に進出中」

「機数は？」ＣＯＣ中央に陣取る運用課長が、だみ声を響かせた。

「メイビーワン」

全員の視線が司令官に集まった。司令官、手嶋空将は、腕組みしたまま、前方のスクリーン、竹島を東北東方向に離れてゆく矢印が生えたＵの文字を見つめていた。

「全基地の警備態勢をAに上げろ。全基地のホットスクランブルを中央指揮所に上申。アラート機は、コックピットスタンバイに移行」

日見子は、奥歯を噛みしめた。韓国機の異常な航空活動が確認されている以上、この時点で即座に離陸するホットスクランブルをかけてほしかった。だが航空機を上げるなという命令を受けている司令官は、アラートハンガー内でエンジンをかけ、いつでも飛び出せるようにしただけだった。

「警備態勢は所掌事項だからいいですが、コックピットスタンバイは控えるべきではないでしょうか」

葛城防衛部長は、厳正な指揮が座右《ざゆう》の銘《めい》ではないかと思われるくらい、堅い男だった。日見子は、やはり最終手段を採るしかないと思った。

周囲を見回すと、杉井はすぐ左にいた。彼女の手首を摑むと、情報課作業室に引き戻した。ドアを閉め、杉井の肩を壁に打ち付けるようにして詰め寄る。

「やつらが動き出した。もう許可を待っている時間はない」

「だからって私は喋りませんよ」

日見子は、杉井の顔を挟むようにして両腕を壁に打ち付けると、杉井を睨みながら言った。

「今から、司令官にホットスクランブルを独断させる」

「何を言ってるんですか！」遮った杉井の声を、日見子はさらに大きな声で遮った。

「聞いて。千歳に向かった別働グループは、まだ配置についていない。課長は、司令官の独断に反対する。あるいは、慌てて何か事《こと》を起こすはずよ。その時は、合理的な理由とやらを教えて。もし、私が動けなければ、安西一尉に伝えてほしい。いいわね」

杉井が、開いた口から言葉を紡《つむ》げずにいる間に、安西が割り込んできた。

「先輩、何をするつもりですか」

「説明している暇はないわ。後を頼むから、何とかして」

日見子は、作業室のドアを乱暴に押し開けると、そのままトップダイアスに向かった。

「報告します」日見子の一段低めたアルトの声に、居並ぶ視線が一斉に向けられた。

「私は失踪部隊の協力者です。別働グループの動きと韓国機による攻撃を、情報面で支援するよう秋津二佐から指示されていました。失踪部隊の目的は、内通した韓国機による重要目標攻撃です。別働グループは、空自によるリアクションを抑制《よくせい》するための地上攻撃による助攻《じょこう》です」

「何を言ってるんだ」と言ったのは、葛城ではなく、その後ろに座る浜田だった。日見子は、内心でほっとしたが、視線は手嶋司令官から動かすことなく言葉を続けた。

「すぐにホットを上げて下さい」

手嶋は、顎を引き、見上げるような視線で睨み付けた。その瞳は、何かを計算している目だった。

「今になって、改心したというわけか？」

「はい」日見子は、いささか芝居じみていると思いながら、もう一度踵を打ち付けて、直立不動の姿勢をとった。

「それならば仕方ないな。全基地ホットスクランブル」

「司令官、中央指揮所からは全機地上待機の命令です。上げるなら防衛大臣に上申すべきです」浜田は食い下がった。その間にも伏見三佐を始めとする運用課の幕僚は、各方面のSOCとAOCCに指示を飛ばしていた。

「状況から見て、許可を取っている時間はないと、私が判断したんだ。独断だ。中央指揮所には報告しておけばいい。倉橋三佐、君はここに掛けたまえ」

司令官は、司令官席後方のパイプ椅子を指し示した。

「知っている限りの作戦を話してもらおう」

「はい」日見子は、トップダイアスを仕切るガラスを回り込む。パイプ椅子に掛けると、各基地のモニター画面を見つめて念じた。

早く上がって。

1356（I）

安西は、開け放った作業室のドアから、ガラス越しにトップダイアスでの成り行きを見ていた。日見子は、端に置いたパイプ椅子に掛けさせられている。

彼の横では、同じように成り行きを見ていた杉井の目に、困惑の色が浮かんでいた。

「見てただろ」

杉井は、まるで爪を噛むかのようにして、唇に親指を当てている。

「課長は反対した。先輩にだけじゃない。司令官に対してもだ。それに先輩が秋津二佐と話そうとした時だって反対してた。意味するところは分かるだろ。やつらの協力者は先輩じゃない。きっと課長だ。あんたたちが先輩を疑う合理的な理由ってのは、先輩じゃなくて、課長が何かしたからなんじゃないのか。それを否定しないのは、その可能性があることを、あんたも認めているからじゃないのか。あんただって、もしかしたら、課長がやつらの一味だったんじゃないかって思ってるんじゃないのか？」

安西は、杉井の肩を揺さぶった。杉井は安西の視線を避け、床に向けた目を泳がせていた。

「課長は、やつらにアラートや警備態勢を流していたのかもしれない。事《こと》が起こった後には、情報が漏洩してた可能性が露見するかもしれない。だから多分、その時に、それを先輩に押しつけるつもりだったんだ」

「そうだとしても……」と言ったきり、杉井はその先を継げなかった。

「教えてくれ。先輩を疑う合理的な理由ってなんだ？」

杉井は、目をきつく閉じたまま、絞り出すようにして言った。

「携帯……です。携帯の発信情報です。秋津二佐の携帯に、不正口座で契約された携帯電話が、ここ横田周辺から、たびたび発信されていたんです」

「携帯……？」

ひとたび言葉を発すると、その後は、意を決したのか、杉井は安西を真っすぐに見つめて言った。

「はい。われわれがマークを始めた以後は、電源が入れられていませんが、それは確かに横田にあったんです」

安西は、自分の息を呑む音を耳にした。

記憶がフラッシュバックする。画面に〈秋津二佐〉の文字が浮かび、緑色のフェルトの上で震えていた。

「そう、携帯。携帯だよ！」突然の安西の叫びに、杉井は怪訝そうに目を細めた。

「何がです？」

「課長の携帯。秋津二佐の名前が、頭の隅にあったんだ。課長の携帯画面に出ていたのを見たんだ！」

杉井は、細めた目に胡乱《うろん》な光をたたえて、安西を見ていた。

「秋津二佐の携帯の通信記録に、浜田一佐の名前はありません。それに、航空総隊司令部勤務者の携帯は全て確認させてもらいました。当然浜田一佐の携帯も確認してます。ですが、不正口座で契約された携帯番号ではありませんでしたし、特に不自然なところもありませんでした。記憶違いではないですか？」

「それはない。絶対にない。ボクはこういうことには自信があるんだ。課長の携帯画面に〈秋津二佐〉って表示されていた。間違いない」

なおも信じられないという表情を見せながら、杉井は「いつ頃のことですか」と聞いた。

安西は、眉根を寄せて記憶をたどった。

「夏だ。七月か八月、夏の休暇前だった」

「確かにその頃なら、問題の携帯にも使用されていた実績があった頃です。ですが、秋津二佐は、不正口座の携帯番号とは通話していても、浜田一佐とは通話してませ……ん」

安西は、杉井の表情に、何かを思いついたことを示す緊張を見て取った。

「何です。何か思いついたんですか？」

杉井の様子からは、何かの可能性を頭の中で検討しているように見て取れた。

「浜田一佐の携帯の機種は何ですか？」

「アイフォン。確かアイフォン3だった気がするけど、機種が何か？」

「それなら……」とつぶやいた杉井は、課長の携帯番号を聞いてきた。

安西は、情報当直用デスクに座っていた吉富二曹に、問いただす。情報当直用デスクには呼集の際に使用するため、外線につながれた電話機と電話番号簿が備えてある。

杉井は、吉富二曹が告げた番号をメモすると、手近にあった自即電話に取り付いた。

「杉井です。緊急で、今から言う番号の回線接続状況を照会して下さい。そして、重要証拠三号の回線接続状況と照らし合わせて下さい。二つは互い違いに接続している可能性があります。番号は、０８０―××××―△△△△です」

杉井が受話器を置くと、安西は「どういうことです」と問いかけた。

「もしかすると、デュアルＳＩＭ《シム》の携帯かもしれません。一つの携帯端末で、二つの別契約のＳＩＭカードを、入れ替えて使うんです。安西一尉の記憶が正しいのなら、入れ替え忘れた状態でおかれた携帯に、秋津二佐から着信が入ったのかもしれません」

「きっとそうだよ」と言った安西は、小さくガッツポーズを取った。これで、日見子の疑いを晴らすことができると確信した。

「それで、回線接続状況の照会は、どのくらい時間がかかるんですか」

「防衛省から警察庁に照会依頼を出して、そこから携帯キャリアに照会をしますから、早ければ二時間くらいで結論が出るはずです」

見えたばかりの光明が、再び闇に沈んでいった。

「冗談じゃない。そんなに待てないよ。これから何が起こるにせよ、航空作戦で二時間も経ったら、戦闘は終わってる。敵の頭の中を見通す先輩の能力は、今必要なんだ。それに、課長が荷担しているって分かれば、課長を尋問して、作戦を聞き出すことだってできるかもしれない」

課長の荷担が証明されても、発動中の作戦について証言が得られるとは限らない。それでも、日見子の行動の自由を確保するためには、課長の荷担を一刻も早く証明する必要があった。

安西は、宙を見上げた。といっても、空は何メートルにも及ぶ分厚いコンクリートの上だ。安西が対象の知れない悪態をついていると、吉富二曹が杉井を呼んだ。

「中央情報保全隊から電話です」

杉井は、引ったくるようにして受話器を受け取った。

「はい。杉井二尉です。え、メール発信?」

思いの外《ほか》早く照会結果が出たのかもしれなかった。

「はい。すぐ確認します」と言って、杉井は通話を切る。

「問題の携帯が、回線接続されてメール発信されたそうです」

地下にあるＣＯＣで携帯は通じないし、当然持ち込みも禁止だった。ＣＯＣの勤務者が携帯を使用するためには、ＣＯＣを出て地上に出なければならない。

安西は、作業室のドアを叩くようにして開けると、トップダイアスを見た。司令官の後方、いつも課長が掛けている定位置には誰もいなかった。

「しまった！」

司令官が独断を決心したため、浜田が緊急の指示を出したに違いなかった。

「上だ。行こう」安西は、杉井に呼びかけると、右の手首をつかんで引きずるようにして走り出そうとした。今なら、証拠を押さえられるかもしれなかった。

「待って下さい。抵抗されるかもしれません。警務を呼びます」と言って、杉井は電話を取った。横田地方警務隊にＣＯＣ入り口まで来るように伝えると、安西が押し開いているドアに駆け寄ってきた。

ＣＯＣ出口に向かいながらトップダイアスに視線を走らせる。日見子はパイプ椅子に掛け、拳を握りしめてセンタースクリーンを見つめていた。

1401（I）

杉井と安西は、エアロックのように二重扉で仕切られたCOC入り口にいた。

「やっぱり持ち出されてる」

安西の言葉を聞いて、杉井も携帯台を覗き込む。しかし、浜田のアイフォンがどんな色だったか、杉井は思い出せなかった。

もどかしく制電シューズを脱ぎ、靴箱から短靴を取り出して履き替えた。メールは発信されたばかりだ。今浜田の携帯を確保すれば、問題のSIMカードを押さえられるかもしれない。それは、動かしがたい物証だった。それに、不正口座が使われているため、そのSIMカードを使用しているだけで明確な不法行為といえる。情保隊には司法捜査権がないが、自分たちの代わりに、警務隊に逮捕させることも可能だった。

「課長も出てる」

安西は、情報課の靴箱を見て言った。杉井は、その言葉に答えることなく、出口のドアに手をかけた。NBC対策のためにCOC内部は陽圧に保たれているため、後ろに体重をかけて出口のドアを引き開く。総隊司令部一階の廊下に飛び出すと、廊下の左右に視線を送った。右手、スカイブルーの絨毯が延びる先に、二人に向かって歩いてくる人影があった。

「なんだ。もう倉橋三佐に付いてなくてもいいのか？」

浜田の手には、迷彩柄のカバーが付けられたアイフォンが握られていた。今使われたばかりなら、中に証拠となるＳＩＭカードが入れられている可能性は高い。

杉井が答えようとすると、前に出た安西が、後ろ手に彼女を押しとどめた。

「課長こそ、この非常時にどうして上に出てきてるんですか？」

安西が時間稼ぎをしようとしていることは分かった。確実に証拠を押さえるため、警務隊を待っているのだろう。しかし、杉井は待てなかった。彼女は、弟を乗せた担架《たんか》を持ち、冷たい風の中を汗だくになりながら走ってくれた自衛官を思い出していた。その自衛官を裏切っているかもしれない男を目の前にして、自分を押しとどめることができなかった。

「浜田一佐！」

小声で「バカ」とつぶやく安西の声が聞こえたが、杉井は構わずに追及の言葉を繰り出した。

「その携帯を確認させて下さい」

「朝がた確認したんじゃなかったのか？」

「はい、させていただきました。ただ、もう一度確認させていただきたいんです。今朝は内部まで確認しませんでしたが、今度はＳＩＭカードを確認させていただきたいんです」

沈黙の時間が流れた。杉井は、硬い表情のまま浜田を睨み続けた。浜田は、表情を変えることなく、静かな無表情だった。

「課長、携帯を渡して下さい」

安西が、前に一歩踏み出して言うと、時を合わせるかのように、浜田の背後から複数の足音が響いてきた。浜田が振り向くと同時に、廊下の先に二人の自衛官が現われた。杉井の耳に、浜田の口元から漏れた舌打ちが響いた。

その制服姿の自衛官は、こちらの姿を認めると駆け寄ってきた。勢い、浜田を挟み撃ちする形になる。

「俺の携帯を確認して何が分かるっていうんだ？」

不正口座で契約されたＳＩＭカードがある可能性がある以上、警務隊に強制的に確認してもらう方法もある。しかし、杉井は自分の目で確かめたかった。

「浜田一佐の携帯と、我々が探している携帯電話が、互い違いに接続されていたことが確認されました」

はったりだった。しかし、これがはったりだと浜田に分かるはずはなかった。

「そして、つい先ほど、我々が探している携帯電話からメールが発信されたんです。倉橋三佐はずっと地下にいましたから、彼女が発信したのでないことは明らかです。私は誰が発信したのか確認したいんです！」

浜田は、携帯に落としていた視線をゆっくりと杉井の顔に戻すと、苦虫《にがむし》を嚙み潰したような顔で、携帯を放って寄越した。

彼女は、すぐさまシリコン製のカバーをはぎ取った。背面パネルを開ける必要はなかった。パネルの隙間からフレキシブルケーブルが飛び出し、その先にＳＩＭカードが付いていた。

「パスコードは何番ですか？」

杉井は、浜田から告げられたパスコードを打ち込むと、電源を入れ直してＳＩＭカードを切り替えた。そして、自局番号を表示させると、浜田に向けて突きつけた。

浜田は、苦笑いを浮かべると、小さなため息を吐いた。そしてそのまま歩き出した。

「どこへ行かれるつもりですか」

「ＣＯＣだ。結末を見に行く。もう私のやることは終わったんでな」

「待って下さい」

「今さら俺を拘束したところで、何も変わらないぞ」

浜田は、そう告げると、テンキーと生体認証のロックを解除し、ＣＯＣの入り口を押し開けた。

浜田にあっさりと認められると、杉井は、どうしたらいいのか分からなかった。安西の顔を振り仰いだ。

「行こう。司令官にも報告しないと。聴取の許可を貰えばいいだろ」

杉井は黙って首肯《うなず》くと、警務隊の二人にも付いてきてくれるよう声をかけた。

1356（I）

遡《さかのぼ》ること六分前、日見子の眼前、センタースクリーンの手前を、細身の人影が、足早に過ぎ去っていった。上着を脱ぎ、背筋を伸ばした後ろ姿は、泰然自若《たいぜんじじゃく》の雰囲気を纏っていた。だが、普段よりも一段と大きい歩幅に、日見子は浜田の焦燥を見て取った。

日見子は、安西のちょっと間の抜けた細面《ほそおもて》を思い浮かべ、心の内で「頼むよ」と念じた。そろえた両膝の上、握りしめた右の拳を、左手でさらに固く包み込む。

視線を上げ、スクリーンを見やる。各基地から送られてくるモニター画像には、音声がない。それだけに、変化のない画面は、時が止まっているのではないかという疑念さえ抱かせた。

画面の端に映るアラートハンガーから、鋭利な機体のシルエットが滑り出してきていたが、エンジンの咆吼《ほうこう》は横田の地下には届いていなかった。

「内通している韓国機の目標はどこだ？」

突如として手嶋から投げかけられた質問に、日見子の思考は、画面に映る小松基地のアラートハンガーから、横田の地下に戻ってきた。

確実な予測はできなかった。だが、協力していると言った以上、何も知らないでは、自白の信用性が揺らいでしまう。かといって、間違った分析を言えば、司令官の判断をミスリードしてしまう。

日見子は、内心の焦りを抑えて考えた。

竹島を離れた航跡は、日本海中部に進んでいる。ここからUターンして、西日本方面に向かうことは考え難い。目標は、中日本から北日本、そして海岸線に近い場所である可能性が高い。

原発やダムは、ジュネーブ条約違反となるため、事後の国際的非難を受ける可能性が高く、これらが目標とされる可能性は低いと考えられた。地理的な条件に該当する地方都市は、新潟《にいがた》と札幌《さっぽろ》くらいだ。日本海側北部にコンビナートはないが、石油備蓄基地が秋田《あきた》と新潟、そして福井《ふくい》にあった。

今ある材料では、読み切れなかった。既に独断でのスクランブルが決行されている以上、誤っている可能性のある情報は与えない方がよかった。

「インパクトの大きな目標としか、聞かされておりません。航跡からすれば、札幌か新潟、あるいは日本海側の石油関連施設だと思われます」

「倉橋三佐が真実を聞かされているとは限りません」と常識的な言葉を発したのは、果断で知られる手嶋と対照的な副司令官、水野空将だった。

「それでも留意しておく必要性はある」と答えた手嶋の言葉に反応して、葛城は「4623が都市部の他、石油関連施設に向かう可能性に留意。マップ上に出せ」と指示を飛ばした。

竹島から東北東に進み、日本海中部に差しかかっている航跡番号KA4623が、福井の国家石油備蓄基地に向かうのであれば、間もなくヘディングを南に向けるだろう。新潟、秋田方面に向かうのであれば、もうしばらくは直進、札幌に向かうのであれば、そろそろ北に変針すべき頃合いだった。

「AWACSを上げます」

後方から聞こえてきたのは運用課長の声だった。すかさず投げかけられた「E―2は？」の質問に「地上の状況が確認できれば、上げます」と応じている。

そのやり取りを聞いて、日見子も自分が行なうべき仕事を思い出した。上司の許可が必要な措置は、浜田がいない今のうちにやっておくべきだった。不在なら、事後報告で済ますこともできる。

「能登半島に管制役と思われる車両も向かっています。ＥＢも離陸させます」

手嶋の首肯《しゅこう》を確認すると、日見子は背後に置かれた電話機に手を伸ばし、ＹＳ―11ＥＢ電子偵察機の発進指示を出した。同時に、通称象《ぞう》の檻《おり》と呼ばれる美保《みほ》と東千歳《ひがしちとせ》の通信所での収集活動を、情報本部に情報要求として上げろという指示も付け加える。

日見子の指示を正確に復唱すると、芦田は「ＥＡとＥＣ―1をどうするのか聞いてくると思いますが、どうしますか？」と言った。電子偵察機の運用は情報課の所掌だが、電子妨害機の運用は運用課の所掌だ。ただし、どちらも実際に飛ばすことは総隊司令部飛行隊の仕事なので、部隊とすれば、併《あわ》せて指示が欲しいところだ。

「あ。ちなみに、今調べてみたところ、ＥＡは入間《いるま》ですが、ＥＣ―1は訓練支援のため松島《まつしま》に展開しているようです」

電子妨害がそれほど役に立つ状況とは思えなかった。日見子は、わずかな苛《いら》つきを覚えたが、それを呑み込んだ。芦田と議論している余裕はない。彼とすれば、少しでも電子戦支援隊にポイントを上げさせたいのだろう。

日見子は、後方を振り返ると、メインルームにある運用課席を見た。電子戦幕僚を兼ねる吉田《よしだ》三佐は、伏見三佐と並んで忙しそうにマイクに呼びかけている。出番があるかどうかも分からない電子妨害機に気を回す余裕はなさそうだった。

越権行為だが、今は一秒を争う状況だった。

「総司飛が上げられるようなら上げて。それと、後で吉田三佐にメモを回しておいて」

了解を告げる芦田の声を確認すると、日見子は、スクリーンに向き直った。すると、不意に葛城と目が合った。日見子は内心で舌打ちをする。今、細部を聞かれても、詳しくは聞かされていないとしか答えられない。

「部長、何かございますか」と時間稼ぎの台詞を吐きながら、頭の中で今後の展開を再度予測してみた。

だが、葛城は「いや、何でもない」と拍子《ひょうし》抜けした反応を見せると、日見子に背を向けた。

日見子は、助かったと思いつつ、内省《ないせい》に戻った。何かし忘れていること、抜けていることはないだろうか。

EBは上げた、情報要求も出した。被害を受けたわけではないから、まだ偵察航空隊を動かす必要はない。現段階で必要な情報収集の手は尽くしただろう。

逆に、防諜面は大丈夫だろうか。保全は、日見子の職務ではなかったが、急に嫌な予感がして、日見子は再び受話器に手を伸ばした。情報課作業室の保全班を呼び出すと、吉富が出た。

「班長は？」と問うと、杉井と一緒に出たという。日見子は、やはり課長を追いかけたのだろうと思い、吉富に尋ねた。

「ＣＯＣの保全点検は、いつ行った？」

「臨時の点検は、情報班長がダウンされている間に実施しました。結果、異状なしです。こっちからリクエストするまでもなく、情保隊が行《や》らせろって言ってきて、念入りにやってました。ですが、地上施設と同じで、電波発信を探ってただけみたいですから、地下のＣＯＣでそれをやる意味自体が疑問でしたけど」

「空シス隊からは、何も言ってきてないわね？」

航空システム通信隊、略称空シス隊は、メールや電話回線の通信監査、言い換《か》えれば、盗聴による情報漏洩の監視（自衛隊内の専用電話を盗聴しても違法にはならない）をするとともに、ＪＡＤＧＥなど、ネットワーク化されたシステムへの異常なアクセスを常時監視している部隊だ。課長がネットワークを通じて情報を流そうとしたり、逆にウイルスを仕込もうとしたりしていれば、即座にそれを検知しているはずだった。

「はい、何もありません。問い合わせてみましょうか？」

「お願い。ここ三ヶ月くらいの間に、横田から特異なアクセスがなかったかどうかを確認して」

「三ヶ月ですか。了解しました。でも、課長にそんなスキルはないと思いますよ。パイロットなんですから」と言った吉富の言葉に、日見子は自分の懸念が杞憂であることを祈った。

日見子が電話を切ろうとすると、吉富が不意に「待って下さい。美杉三曹から報告があるそうです」と呼びかけてきた。

「班長、情報本部から韓国空軍の通信傍受情報が入ってきました。ホランイ01に対して、異状を問いかけるとともに、指示された針路に戻るよう繰り返し呼びかけています」

「了解。そのホランイ01だけね？」

「はい。それだけです」

日見子は、すぐさま受話器を置くと、司令官に報告した。間髪《かんはつ》を容《い》れず、同じ内容が一斉放送でも流される。

「4623のことだな」とつぶやいた司令官の顔には、うっすらと安堵が浮かんでいた。

「機種は？」

「コールサインから判断すると、F—15K。大邱《テグ》の一〇二戦闘飛行隊です」

眼前のスクリーンに映る各基地のモニター画像の中では、アラートハンガーから滑り出した機体が映っていた。

日夜訓練を繰り返した結果、どの基地でもスクランブル下令から、離陸までの時間は大差ない。千歳、三沢、百里、小松、築城、新田原、そして那覇《なは》。いずれの基地でも、アラートハンガーから滑り出した機体は、ランウェイエンドに近づいていた。

早く行け。

離陸決定速度に達してしまえば、たとえＣＯＣからキャンセルホット（スクランブルの中止）を指示しても、離陸するしかなくなる。アフターバーナーを使用して猛烈な加速をする戦闘機は、滑走後わずか数秒で離陸決定速度に達することができる。そうなれば、防衛大臣が着陸を命令しても、燃料をダンプして重量を軽くするまで、着陸はできない。その間に、もっと状況は判明してくるはずだった。

そして、それ以上に、別働グループが基地に襲いかかる前に離陸してしまう必要があった。別働グループは携ＳＡＭを持ち出してはいない。離陸さえしてしまえば、４６２３は迎え撃てるはずだった。

もう少し。

日見子がそう思った時、百里基地のモニターの中、Ｆ―４が、まるで透明な壁にぶつかったかのように見えた。前脚が沈み込み、急激に速度を落とす。

「異状か？」

右手を握りしめながら、百里基地のモニターに目を向けると、その隣にあった小松基地のモニターの中、イヌワシを模した部隊マークが描かれたＦ―15の垂直尾翼付け根付近に、小さな閃光《せんこう》が見えた。今まさに滑走路に入ろうとしていた機体が、急停止する。

その上のモニターにも、下のモニターにも、同じ光景が、映っていた。一瞬前まで、我先にランウェイに駆け寄ろうとしていた戦闘機は、今どの画面の中でも見えない壁にぶつかったように止まろうとしている。

そしてまた、停止したリーダー機を追い越そうとした僚機が、画面の中で、リーダー機に折り重なるようにして停止していた。

新田原基地を映したモニターでは、炎を上げる蛇が、F―15の胴体中央部から、黒い煙を纏って這《は》い出してきていた。

「北空より報告、千歳、三沢ともスクランブル機に異状発生。なお、両基地とも基地警備システムも警報を発している。詳細確認中」

基地警備システム発報の原因は、北空からの次報を待つまでもなかった。ズームアウトした三沢基地のモニター画面の端に、オリーブドラブ一色の空自仕様とは異なる迷彩塗装の軽装甲機動車が映っていたからだ。

七つのモニターの中、唯一異なった情景を映し出していたのは、那覇基地のモニターだった。シェルターから滑り出した二機のF―15は、滑走路手前で航空局の管制に待たされたが、間に合わないという懸念に反して、二機編隊のまま、ランウェイ36で飛び出していった。

「那覇以外は上げられないのか！」日見子の後方では、ほとんど唸《うな》り声に近い運用課長の声が、響いていた。

「中空及び西空の全スクランブル機に異状発生。各方面とも、代替機《だいたい》を準備中」と告げる伏見の声が、北空だけは上げられるかと期待を抱かせたが、それに続く園田の声は、その期待を打ち砕いていった。

「千歳、三沢及び小松に、軽装甲機動車と思われる車両が侵入。航空機に対する破壊活動を行なっているもよう。百里、築城、新田原では車両の侵入は認められないものの、銃声を確認。銃撃が行なわれているもよう」

モニターには、派手な爆発こそ映っていないものの、あちこちから煙が上がり、一部には、小さな火炎も見えていた。

「やられたな」

日見子の左前方に座った水野は、腕組みしたまま小さくつぶやいた。耳にしたのは、日見子の他には、司令官と防衛部長だけだったろう。

異常な動きをしている韓国軍機は一機だけだったが、それに対処するための航空機は、別働グループによって動きを封じられていた。銃撃されただけなら、修理は可能なはずだが、少なくとも損傷の程度を調べ、まともに飛行できることを確認するまでは飛ばすことができない。

唯一、那覇のスクランブル機は離陸できたが、４６２３が針路をどちらに向けるにせよ、那覇からでは、間に合うはずもない。スーパークルーズ能力のないＦ―15では、アフターバーナーを使って超音速飛行をすれば、燃料が保《も》たず、途中で給油しなければならない。空中給油を行なったとしても、タイムロスは大きいし、そもそも輸送能力も高いKC—767は、燃料を抜かれていてすぐには飛び立てない状態だった。巡航速度で飛行すれば、F—15の航続距離をもってすれば、那覇から日本海まで到達できるが、竹島から飛来するF—15Kに追いつけるはずなどなかった。

微かな望みは、どこかの基地、できれば小松か百里、あるいは三沢において、なんとか別働グループを撃退し、損傷していない機体が、たとえ一機であっても残っていてくれることだった。

だが、別働グループは、おそらく人数こそ各基地の警備部隊を下回るものの、格段の練度を持ち、警備部隊の能力の及ぶ範囲外から航空機を狙撃している。それに、千歳、三沢及び小松に侵入した迷彩塗装の軽装甲機動車は、空自の所有するほとんどの火器からの攻撃が通用しない防御力と、空自装備を簡単に破壊できる火力を持っている。

日見子は、三沢の米軍が別働グループを撃退してくれる可能性を考えてみたが、米軍のMPは、軽装甲機動車に相当する車両さえ持っていない。数は多いはずだし、発砲を躊躇《ためら》うことはないだろうが、軽装甲機動車を阻止《そし》できるとは思えなかった。

上がれる機体が残っていると考えることは、もはや希望的観測にすぎないように思われた。

1403（Ｉ）

日見子が、一縷《いちる》の望みを抱きつつ、一方的な破壊が続く様子を見つめていると、浜田がゆっくりとした歩みで、目の前を通り過ぎた。彼は、悠然《ゆうぜん》ともいえる仕草で自分の席に腰を掛け、投げ出した足を組んだ。顔には、この世の全てを小馬鹿にしたような、いつもどおりのふてぶてしい笑みを浮かべている。

「司令官、報告があります」

余裕のない、張り詰めた声は、杉井だった。杉井の後ろには、制服姿の二人の自衛官が続いている。その後ろを安西が、作業室の方へ通り過ぎていった。日見子は、後ろに控える自衛官の顔を知らなかったが、名札に横田地方警務隊の文字が書かれていたことで、杉井が警務隊を連れてきたことが分かった。安西はうまくやってくれたのだろうか。日見子は、深呼吸をして高鳴る動悸《どうき》を抑えた。

「なんだ？」

司令官は、杉井を一瞥《いちべつ》し、視線をスクリーンに戻して報告を促した。

「我々が倉橋三佐を疑った理由は、ご報告したとおりですが、それは倉橋三佐によるものではなく、浜田一佐によるものであったことが判明しました。浜田一佐を聴取させて下さい」

司令官が、眉根を寄せて鋭い眼光を向けても、浜田は表情を変えなかった。

「それは、確かなのか？」

司令官の代わりに、葛城防衛部長が口を開いた。

「はい。浜田一佐の携帯が物的証拠です。つい先ほど、その携帯からメールが発信されたことも記録されています。間違いありません」

手嶋は、苦虫を嚙み潰したような顔をしていた。浜田が関与していたとなれば、手嶋が管理責任を問われることは間違いないからだろう。

「分かった。だが、ＣＯＣからは連れ出さないようにしてくれ。私の控え室を使うといい」

杉井は、「ありがとうございます」と言って敬礼すると、浜田に向き直った。

「司令官控え室にお願いします」

浜田は、軽く舌打ちすると「結果を見せてはくれないのかよ」とつぶやいた。

「結果は、いずれ分かります」

冷たく言い放った杉井の言葉に、浜田は、名残惜《なごり》しそうに腰を上げた。杉井の後ろから進み出た警務官が、その手に手錠をかけると、浜田は、自分から歩き出した。

日見子に安堵はなかった。浜田の関与が確定したことで、情保隊が追っていたターゲットが日見子ではなかったことは、はっきりした。しかし、もはや自分一人の身を案じていられる状況ではなくなっていた。浜田が裏で糸を引いていたとすれば、他にも策を講じている可能性が高かった。

日見子は、立ち上がって四人の後を追った。司令官控え室の入り口で、浜田に声をかける。

日見子は、殊勝《しゅしょう》な顔で「すみませんでした」と言う杉井を無視して、浜田に問いただした。

「課長、盗聴装置は仕かけたんですか」

浜田は、鼻を鳴らして答えた。

「仕かけてないと言ったら、それを信じるのか？」

日見子は、見上げるようにして、長身の浜田を睨み付けた。日見子も、浜田が素直に話すとは考えていなかった。それでも、浜田の様子から事実を読み取ろうと考えていた。

数秒の沈黙が過ぎたが、浜田は日見子の視線を受け止めたまま、動じることはなかった。一瞬の判断ミスが命取りになる世界で生きてきた浜田に、日見子のありったけの気迫は、まるで通用しなかった。

しかし、だからこそ日見子は確信した。浜田が自信を持っているということは、ありったけのことはしたはずだ。盗聴装置は必ずあると考えるべきだった。

「どうあっても、課長の企みは阻止します」

浜田は、再び鼻を鳴らすと「できるかな？」と日見子を挑発した。

「できます。いえ、必ずやります。虚仮《こけ》にされたお礼は、きっちりとさせていただきます」

日見子は、捨て台詞を投げつけると、踵を返した。

1405（I）

日見子は、司令官控え室からメインルームにとって返すと、通電課席に一年後輩のWA《ワッ》F《フ》（女性自衛官—空）、蓮田《はすだ》三佐を見つけて駆け寄った。

「勤務者全員に有線を引いて。COCが盗聴されてる可能性がある」

「ええっ？」

蓮田は、この非常時にも右手にクッキーを持ったまま、狐《きつね》につままれたような顔をしていた。彼女は、よくこんな性格で自衛官を続けていられると思えるくらいに、おっとりした女性だ。普段なら苦笑気味の笑顔を返すところだったが、今はもどかしいだけだった。

「浜田一佐が失踪部隊の内通者だった。多分ＣＯＣ内に、何かある可能性が高いわ」

「保全点検……やったといっても、有線引かれてたら分からないかもしれませんね。分かりました。手配します」

蓮田は、唇の端にクッキーの欠片《かけら》を付けたまま、立ち上がった。日見子は、「よろしく」とだけ言うと、ジェスチャーで欠片のことを教えながら、踵を返した。

トップダイアスに戻り、パイプ椅子の位置をなおして腰を下ろそうとすると、怪訝な顔をした葛城と視線がぶつかる。

「部長、何か？」

「何かじゃない。何しに来た」

それは疑問ではなく、詰問《きつもん》だった。

情保隊が探していたものは携帯だったらしい。それが浜田のものだったことがはっきりしたことで、日見子は、情保隊の容疑者リストからは外れたのだろう。だが、日見子は自分が秋津に協力していたことを宣言してしまっていた。それを否定する証明はできていない。

「私は、この場にいるように命令を受けています」

葛城は、嘆息すると「バカが」とつぶやいた。

「司令官が、お前の猿芝居に騙されたとでも思っているのか？」

日見子が、その細い目を、思いっきり丸くしていると、葛城は、追い払うかのような仕草をして、小声で言った。

「司令官は、独断をするために、お前に騙された振りをしただけだ。独断したといっても、それが騙された結果であれば、言い訳も立つだろうが。お前みたいに、考えていることが顔に出やすいやつが、今まで司令部全体を謀《たばか》っていたなんて話を、我々が信じるわけがないだろう。もう用は済んだ。さっさと自分の席に戻れ」

騙したつもりが、その実、釈迦《しゃか》の手のひらの上だったらしい。日見子は毒気を抜かれ、「はあ」と間の抜けた返事をした。

「倉橋。目標の評価を急げ」

席を立った日見子に、今度は水野が声をかけた。日見子は、背筋を伸ばして直立不動の姿勢を取って答えた。

「了解しました」

水野は、無言で首肯《うなず》くと視線をスクリーンに戻した。

日見子が、トップダイアスを出ると同時に、ブリーフィング台には、防衛課の古川《ふるかわ》二佐が立った。

「コールサインホランイ０１と思われるトラックナンバーＫＡ４６２３が、重要施設等の攻撃を意図していると仮定して、現時点の問題は、対処の法的根拠が対領侵しかないことです」

古川のブリーフィングの途中で、通電課の空曹が有線でつながれたヘッドセットマイクを配っていった。

「なんらかの出動命令を出してくれるよう緊急上申中ですが、防衛出動と異なり、国会承認を後回しにできる治安出動にしても、発令される可能性が低い上、領空外での治安出動は、訓令違反になります」

「治安出動だと、ターゲットが外国軍機であることは問題にならないか？」と質問したのは葛城だった。法律や規則にはことさらうるさい葛城のこと、おそらく答えを知りつつ聞いているのだろう。

「明確な違法ではありませんが、法の趣旨には反します。治安出動の対象は、間接侵略その他の緊急事態で、一般の警察力で対処できない事態となっております。やはり対領侵を根拠とすることが適切です」

「警護出動は無理か？」

「４６２３が自衛隊もしくは米軍施設にヘディングを向けてくれれば、警護出動が使える可能性もありますが、都市や石油関連施設、それに原発やダムは警護対象にはできません」

「災害派遣は？」

「災害派遣では武器が使えません。害獣駆除なら話は別ですが」

「で、対領侵しかないわけだな」

「はい。そして、対領侵で４６２３に対処することを想定すると、問題は４６２３が搭載する兵器の射程です。情報課の見積もりによると、４６２３は、竹島への攻撃を意図していたと考えられるため、対地攻撃可能な搭載兵器はマーベリックの可能性が大です。韓国が保有するマーベリックは、Ｄ型とＧ型で、誘導方式は赤外画像誘導。最大射程は、Ｄ型で一一マイル、Ｇ型で一四マイルです。対する我が方は、対領侵を根拠としますので、基線から一二マイルまでの領空内が対処可能な範囲となります。札幌は若干内陸ですが、新潟市街も石油備蓄基地等も、海岸線近傍にあります。幸いなことに、北部日本海岸は、島づたいに直線基線が引かれている範囲が多いのですが、目標次第では、我が方が対処可能となるよりも先に、４６２３が、マーベリックを発射してしまう可能性があります。特に、４６２３が、射程一四マイルのＧ型を搭載している場合、法令上アウトレンジされる可能性が出てきます。また完全にアウトレンジされなくても、信号射撃等を行なう時間的余裕は、まずないでしょう」

「要撃機が上がれたとしても、今のうちに対処の決心をしておかないといけないということだな」と問いただしたのは、手嶋だった。

「私の腹は決まっている。搭載武器がマーベリックなら、発射前に攻撃意図の有無を確認することも不可能だろう。警告の上、対象機が領空に入り次第、撃墜する方向で上申しろ」

「はい」

古川は、司令官が明確な決心を示したことで、少しだけ安堵の表情を見せ、言葉を継いだ。

「もう一つ、判断していただきたいことがあります。対領侵での対処となると、要撃機以外は、ペトリ部隊を使う許可を得る必要と、海自、陸自の対空部隊を使うならば、防衛大臣の命令が必要になります。そして、その際には、総隊への統制権限の付与も上申することが適切だと考えます」

手嶋は果断だった。古川が判断を促す間もなく、「そのとおりに実施せよ」と言って上申を命じた。そして一言だけ付け加えた。

「米軍は動かないんだな？」

「はい。アメリカは、竹島の領有権問題は、あくまで日韓二国間の問題であり、一切関知しないと表明しております」

日見子は、そのやり取りをメインルームの情報課席で、芦田と並んで聞いていた。

「後は、一機でも上がってくれるかどうかかね」

「上がれますか？」

「それに関しては、祈るしかないわ」

日見子は、手を組み合わせたまま、人差し指でメガネを押し上げた。

古川がブリーフィング台を降りると、上中どおりに統制権限が付与された時に備えて、センタースクリーン上の日本地図の上に、パトリオット、海自艦載ＳＡＭ、陸自中ＳＡＭとホークのＳＡＭ圏が表示された。

薄い朱色で表示されたＳＡＭ圏は、目標が日本への攻撃を意図しているなら、ほぼ間違いなく避けて通るはずのエリアだった。そしてどこにＳＡＭ圏があるかも、浜田が荷担していた以上、４６２３のパイロットも承知しているはずだ。

日本地図上に、円形や扇形の花が咲いていた。ただ、ＳＡＭサイトが元々偏って配置されている上に、全艦艇が入港を命じられていることで、花びらが幾重にも重なっている場所がある反面、全く彩《いろど》りのない場所もあった。

舞鶴《まいづる》が近い福井は、入港している艦艇のため、幾重にも折り重なった花弁に覆われている。札幌も、千歳と長沼《ながぬま》からのパトリオットＳＡＭ圏に覆われていた。「あさぎり」が新潟基地に緊急入港したため、新潟周辺にも、小さいながらシースパローのＳＡＭ圏が形成されている。

「秋田だ」日見子の口からは、自然と声が漏れていた。

東北地方の西岸、きのこが生えて出たような男鹿《おが》半島には、パトリオットが描く扇形も、護衛艦や中ＳＡＭが描く円形もなかった。

「４６２３の攻撃目標は秋田国家石油備蓄基地の公算大」

日見子は、一斉放送で情報を流したが、もはやその必要性は乏《とぼ》しかった。

航跡番号ＫＡ４６２３は、能登半島の北を今まさに過ぎようとしている。その一方で、那覇から上がったＦ―15は、まだ太平洋上遥か南にあった。

三沢か小松、あるいは百里から要撃機が上がらなくては、４６２３が秋田の石油備蓄基地に襲いかかることを止める手段は残されていなかった。

石油備蓄基地が目標となり、燃え上がる炎がテレビ画面に映れば、劫火《ごうか》と黒煙は、視聴者の心象を決定付けてしまうだろう。

防衛省・自衛隊関係者がいくら必死に説明したところで、一般視聴者の軍事知識では、その事態が、作為された一瞬の隙を衝《つ》かれたものであり、再び生起する可能性が乏しいことなど、到底理解してもらえるはずもなかった。

秋田の備蓄基地が攻撃で破壊されるなら、千葉や川崎《かわさき》のコンビナート、それに再稼働を始めた原発も、同じような被害を受けるかもしれないと考えてしまうだろう。

そうなれば、竹島の占拠に沸いている人々の威勢も、一気にしぼむ。国民は竹島を投げ捨てるかもしれない。

呼応している4623のパイロットは、それを餌《えさ》に仲間に引き込まれたのかもしれない。日本が竹島の領有権を放棄すれば、パイロットは、たとえ命令違反だったとしても、韓国国民の中では、ヒーロー扱いされる。処罰などできはしないはずだ。

秋津と浜田は、そこまでして何を望んでいるのだろうか。たった一機の戦闘機に国民の心の平穏を乱させることで、専守防衛の誤謬《ごびゅう》、その不確実性を白日の下《もと》に晒《さら》そうとしているのだろうか。

二人の望みがそうであったとしても、日見子には、その目論見が成功するとは、思えなかった。軍事戦略が、専守防衛だろうと、先制撃破だろうと、戦う人間は戦うし、怯懦《きょうだ》な人間は怯《おび》えるだけなのだ。日見子は、そう思っていた。

二人は、楽観論者なのかもしれない。浜田からそんな言葉を聞いたことはなかったが、秋津は何度も日本国民を信じていると言っていた。誤謬を証明さえすれば、虚構の安寧から解き放たれると思っているのかもしれない。

日見子には、それは悲しき幻想に思えた。幻想だからこそ、結果見捨てられることになる竹島グループの参加者は、その幻想に酔っているのかもしれなかった。

「中空は何をしてる。早く上げさせろ」

運用課長の声がCOCに響き渡った。

それに対して、伏見が「小松は、未損傷機ゼロのもよう。百里を確認中」と答え、園田が「小松に侵入した軽装甲機動車は南側のシェルターエリアを確保して潜伏中。百里を攻撃したスナイパーは、位置の把握ができていません。当初攻撃したと思われるポイントを基地警備部隊が確認しましたが、移動した後のようです」と報告していた。

　運用課長が、報告を聞いて悪態をついていると、ブリーフィング台に駆け込んでくる人影があった。

「整備課から報告します。小牧に定期整備《アイラン》明けのＦ―15が一機あります。テストフライトも終了して、昨日移動飛行《フェリー》予定でしたが、悪天候《ウェザー》でキャンセルになっていました」

「パイロットはいるんだな？」

　葛城は、身を乗り出して問いただした。

「はい。３０４ＳＱ（飛行隊）のパイロットが一名おります」

「武装は？」

「小牧にはありませんので、高蔵寺《こうぞうじ》からの輸送を調整中です」

「どのくらいかかる」

「警察に先導してもらえば一時間はかからないと思われます」

「遅すぎる！」激することの珍しい葛城が、机を叩いて叱責した。そして手嶋に向き直ると、「小松に行かせましょう。武装は小松で搭載させます」

「地上脅威は排除できるのか？」

「やらせるしかありません。でなければ間に合いません」

「他に選択肢はなさそうだな」手嶋は、スクリーンを見つめ、ヘッドセットのマイクに向かって、短い命令を発した。

「小松に向かわせろ。六空団には、なんとしてもその一機を守らせろ」

その命令を受けて、運用課の幕僚が慌ただしく動き始めた。

日見子は、スクリーンを見つめていた。小牧のF―15は間に合うだろうか。4623が、このまま男鹿半島に進む場合、小松を経由しなくてもよければ、アフターバーナーを使用し、要撃ができそうに見えた。だが、小松経由で捕捉することは、どう見ても困難だった。小松の列線整備員がいくら優秀でも、グラウンドタイムは致命的だった。

他に何か方法がないだろうかと思案していると、日見子の肩を叩く手があった。メモを持った美杉が、耳元でささやいた。

「能登半島突端付近から、怪しいHFとUHFの発信をキャッチしたそうです。EAも上がっているので、ジャムも可能だそうです。リクエストしますか？」

「HFは別働部隊の連絡用の可能性が高いわね。今からジャムをかけても、戦闘はほぼ終わっているから効果は薄いし、予備周波数に逃げられるだけよ。UHFは管制用だろうから、ジャムで妨害はできるけど、こちらも予備周波数に逃げるでしょう。相手が一機しかいない以上、大した混乱は作為できないわ。それよりも、会話の内容を記録させて報告して」

美杉は、軽く首肯《うなず》くと、喧噪に包まれた人波をかき分けていった。

「那覇から移動中のF—15は、岐阜《ぎふ》でリフューエル予定」

伏見の声がヘッドセットに響いた。こちらのF—15は、まだ太平洋上だ。どう見ても間に合うはずがない。

岐阜は、今回の混乱の埒外《らちがい》にあった。開発集団の基地であり、輸送機はなく、戦闘機も実験用の試作機であるなど、戦力とは言えないものばかりだからだろう。給油のためにF—15が降りても、別働部隊も岐阜にまでは手を回せていない可能性が高い。彼らにとっての脅威は何もないのだから。

日見子は、自分の記憶の中で、何かが引っかかったことに気が付いた。平坦《へいたん》な路上で、路傍の小石につまずいたような感覚だった。

「小牧からのF—15は、警備上の配慮から、小松では06でストレートイン、燃料弾薬の再搭載は、北側シェルターで実施予定。テイルウインドになりますが、そのままランウェイ24で上げます」

再び、伏見の声が、片耳だけに響いた。日見子は、キリキリと悲鳴を上げる胃を押さえつけるように、拳を腹の上で握りしめていた。

「中空から報告。小松に侵入して南側シェルターを確保している別働部隊の軽装甲機動車を排除するため、救難隊のＵＨ―60を使用して上空からＭ２で軽装甲機動車を攻撃する方針です」

12・7ミリの重機関銃Ｍ２なら、軽装甲機動車にもダメージを与えられる。軽装甲機動車は、Ｆ―15が着陸すれば、それを攻撃するためにシェルターエリアから出てくるに違いない。その前に、上空から叩くつもりなのだろう。

「ＵＨにＭ２は搭載できるのか？」葛城の質問は、ＵＨがミニミしか搭載していないことを承知しての確認だった。

「六空団では、以前から自主研究で、ＵＨの基地警備使用を研究しています。ＵＨ用のＭ２マウントも試作しており、実弾射撃の訓練も実施したことがあります」

園田の報告を聞いた葛城が、司令官に目を向けると、司令官は黙って首肯《うなず》いた。それを目にした運用課長がだみ声を響かせる。

「よし、撃破できなくとも構わない。少なくとも南側シェルターエリアから出さないようにしろ」

日見子の脳裏に、再び何かピンと来るものがあった。思考を巡らせていた日見子は、今度は、気になったものが「試作」という単語だったことに気が付いた。

「岐阜」「開発集団」「試作」。それらを思い起こすと、思考の中で一瞬にして、一つの事実に思い至った。

日見子は、かがんでいた背を跳ね起こす。ヘッドセットから伸びたマイクを、手のひらで包み込むようにして、トークスイッチを押した。

「岐阜にＦ―２があります」

唐突に叫んだ日見子の声に、トップダイアスから葛城が白い目を向けてきた。開発集団がＦ―２を持っていることなど、誰でも承知していたし、弾薬がないことも、誰でも承知していることだった。葛城の視線は、黙っていろという無言の指示だったが、日見子は怯《ひる》むことなく、言葉を継いだ。

「ＡＡＭ―４Ｃの発射試験機があります。昨日の試験がウェザーキャンセルになったため、試験弾は搭載されたままのはずです。弾頭は搭載されていないかもしれませんが、４Ｃの命中精度なら、直撃も期待できます。すぐに発進をオーダーすれば、Ｆ―15より早く要撃できるはずです」

葛城の顔色が変わったように見えた。司令官は、今度も軽く首肯《うなず》くと、すぐさま受話器を手にしていた。直接、開発集団司令官に連絡を入れているのだろう。

たった一発、それもおそらく弾頭の搭載されていない試験弾だ。だが、対処すべき航跡も一機のみだ。日見子は、わずかに見えてきた光明に興奮した。

1416（I）

航空自衛隊小牧基地は、名古屋《なごや》市の中心部からわずか一〇キロ、濃尾《のうび》平野に広がる市街地のただ中にある。滑走路は民間空港である県営名古屋空港と共有だが、中部国際空港の開港とともに、ほとんどの路線が同空港離発着に変わってしまったため、現在では定期便の発着は少ない。空自機も、同空港内に工場を持つ三菱《みつびし》重工業名古屋航空宇宙システム製作所、通称名航《めいこう》の工場にアイランのため搬出入される戦闘機以外は、C—130やKC—767といった音の静かな輸送機が主だ。

その小牧基地から、轟音を響かせながら一機のF—15が離陸した。そのF—15は、フルアフターバーナーでランウェイ34から離陸すると、ほとんど針路を変えることなく、北の空に駆け上がっていった。テールパイプから炎の帯を引いて急角度で上昇してゆく様を見た人は、何事かと思ったことだろう。基地から北に住む人は、その轟音に驚いたはずだ。彼らが、驚きの後に沸き上がった怒りを、基地の渉外・広報担当にぶつけるのももっともなことだった。しかし、苦情の電話に平身低頭する担当者は、それがいかに必要なことで、緊迫した状況が発生しているかを説明することはできなかった。彼ら自身が、日本周辺空域で何が起こっているのか、知らなかったためでもある。

それを知っていたのは、日本中で、ほんの一部の人間だけだった。

COCは静かだった。盗聴されている可能性を考慮して有線回線を引いたためで、耳に入るのは、紙のたてるカサカサとした音か、小声でマイクにつぶやくくぐもったささやきだけだ。

COCの勤務員は、皆一様にセンタースクリーン上の三つのシンボルを注視していた。日本地図の上には、ポップアップウィンドウで三つの航跡の諸元が表示されている。日本海中部から秋田に針路を向けた韓国機、トラックナンバー4623と、小牧を上がったばかりのサターン13、トラックナンバー5072、そして沖縄から岐阜に向けて飛行中のガイスト03と04の編隊、トラックナンバー2207だった。

小牧市上空に新たに現われたフレンドリーシンボル、サターン13は、北北西の小松基地を目指していた。ポップアップウィンドウに映された諸元のうち、高度と速度は、更新タイミングが来るたびに、値を上げていた。

サターン13は、このまま秋田に向かえば、なんとか4623を要撃できる位置にある。しかし、武装の一切ないクリーン形態のままでは、4623の撃墜はおろか、攻撃を妨害することすらできない。小松基地の基地警備要員が別働グループの脅威を排除し、列線整備員が武器を搭載して再発進準備を整えるターンアラウンドの時間を奇跡といえる短時間で済ませたとしても、４６２３の要撃は、時間的に困難だと思われた。まして、そのどちらも、別働部隊による襲撃に混乱する小松基地では非常に困難なことだった。

そのことを理解しているＣＯＣの勤務員は、ＡＡＭ―４Ｃ発射試験弾を搭載するＦ―２が、岐阜から離陸することを待って焦燥していた。

一方、安西は別の理由で焦燥していた。彼は、情報課作業室で、航空総隊の直轄部隊の一つ、防空指揮群からの報告を待っていた。

ＣＯＣが盗聴されている可能性があることから、対策として、地上に不審な送信用アンテナがないかどうか、ＣＯＣ／ＡＯＣＣの施設管理を担当する防空指揮群に、地上を捜索させていたのだ。ＣＯＣに設置されている盗聴マイクを探すという手もあったが、勤務者でごった返している上、縦横無尽《じゅうおうむじん》に配線がのたくっているＣＯＣの中から、針の先ほどに小さいかもしれないマイクを見つけるなど、到底できることではなかった。

安西は、電話の受信ランプを睨んでいた。少なくとも、本人はそのつもりだった。間の抜けた顔を、肘を突いて手の上に乗せている姿は、場の緊迫感に似つかわしくないものだったが、本人は、巣穴の前を通りかかる獲物を待つトタテグモになった気分で、受信ランプを見つめていた。そして、それが、赤く点滅を始めると、音を響かせる前に受話器をとった。

「ＣＯＣ情報課作業室、安西一尉」

「小橋《こばし》一曹です。通電隊で手空《てす》きの者全員を駆り出して捜索中ですが、現時点ではそれらしきものは見つかっていません。配線を出せる場所は限られているので、三〇分もあれば、見つけられると思います」

「冗談じゃないよ。一〇分、いや五分で見つけて下さい。じゃないと大変なことになります」

一瞬の間を置いて、小橋は「やってはみますが、保証はできません。何せ、ネズミのしっぽよりも小さいかもしれないアンテナを見つけなきゃいけないんですから」と返してきた。

「お願いします」

安西は、電話に向かって頭を下げながら言った。

受話器を置くと、安西は芳《かんば》しくない捜索状況を日見子に知らせるため、すぐさま席を立った。有線回線を引いていることで、とりあえず情報漏洩は防げているはずだったが、送信手段が分かれば、逆利用することもできる可能性があったからだ。安西が、足早に作業室の出口に向かっていると、美杉が呼びかけてきた。

「班長のところに行くんですか？」

振り向いて「そうだよ」と答えると、安西は、一枚のプリントアウトを手渡された。

「今来た情報です。班長に渡してもらえませんか」

それは、情報本部から送られてきたメールのプリントアウトだった。そこには、能登半島突端付近から、１４０９　Ｉに発信された情報が記載されていた。それによると、無線発信された情報は、０５１６　Ｚ（１４１６　Ｉ）に小牧からＦ―15が離陸し、針路３３６、約一三〇〇ノットで、小松基地方面に飛行していることを伝えていた。

安西は、盗聴から得た情報としては、細かすぎることを気にしながら、メインルームにいる日見子の元に急いだ。

そのプリントアウトを目にして、日見子も、とたんに眉をひそめた。

「やっぱり、変ですよね」

「重要な情報は有線で話している。それに針路も速度も、こんな細かい情報は、いちいち口にしない。あるとすれば……」

日見子は、センタースクリーンに視線を向けると、目を見張った。そこには、既に数値が変わってしまっているサターン１３の航跡諸元が、ポップアップウィンドウの中に表示されていた。

「システムがハッキングされてる？」

日見子は、詰問するかのような視線で、保全班長である安西を見ていた。

「まさか！」安西は、首を振りながら答えた。

「ＪＡＤＧＥも総隊指揮システムも、クローズドネットワークですよ。外部からの接続なんて物理的に不可能ですし、全端末の接続状況は、空シス隊が監視してます」

「そのくらい、私だって承知してるわ。空シス隊が何も言ってきていないこともね。でも、これは何？」

安西は、突きつけられたプリントアウトにたじろいだ。

「ですけど……、たとえ課長が細工しようとしていたとしても、端末は、ロードしているソフトの状況まで、空シスが常時監視してるんですよ。ウイルスみたいなものを端末に入れれば、途端に警報が出るし、システムからも遮断されます。それに、ＯＳだって一般のソフトとは違うんですから、そもそもプロ管隊（プログラム管理隊）の技術者でもなければ、ＪＡＤＧＥや総隊指揮システム上で動くプログラムを作ることさえできません」

「それじゃあ、課長はどうやってこの情報を流したのよ。何か手段があるはずじゃないの？」

安西は、口ごもりながら「可能性としてなら、課長の他にも協力者がいて、ボイスで知らせたとか」とつぶやくように言った。

「これだけ人がいるんだから、不審に思う人がいそうだけどね」

「さもなければ……」

「さもなければ？」

安西は、ゼロではないにせよ、あまりに可能性の低い方法を口にすることを躊躇《ためら》った。

いたずらに混乱させてしまうだけかもしれないからだ。

「言ってみて。岐阜からF―2が上がったとしても、試改修中の機体に、弾頭のないミサイルが一発しかないのよ。4623だって、間違いなくAAMは積んでる」

確かに日見子の言うとおりだった。AMRAAMは在韓米軍管理になっているはずなので、搭載していないかもしれないが、少なくともサイドワインダーは搭載しているだろう。レーダーミサイルのスパローを搭載している可能性だって十分にある。当然、弾頭も付いている。しかも、機体は最新のF―15Kだ。迂闊に接近させれば、返り討ちにあう可能性は十分にあった。

安西は、可能性は低いけど、と前置きしながら、監視されたシステムから情報を抜き取る唯一の方法を口にした。

「原理は簡単です。単に表示される画像情報を、ハード的に抜き出せばいいんです。モニターにつながるケーブルに細工して、分配させればいいだけです。後に証拠を残したくなければ、ケーブル自体には細工せず、ケーブルから出る微弱電磁波で情報を抜き取ることも可能ですが、それなりに大きな装置を置いておく必要があるので、むしろ目立つと思います」

「何が困難なの？」

簡単にできることなら、普通はそれを警戒するべきだ。だが、可能性が低いと言うのであれば、現実には何らかの困難が伴っているはずだった。

「抜き出した後です。画像情報は、音声と比べたら、格段に情報量が多いんです。ラジオだったら簡単なフィーダー線で受信できますが、テレビにはちゃんとしたアンテナが必要なのと同じことです。画像情報を抜き出しているんだったら、隠してある無線機も大きくなるはずです」

「それなら、その無線機を探して」と言いながら、日見子は立ち上がった。

「どうするんですか」

「画像だけ抜き出しているんだったら、見ているのはおそらくセンタースクリーンよ。他は常時航跡情報が表示されているわけじゃないもの。だから、細工されたケーブルを探す。F―2が上がることを知られたくない」

安西は、押しのけられたかのように道を空けると、慌てて日見子の後を追うようにして情報課作業室に駆け込んだ。

1420（Ⅰ）

日見子は、作業室に飛び込むと、ソファの脇に無造作に置かれた自分のバッグから、シュアファイアー製のフラッシュライト、エグゼクティブディフェンダーLEDモデルを摑み出した。

まだ頭の中には靄《もや》がかかったような状態だったが、動き回ることに支障があるほどではなくなっている。日見子は、フラッシュライトを握りしめると、意識をはっきりさせるため、頭を強く振った。

そのフラッシュライトは、誕生日のプレゼントとして、秋津に貰ったものだった。「自衛官ならディフェンダーでしょ」という主張により、名前で選んだことになっていたが、それは言い訳だった。鋭い突起の付いたベゼルは、このライトが単なる照明器具ではなく、殴打用の武器でもあることを主張している。

日見子は、小さな頃から、可愛《かわい》いアクセサリーより、鋭利なナイフを持つことの方に興味を持っていた。ナイフを見つめる日見子を見て、母である敏江は、眉をひそめたものだった。日見子自身は、武器を身につけたがる自分の性向は、一種の性《さが》だと思っていた。

金を稼ぐことに心血を注ぐ人間がいる。芸術を極めることに執着する人間がいる。他者に奉仕することに喜びを覚える人間がいる。そして、ある種の人間は、物理的な加害力を持つことに自分の価値を見いだす。日見子は、女性では少ないそんな人間の一人だった。

フラッシュライトを握りしめると、ソファの周囲を見渡した。記憶では、配線のある床下への出入り口が、このあたりにあったはずだ。だが、出入り口は、パッと見ただけでは分からなかった。

「床下への降り口は？」

唐突で、質問は受け付けないというような剣幕に驚きながら、美杉は日見子の足下を指して答えた。

「バッグの下です」

課員のバッグがかたまって置かれていたため、四〇センチ四方の降り口が、見えなくなっていたのだ。

日見子は、舌打ちしながら、四つほどのバッグを、ソファの上に放り投げた。現われた埋め込み式の取っ手を摑んで、マンホールを開けるようにしてフタを上げる。床に開いた四角い暗闇をフラッシュライトで照らすと、深さは二メートルほどもあった。底に見える打ちっ放しのコンクリートが、青白い光を、冷たく反射していた。

「ニッパーかペンチはない？」

「こんなんでよければ」という言葉とともに美杉が差し出したのは、ラジオペンチが付いたマルチツールだった。

「ちゃんとしたのが要《い》るなら、通電から借りてきます」

「大丈夫。これで足りる」

配線を切るだけなら、十分なはずだった。

日見子は、フラッシュライトを咥《くわ》えると、降り口の脇に両手を突いて、体を滑り込ませた。冷たいタラップを駆け下りて、流れのない冷気の中に降り立つ。床下を打つ靴音が、暗闇に響いた。

「私も行きましょうか？」

美杉の声が頭上から響いた。

「それより、状況変化があったら叫んで報告して」

日見子は、了解を伝える声を聞きながら、周囲を見回した。先端部を小指側にしてフラッシュライトを握り、ライトを振り上げたような姿勢で構えた。

配線を載せたケーブルラックが縦横に走り、日見子は、さながらカラフルな蜘蛛《くも》の巣に捕まった愚かな獲物のようだった。頭上の薄い床板を通して、多数の足音が響いてくる。配線室は、思った以上に騒々しかった。

タラップを左手に位置すると、作業室からメインルームに抜ける出口は正面だ。床下の配線室には壁がないため、どこからがメインルームなのか判然としなかったが、一〇メートルほど先に、上にケーブルが伸びていない範囲があるので、そのあたりが仕切りだろうと思えた。位置関係も合う。

センタースクリーンの表示切り替え用端末は、メインルーム中央、トップダイアスの真後ろにある。部屋の仕切りから、さらに一五メートルほど先だ。配線に細工されているとすれば、そこからセンタースクリーンの間だろう。

日見子は、作業室とメインルームの壁と思われる位置まで、フラッシュライトの明かりを左右に振りながら注意深く歩いた。この範囲に何かあると思ってのことではない。配線室の普通の光景を、頭に焼き付けるためだ。ここに潜り慣れている通電隊の連中にとってはなじみ深い光景かもしれなかったが、日見子にとっては異空間も同然だった。異空間の当然を当然と認識しておかなければ、そこにある異常は見つけられない。

頭上にメインルームとの壁があると思われる位置に到達すると、日見子は踵をそろえた。メインルームは横幅約三〇メートル、中央まで一五メートルだった。基本教練で叩き込まれた自衛官の一歩は七五センチ。平地であれば、それは驚くほど正確だ。歩測で一〇〇メートルを測っても、一メートルの狂いも出ない。背筋を伸ばし、一歩一歩数えながら並足で二〇歩、一五メートルを歩き、左向け左で向きを変えた。

フラッシュライトのまばゆい光の中、目の前に数十本のケーブルが、下りてきていた。

「これね」

日見子は、ケーブルの束を観察した。それは、メインルーム中央前方に置かれたスクリーンの映像コントロール用端末から下りてきている配線だった。前方にあるはずのトップダイアス下を通り抜けて、スクリーン群に向かうケーブルは、優に五〇本を超え、どれがセンタースクリーンにつながるものか見当もつかない。日見子は、ラックに載った色とりどりのケーブルを、角度を変えて、方々から確認したが、被覆《ひふく》を剝《は》がしたり、切断してつなぎ合わせたりしたような形跡はなかった。配線に細工をせずに漏れる微弱電磁波を捉えるためのテンペストと呼ばれる手法の装置とおぼしきものもない。

ラックをたどりながら、日見子は少しずつスクリーン群に近づいていった。打ちっ放しのコンクリートの匂いが漂う冷気の中、額《ひたい》に噴き出す冷や汗を右手の甲で拭う。

接近している韓国機は、脅威がないことを承知しているからこそ、帰りの燃料を確保することに留意して、巡航速度で飛行している。韓国機のパイロットと、それを管制しているだろう別働部隊は、F—2が離陸して要撃に向かう構えを見せれば、燃料残量が怪しくなっても、速度を上げ、F—2が攻撃可能位置に着く前にミサイルを発射しようとするだろう。

その前に、何としてでも映像の流出を食い止めなければならない。流出を食い止め、韓国機に気付かれることなく、F—2を接近させる必要があった。

だが、それは本当に可能だろうか。日見子は、ふと疑問に思った。戦闘機の機上レーダーは前方の状況しか把握できない。映像が切られ、全般状況の把握ができなくなれば、韓国機は、脅威が存在する証拠がなくとも、速度を上げるのではないだろうか。

管制役をやっている飯久保は、おそらくそう指示するだろう。日見子だってそうする。残燃料次第だが、韓国機のパイロットだって同じ選択をするに違いない。命令違反をして暴走したパイロットであっても、韓国近海まで帰り着けば、燃料がなくなってベイルアウト（緊急脱出）しても、救助してもらえないということはないはずだ。

日見子の前方に、ラックを離れて上にのびている大量のケーブルが見えてきた。おそらくそこが、スクリーン群に映像を投影しているプロジェクターの位置だ。設置されているプロジェクターは、背面投影式のため、日見子は、既にスクリーン群の下を通り過ぎ、メインルームからは二〇メートル以上も離れた位置にいた。

ここにあるはずだ。

日見子が、足を踏み出そうとすると、入り口から怒鳴ったのだろう、芦田の声がこだまのように響いた。

「班長、４６２３は針路を変えません。目標は秋田で間違いなさそうです！」

振り向くことなく、「了解」と声を張り上げた。

日見子には、映像を切った場合に、韓国機が増速してＦ―２が間に合わなくなる可能性の他にも、不安材料があった。日見子のレポートを元にして防衛課が報告したように、韓国機が搭載するマーベリックミサイルがG型ならば、射程は領海の範囲である一二マイルを超えている。領空をアウトレンジされる可能性もあった。

対領空侵犯措置が根拠では、領空外の韓国機を攻撃することは、法令違反となる。領空外での攻撃を行なえば、命じた司令官や実行したパイロット、それを指示した管制官は違法行為を犯したとして、糾弾、最悪訴追されるおそれがある。実際、領空侵犯すれば撃墜するとの司令官方針に対して、政府・中央指揮所は及び腰になっていると、古川二佐が報告していた。

幸いにも、秋田の国家石油備蓄基地がある男鹿半島周辺では、政府は直線基線を採用している。基線が、男鹿半島突端の入道崎《にゅうどうざき》から酒田《さかた》市沖に浮かぶ飛島《とびしま》まで、直線で引かれているため、備蓄基地から基線まで七マイルほどある。領海の一二マイルと合わせれば、備蓄基地から領空辺縁まで一九マイルある計算だ。

完全にアウトレンジされるわけではなかったが、一四マイルの射程があるG型に対しては、五マイルの余裕しかないことになる。時間にすれば、その余裕は、僅か三〇秒でしかない。

通常の対領空侵犯措置であれば、無線による警告だけではなく、この三〇秒で、対象機の眼前に出て機体を傾ける機体信号や曳光弾《えいこうだん》入りの機関砲で信号射撃を行なうことになる。

だが、岐阜のF―2は機関砲弾など積んでいなかったし、呑気《のんき》にも眼前に出てバンクなどすれば、撃墜されるのが落ちだ。

それを指摘した古川に対して、中央指揮所は「関連規則に基づき、確実な警告を実施せよ」と、責任逃れとしか考えられない命令を発していたそうだ。

それに、赤外画像誘導のマーベリックは、発射の兆候を一切表わすことなく、いきなりミサイルを発射することが可能だ。対領空侵犯措置の実施要領でよく例に出される〝爆弾槽を開ける〟といった行為は確認できない。もし4623が警告に従う意志を示したとしても、備蓄基地を射程に収め、一瞬でもヘディングを備蓄基地に向ければ、マーベリックの発射は可能だった。

ミサイル発射母機から誘導されるタイプのミサイルなら、ミサイルの発射後に母機を撃墜すれば、誘導が途絶え、ミサイルを目標から逸《そ》らすことができる。だが、マーベリックは、発射後に母機からの誘導を必要としない撃ちっ放し能力を持っている。ミサイルの発射後に、領空を侵犯した母機を撃墜しても、発射されたミサイルはそのまま備蓄基地に突入していく。発射後の母機対処でも、攻撃は防げない。

対処戦術の案出は、運用課の仕事だったが、戦術の案出に必要な情報を提供することは、日見子の任務だった。むしろ運用課の考えを先取りするくらいでなければ、良い仕事をしたとはいえない。

日見子は、結束バンドで小分けにされたパスタのように整然と並ぶケーブルを確認しながら、思考を巡らせた。小松に向かったF―15が、ミサイルを搭載し、現場に駆けつけるまででもいい。その間だけでも、何とか備蓄基地を防ぎきる手段はないものだろうか。

日見子の思考は、不意に秋田から小松に飛び、それから竹島に飛んだ。たとえ備蓄基地を守りきっても、事態は解決しない。秋津たちが竹島を占拠し、日本政府が何も決断できないまま、韓国との間に一触即発の状態が続くことに対しては何の解決にもならない。備蓄基地を守りきっても、所詮《しょせん》振り出しに戻るだけだった。

日見子は、胸の奥のチリチリとした痛みを自覚した。それは、備蓄基地が攻撃されることを懸念する自衛官としての焦燥ではなかった。騙されていたのだということを頭では理解しても、整理のつかない秋津への思いが、まだ心を支配していた。別働グループと韓国機が密接に連携していることを考えれば、秋津をはじめとする竹島グループのメンバーも、彼らだけが騙されて竹島に乗り込んだとは考え難い。

韓国機が国家石油備蓄基地を攻撃すれば、日本の世論は間違いなく動揺する。それも激しくだ。「反撃するべきだ」と主張する人は、決して少なくないに違いない。失踪部隊の参加者は、それが大勢を占めると考えたのかもしれない。だが逆に、「竹島など占拠するからだ。放棄してしまえ」と主張する人も、間違いなく存在するだろう。韓国機のパイロットは、そう吹き込まれて同調しているのではないか。

日見子は、日本の世論でどちらが勝るのか想像がつかなかった。それを読み切る自信はない。太平洋戦争は、軍部が独走した結果だとする見方が強いが、開戦当時の新聞を見れば、政府を弱腰だとして非難し、強硬論を唱《とな》える世論が強かったことは歴史的事実だ。逆に、終戦後には、軍事アレルギーともいえる消極論が支配的となったことは、誰でも知っている。

日本人の中には、感情的な熱狂と怯懦が同居している。論理的な思考は受け入れられ難い。流されることに喜々としている感情的な国民性なのだ。

もし、備蓄基地が攻撃を受け、消極論が大勢を占めれば、竹島の領有権主張は放棄され、政府は、竹島グループの行動を、日本政府のあずかり知らぬことだと主張するかもしれない。そうなれば、彼らの運命は苛烈《かれつ》なものになることは間違いない。日本以上に感情的な韓国の世論が、彼らを生かしておくとは考えられなかった。

秋津への思いには複雑なものが残っていたが、日見子は、失踪部隊を助けたいとは思っていなかった。空自基地を攻撃してまで目的を達成しようとする彼らに、同情する気にはなれない。だが、事態を振り出しに戻すだけでは、危機は解決しない。秋津の目論見を砕くだけでは、日韓戦争の勃発の危機は、回避できない。

日本の世論が萎縮《いしゅく》することなく、それでいて、沸騰《ふっとう》する韓国の世論が鎮静化するような事態に誘導することができれば、それは可能かもしれなかった。

具体的には、何が起これればいいのだろうか。それは、備蓄基地が損害を被ることなく、それでいて韓国が負い目を抱くような事態だ。

そんな都合の良い解決策が、簡単に見つかるものか、と日見子が諦めにも似た笑顔を浮かべて嘆息すると、それは不意にやってきた。それは、針の穴にらくだどころか象を通すような方法だった。常識的な自衛官なら「不可能だ」と叫ぶような方法だ。

だが、可能性はゼロではない。それどころか、実現のための手順を頭の中で反芻《はんすう》すると、日見子には、むしろこれしかないと思えてきた。日見子は、すぐさま踵を返し、トップダイアスに駆け込みたいと思った。

しかし、象を針の穴に通すが如き方策を、責任ある人々に決断させるためには、少なくとも手の届く範囲の不確定要素は取り除いておかなければならない。ＪＡＤＧＥシステムの情報が、どこから漏洩しているのか、確定させておかなければならない。どこのケーブルに細工がされているのか、見つけ出さなければならない。

日見子は、駆け出したい気持ちを抑え、丹念にケーブルを照らした。この先に、必ず何かがあるはずだ。踏み出した足音が、冷たいコンクリートに奇妙な残響を響かせる。

そして、ケーブルの束が、上に伸びている地点、プロジェクターの真下と思われる地点に着くと、それはあっさりと見つかった。上に伸びるケーブルに沿って設置されたタラップを三メートルほど上がった位置に、それまで整然と伸びていたケーブルが、糸状の寄生虫に取り付かれでもしたかのように、カラフルでグロテスクな塊を作っていた。

「これだ！」

そこでは太さ一センチほどの集合ケーブルが切断され、内部の細いケーブルの一本一本に、元のケーブルに加えて、もう一本の線が加えられた、配線の分岐点になっていた。加えられた複数のケーブルは、一本の集合ケーブルにまとめられ、再び下に下りてケーブルラック上に戻っている。その先は、配線室の壁の奥に消えていた。おそらく地上につながるケーブルダクトに伸びているのだろう。元のケーブルは、中央に置かれたひときわ大きなプロジェクターにつながっている。やはり、漏洩している情報は、センタースクリーンの映像だった。

日見子は、左手のフラッシュライトを、握りしめた。これで、初めて情報を主導的にコントロールすることができるようになる。今まで失踪部隊にいいように振り回され、受動的に動いてきたが、これで立場を逆転させられる。

空自の指揮運用綱要でも、機を制し、主導の地位に立つことは、戦勝獲得のための要道であるとされている。そしてそのためには、情報の優越が不可欠だった。敵の情報入手手段を把握するだけでなく、そこに流れる情報をコントロールすることで、情報面では完璧に優越することができる。

押しとどめることのできない笑みに口元をほころばせた瞬間、不意に視界に一本の黒い影が下りてきた。それが何かは分からなかった。しかし、直後に訪れた首への圧迫が、そこにある害意を明確に示していた。右手が本能的にそれを取り去ろうとしたが、結果は、自分の首をかきむしっただけだった。

誰かが自分の首を絞めている。課長は既に自由に動ける状態ではない。他の誰かであることは明らかだった。センタースクリーンにつながるケーブルに細工がしてあることを知っており、それを報告されることを良しとしない、課長の協力者がいたのだ。日見子は、その可能性を考慮していなかった自分を呪った。安西がそれを口にしていたにもかかわらず。

頸動脈《けいどうみゃく》を圧迫されれば、ほんの数秒で意識を失う。呼吸を止められることで窒息する前に、脳への血流が止められるからだ。その前に、首を絞め上げる力を弱めなければ、日見子の体は、糸の切れた人形のように力を失うはずだった。

日見子は、左手に持ったフラッシュライトを振り下ろした。空手《からて》の鉄槌《てっつい》打ちの要領で、ベゼルについた鋭利な突起を、背後に立つ人物の太ももに突き刺す。くぐもった呻きが耳元で聞こえ、日見子がライトを捻るようにして突起で肉を抉《えぐ》ると、呻きは叫びに変わった。と同時に、一瞬だが首にかかった圧迫が緩まった。

日見子は、その一瞬で右手の指を差し入れ、首を圧迫していたものを摑んだ。それは感触からして、樹脂で被膜《ひまく》されたケーブルの類、電源コードか何かのようだった。右手でコードを引き、頸動脈にかかる圧迫を弱めて血流を確保すると、もう一度フラッシュライトを振り下ろし、後背《こうはい》にいる人物の太ももに突き立てた。それでも、首にかかるコードは外れなかった。日見子は、執拗《しつよう》にフラッシュライトを突き立てた。おそらく五度目の時、コードは外れなかったものの、背後の人物が、たまらず体勢を崩したことは分かった。

チャンスだった。日見子は、背後の人物に後頭部で頭突きを食らわせた。鈍い音が響き、頭頂部の少し下あたりに、激しい痛みが走った。コードを引く力が抜けた。うまく相手の顎を捉えたようだ。日見子が、そのまま体を反らせて体重を背後の人物に預けると、襲撃者は、後ろによろめいた。

ケーブルラックが、激しい音を立てる。そして、ついに首に掛かっていたコードが外れた。日見子は、背中から、その人物にのしかかるようにして倒れ込むと、すかさず体を捻るようにして、倒れた人物に向き直った。

フラッシュライトのまばゆい光の中に、苦痛に歪む顔が浮かんだ。それは、日見子が部下として最も信頼していた人物だった。

「芦田二曹？」

芦田は、日見子が総隊司令部に来る前から、浜田とともに勤務している。浜田が芦田を取り込んでいたとしても少しも不思議ではなかった。しかし、それでも日見子は少なからずショックを受けていた。芦田が浜田の協力者なのであれば、芦田も秋津のことは知っていたはずだし、日見子が騙されていることも知っていたはずだ。日見子は、身近にいた三人もの人物から謀《たばか》られていたことになる。

「人間不信になりたいところね」

日見子は、あえぎながら、自虐《じぎゃく》的な笑みを浮かべてつぶやいた。だが、それで逆に気を取り直すことができた。

思い返してみれば、今回の事件が発生して以後、芦田は日見子が真実に近づくことを陰に陽に妨害する発言をしていた。浜田から、日見子の妨害を指示されていたのだろう。

先ほどまで、日見子の首を絞めていた延長用の電源コードが、傍らに落ちている。日見子はそれを拾い上げた。芦田を見ると、こめかみを右手で押さえている。ケーブルラックにぶつけたようだった。脳震盪《のうしんとう》を起こしているのか、意識がおぼろげのように見えた。

日見子は、その右腕を取ると、手首を返すようにして捻り上げた。芦田が呻きながらうつぶせになったところで、その腕を足で挟んで固定し、今度は左腕をとる。右と同じようにして捻り上げると、電源コードで縛り上げた。日見子は、正規の捕縛法など訓練を受けたことがなかった。渾身《こんしん》の力を込めて縛り上げる。手首から先が鬱血《うっけつ》するだろうが、そう長い時間縛っておくことにはならないはずだ。とにかく、ほどけることがないように念入りに締め込んだ。最後に端末を後ろから首にかけて止める。これで自力でコードをほどくことは不可能だろう。

「今から映像を止めたって、結果は変わりませんよ」

意識を取り戻した芦田が、苦しげに言った。

「結果が変わるかもしれないと思ったから、私を始末しに来たんじゃないの？」

「あくまで一応です。もう詰んでますよ」

日見子は、「そんなことない。それに一応で殺さないでほしいわね」と立ち上がりながら言った。

日見子は、苦悶を浮かべた顔を見下ろすと、踵を返して背後に向けて宣言した。

「映像の漏出は止めないわ。逆利用できる。思惑どおり、電子戦支援隊が活躍できるわよ」

12・22—4　反撃

1426（Ⅰ）

日見子が作業室のドアを叩き開けると、メインルームにいたCOCの勤務者は、その勢いと、振り乱した髪に驚いた。芦田と格闘した際に、アップにした髪は、すっかりほどけてしまっていた。そんなことには構わず、日見子は、中腰のままヘッドセットマイクを掴んだ。居並ぶ勤務者は、その鬼気迫る様子を目にして、ヘッドセットから流れる声に耳を澄ませた。

「配線に細工が施され、センタースクリーンの映像が流出しています。有線を引いて盗聴対策をしてあるにもかかわらず、能登半島から発信されている失踪部隊のものと思われる管制電波で、サターン13の動きが通報されていることを考慮すると、センタースクリーンの映像が管制に利用されていると思われます」

すかさず立ち上がった吉田が、センタースクリーンの映像をコントロールしているＪＡＤＧＥ端末に手を伸ばした。

「切らないで下さい。流出を止めれば、４６２３は増速して突っ込んできます。Ｆ―２は間に合わなくなります。ＪＡＤＧＥの訓練演習機能を使って岐阜から上がるＦ―２を非表示にして下さい。それで管制役は騙せます」

左手を軽く挙げて、了解の意を伝えた吉田は、訓練演習用端末に向かって、慣れた手つきでマウスを動かした。

「センタースクリーンのみ、岐阜発進機を非表示に設定完了。手元のミニモニターには表示されます」

これで、Ｆ―２の行動を、飯久保に気取《けど》られる可能性はなくなった。日見子は、肺に充満していた焦燥を、思いっきり吐き出すと、美杉が持ってきてくれていたタンブラーを手に取った。冷めかけたコーヒーを、喉に流し込む。人心地《ひとごこち》付いたが、これからが本番だった。

「岐阜よりＦ―２がエアボーン、コールサイン、ガーネッシュ０１、トラックナンバー１２５５、ＣＯＣから直接コントロールします。フルＡＢで進出させます、男鹿半島まで一六分」

ギリギリのタイミングで、表示制御は間に合った。

やっと上がったF―2が携行する武装は、AAM―4Cの試験弾が一発のみ。もし4623がレーダーミサイルを携行していれば、まともに戦っても勝ち目は乏しい。だが、背後に回り込み、4623の機上レーダーの覆域外から攻撃すれば、十分に勝算はある。しかし、それでは不十分だった。この危機は終わらせられない。

日見子は、伏見の報告が終わるのを確認すると、席に腰を下ろした。そして、ヘッドセットマイクを装着し直して、一段と声のトーンを落として語り始めた。

「もう一つ、いえ、あと二つ提案があります」

日見子は、周囲を見回すと、他に緊急の報告をしようとする人間がいないことを確認した。前方のトップダイアスでも、水野がこちらを見ているのが見て取れた。

「このままF―2を接近させても、4623が現在高度を維持すれば、マーベリックを最大射程で射撃される公算が大です。直線基線のおかげで領空をアウトレンジされることにはなりませんが、領空侵犯からマーベリックの発射まで、ほとんど時間がありません。ですから、偽情報を流して、攻撃のタイミングを遅らせます」

行動の根拠としては、対領空侵犯措置しか使えないことは、防衛課が報告済みだ。4623が搭載する可能性があるG型マーベリックが、領空の範囲である一二マイルを超える最大射程を持つことも認識されている。

「具体的には、センタースクリーンのマップ上に国家石油備蓄基地を射程に収めるSAM

を出現させます。ただし、レーダーマスクを利用して低空侵入が可能なものにします。G型マーベリックでも最大射程は一四マイル程度なので、SAM回避のために、高度が三〇〇フィート程度にまで下がれば、マーベリックの発射は、領土上空か基線内まで遅延させられますし、主権侵害も明確にできます」

「確かに効果はあるかもしれん。だが、スクリーンの映像を見ていたとしても、SAMが突然出現するなんてことを信じるとは思えないな。管制しているのが失踪部隊の自衛官なら、普段の自衛隊部隊が実弾を携行していないことくらい、百も承知だ。ましてやミサイルの実弾など、それだけでもコンボイを組んで警護するほどだ」

水野の懸念は、当然の疑問だった。そして葛城はさらなる懸念も口にした。

「映像が流出しているとなれば、センタースクリーンの映像は、我が方にとっては、貴重な情報コントロール手段でもある。お前が言うように、対空警戒を油断させるのに役立つだろう。しかし、そんな突拍子もない偽情報を流せば、映像を見ている者は、情報の信憑性を疑うだろう。情報の信憑性が怪しくなれば、４６２３は増速するぞ」

日見子は、高級幹部二人の視線を受けて、少なからぬ圧迫感を覚えた。しかし、元来好戦的な性格の日見子は、その圧迫が心地《ここち》よかった。思わず浮かべそうになった不敵な笑みを押しとどめると、考えておいた台詞を口にした。

「懸念は、仰るとおりです。ですが、軍事情報は常に不確かなものです。ある不確かな情報を検証する際、もっともよく使われる手段は、全く別ソースから同じ情報が確認できるか調べることです。ですから、流出映像の他に、もう一つSAMの存在を信じさせるための仕かけを講じます。この場合、相手はヒューミント（人的情報収集）で情報を得ているわけですから、シギント（信号情報収集）からも同じ情報が得られれば、情報の信憑性は一気に高まります」

少しだけ悪戯《いたずら》っ子のような笑顔を浮かべる日見子に、水野が言った。

「もったい付けるな。自衛官は簡明を旨《むね》とするものだ」

「はい」と答えた日見子は、皮肉な幸運がもたらした、もう一つの偽情報を流す手段を語り始めた。

1437（I）

風が強くなってきた。北西から吹きつける寒風は、潮の香りを含んでいる。雲量は、この季節の日本海側としては、非常に良好といえる3。近くにある木に結《ゆ》わえられたアンテナが、風切り音を響かせていたが、無線機の送受信には影響は出ていなかった。作戦の遂行に、障害といえるほどのものではない。

しかし、飯久保は、言いしれぬ不安を感じていた。ＣＯＣに設置されていたマイクは、先ほどから、椅子の軋みと咳払いくらいしか音声を拾っていない。盗聴を気取られた可能性があったが、作戦中は浜田と連絡をとることもできないため、それを確認する手段はなかった。

ランドクルーザーの運転席で、飯久保は、膝の上に載せたノートパソコンを覗き込んでいた。画面の発するぼんやりとした明かりに、神経質そうな顔が照らされている。

送られてくる映像に異状はない。盗聴は気取られても、映像の流出には気付かれていないようだった。

あともう少し、マーベリックが秋田の国家石油備蓄基地を射程に収めるまであと五〇マイル、時間にして五分ほどだ。脅威となる可能性のあるものは、小牧を発進して、小松に着陸したＦ―15だったが、今だに小松を再発進はしていない。まだ、現実の脅威とはなっていなかった。これから上がったところで、時間的にマーベリックの発射を邪魔される可能性もない。不安はあったが、それは根拠のない不安にすぎなかった。

「作戦は成功する」

飯久保が、自分に言い聞かせるようにつぶやいた時、ディスプレーに薄い朱色の円が現われた。備蓄基地から南東に約四五キロ、秋田市の南東約一五キロほどを中心として現われた円形は、六〇キロほどの半径を持ち、備蓄基地を覆っている。彼が管制支援しているF―15Kは、その外縁に接近していた。

「中SAMか？」

円の中心の左下に表示されたポップアップウィンドウには〝4TU〟と表示されていた。飯久保は、4TUと表示されるSAM部隊を記憶の中から探った。高射教導隊の第四中隊、中SAMの戦術研究や高射学校が行なう教育の支援を担当する部隊だ。本来、千葉の下志津《しもしづ》駐屯地に駐屯する部隊が、なぜこんなところにいるのだ？

円の中心は、秋田空港を示していた。空自の秋田救難隊が所在しており、秋田分屯基地ともなっているため、自衛隊部隊が機動展開訓練を行なっても、それ自体は不自然ではない。

ポップアップウィンドウには、〝HOT―MSL6〟と表示されている。実弾六発、一個発射機分のミサイルが発射準備を完了しているという意味だった。

飯久保は、顎に手をやって思案した。接近するF―15Kのパイロット――飯久保は顔も名前も知らなかった――に通報してやるべきだろうか。だが、実弾を持った高射中隊が、突如として駐屯地から遠く離れた空自基地に現われることは、自衛隊部隊の行動としては、非現実的に思えた。たまたま空輸を含む機動展開訓練を行なっていた可能性はあるものの、訓練部隊が実弾を携行しているはずはない。しかも実戦部隊ではない教育部隊だ。もっとも、教育部隊だからこそ、今まで表示されていなかったことも不自然ではなかったのだが。

「ありえない」

これは何かの誤情報、あるいは偽情報かもしれない。表示に何か異変はないか、飯久保は目を皿のようにして画面を見つめたが、怪しい変化は確認できなかった。

自衛隊の体質は、きわめて非実戦的なものだ。訓練は訓練のためにすぎず、継戦能力を確保するために必須な弾薬の常備数は乏しく、それを必要とされる戦場に運ぶための輸送力も貧弱だ。実弾を持った高射特科部隊が、こんな場所にいるはずがない。逡巡《しゅんじゅん》の末、飯久保がそう結論して、韓国機のパイロットに通報をしないことを決めると、パイロットの方から交信があった。

「マッド　マッド　ツーオクロック　タイプ03SAM　リクエスト・ピクチャー」

この作戦における交信で、飯久保が初めて耳にする緊迫した声だった。パイロットは、秋田空港方面から、中SAMによるレーダーの照射を受けていることを訴え、全般状況を知らせろと要求していた。

飯久保は迷った。レーダー波の照射を受けているのなら、中SAMがいることは間違いないと思われた。それでも、第四中隊が実弾を持っているとは考え難い。しかし、今だ北朝鮮との休戦状態にある韓国軍の軍人に、自衛隊が実弾を持っているはずがないなどと言っても、それを信じこませる自信もなかった。飯久保が、相手の名も顔も知らないのと同様に、相手も飯久保のことを全く知らないのだ。

それに、もし実弾を搭載しているとしたら……、そして何らかの命令が発令され、部隊が対処の根拠を与えられているとしたら……、今までの困難、竹島や自衛隊基地を攻撃したメンバーが冒《おか》した危険は、全て無駄となる。そんなリスクを負うことは、得策ではないように思えた。それに、小松に降りたF―15の再発進阻止はできていないようだが、高度を下げてSAMの脅威を回避し、領空に入らざるを得なくなったとしても、時間的にF―15の要撃を受ける可能性はない。そうであるならば、高度を下げ、中SAMからの攻撃を受ける可能性を回避するべきだった。

「タイプ03SAMアピアー　ポジションXJFK2247　アジマス70　六五マイル　ノー・アザー・スレット　エンジェル1」

「コピー　エンジェル1」

飯久保は、中SAMが出現した位置と、F―15Kからの距離、方位を通報すると、高度を一〇〇〇フィートまで下げるように指示した。

１４３９（Ｉ）＝０５３９（Ｚ）

「４６２３降下中《こうか》」

隠すことのできない興奮に、伏見の声は、自然とトーンが高くなっていた。事態が生起して以降、初めて望ましい状況を自ら作為できたのだから、それは、もっともなことではあった。

「よし。高度が三〇〇〇まで下がったら、ＥＣ―１の送信は中断しろ。それまで、極力４６２３と秋田空港の軸線から外すなよ。方位がずれれば、偽装電波だと気取られるぞ」

運用課長の韮山《にらやま》二佐は、メインルームの中央に立ち、変わらぬだみ声で指示を飛ばしていた。

電子戦訓練機であるＥＣ―１は、敵レーダーの覆域外から電子妨害を行なうスタンドオフＥＣＭ機だ。訓練機と名付けられているように、普段は自衛隊のレーダーに対して電子妨害を行ない、レーダー操作員の対電子妨害能力を高めるために使用されている。

電子妨害の手法の一つに、リピーター・ジャマーと呼ばれるレーダーの送信波に似せた電波を送信し、偽の目標を作り出す方法がある。本来の手法は、目標とするレーダーから受信したレーダー波を加工して送り返すものだが、ＥＣ―１は、単純に記録済みのデータを送信することもできた。日見子は、ＥＣ―１が中ＳＡＭのレーダー波に似せた電波を送信できることから、これを架空の中ＳＡＭの存在を信じさせるために利用したのだった。

「班長。能登半島突端から送信されている管制電波の傍受情報ですが、中ＳＡＭ以外は脅威なしと伝えているそうです。Ｆ―２の存在は気付かれていません」

日見子に耳打ちした美杉の顔には、まだあどけなさの残る笑顔が浮かんでいた。日見子は、首肯《うなず》くと小さな声でそれをマイクに向かって伝えた。

仕かけの一つ目は成功した。存在しない中ＳＡＭをフェイントに使い、目標を低空に押し込めた。これで目標とする韓国機が、石油備蓄基地を攻撃するためには、わが国の領空に一〇マイル近くも侵入しなければならないはずだった。これで及び腰な政府も、明らかな主権侵害である領空侵犯と法的に正当防衛といえる状況になっていたと言えるはずだった。

胃は、まるで絞り上げられたかのように、キリキリと痛んだ。手を当て、痛みを押さえ付けるかのように圧迫する。気持ちを落ち着かせるために流し込んだコーヒーは、ストレスで悲鳴を上げる胃に、さらなる負担を強《し》いただけだった。

日見子のもう一つの提案は、自信のあるギャンブルとはいえなかった。だが、リスクは高いが、この状況を打開できる策はこれしかない。司令官も、それを理解したからこそ、失敗の可能性があっても、防衛大臣に対して「可能です」と断言した。

一介の幕僚である日見子に、責任の取りようなどない。全ては指揮官である司令官の責任だ。リスキーな策を上申した日見子は、ただ唇を嚙みしめていた。

卓上に置かれたミニモニターの中では、岐阜から上がったF―2、ガーネッシュ01が、回り込むようにして、目標である韓国機の後方に付こうとしていた。F―2の姿を隠してくれる雲は少なく、あまり接近すれば視認される可能性があったが、幸いにしてコントレイル（飛行機雲）は出ていない。ガーネッシュ01は、韓国機のレーダー捜索範囲に入らないように、距離をとって迂回《うかい》していた。

「ガーネッシュ01、目標後方の予定位置まで二分二〇秒、4623の領空侵入まで二分一〇秒。4623に対しては、ガードを使用し、四ヶ国語で各二三回警告を実施。応答なし。FLA―1の情報によると、搭載レーダーは、既に対地モードで作動中」

「中空より報告。サターン13、センタータンク投棄しました」

「了解。以後サターン13は直接指揮」と雄叫《おたけ》びを上げた韮山は、姿勢を正すと、マイクを手で包み込むようにして報告した。

「予定どおり行動します」

手嶋は、振り向くこともなく「了解」と答えたが、不意に椅子を回して後方の幕僚席に向き直った。

「ガーネッシュ01のパイロットは誰だ？」

「臼杵《うすき》三佐です。航学（航空学生）四一期、三月まで6スコの飛行班長でした。腕は確かです」

F―2担当の飛行幕僚、瀬川《せがわ》三佐が座ったまま答えた。

「腕よりも、体力としつこさだぞ。サターン13が到着するまで、三分以上も追い回せるか？」

「大丈夫です。フルマラソンを何度も走ってますし、ストーカー並みのしつこさで嫁さんを捕まえたような人です。クリーンのF―2で、スラムイーグル（F―15K）に後れを取ることはありません」

手嶋も不安だったのだろう。この作戦の鍵は、AAM―4Cの命中精度とF―2の格闘戦能力にある。

ミサイルは、十分な近距離から、相対速度が最も小さくなる後追いで発射する予定だ。命中精度を上げる努力は、これ以上に講じようがない。命中するかどうかは、神のみぞ知るだ。

残る懸念は、ガーネッシュ01の格闘戦能力だったが、機体性能としては、元機体が格闘戦向きのF―16だったし、開発当初に指摘された機体強度の問題も改善されている。増槽はとうの昔に投棄していたし、ミサイルを発射してしまえば、完璧なクリーン形態となる。しかも岐阜から超音速で飛行してきたため、燃料はむしろ残量が不安なくらいで、機体も軽い。不確定要素は、パイロットの能力だけだった。

今さら、それを聞いたところでどうなるものでもなかったが、手嶋も聞かずにはいられなかったに違いない。「そうか」とつぶやくと、椅子を回して幕僚席に背を向けた。

日見子は、大きくため息をついた。後は、韓国機のパイロットが神経質で、何もいないはずの後方を、何度もミラーで確認するような人間ではないことを祈るばかりだった。

F―2は、レーダーを切ったまま、超音速で目標に忍び寄っていた。日見子は、両の手のひらを合わせ、祈るような姿勢で、ヘッドセットと反対側の耳に押し込んだイヤホンの音に耳をすませた。

長かった。F―2が目標の背後に付き、領空に到達するまで二分もなかった。それでも、日見子の感覚では、一〇分以上も経過しているように思えた。

いたたまれずに目を開け、ミニモニターを覗く。二つのシンボルは、ほとんど折り重なり、領空の線に到達していた。

「4623、領空侵入まで5、4、3、2、1、領侵しました。ナウタイム0541（Z＝1441 I）。針路を変えない場合は攻撃するとの内容で警告を開始」

こちらで知る手段はなかったが、韓国機が搭載するスナイパーXRターゲティングポッドから送られたデータは、既にマーベリックに転送され、石油備蓄基地のタンクにロックオンしているだろう。パイロットも、既にタンクを視認しているはずだった。

「ガーネッシュ01　オンステイション（予定位置に到達）。マーベリックらしき外装物二発を確認」

日見子は、ミニモニターを見つめながら、汗の滲《にじ》む拳を握りしめた。

1442（Ⅰ）

「ノシメ、ノシメ、こちらコシアキ、ヘリからの機銃掃射で身動きが取れない。軽装甲機動車も破壊された。先ほど離陸した一機の他は損害を与えたはずだが、現在は状況確認も不可能」

「コシアキ、こちらノシメ。了解」

大丈夫だ。小松のK班は十分に持ちこたえてくれた。小牧から来たF―15の離陸は阻止できなかったが、十分に時間は稼ぐことができた。F―15は、超音速で男鹿半島に向かっていたが、まだ距離は一〇〇キロ以上あった。それに対して、飯久保が管制する韓国機は、今まさにマーベリックを発射しようとしていた。

飯久保たちを止める手段は、もう自衛隊には残されていない。空自基地を襲撃した部隊に、これ以上、無理に作戦を継続させる必要はなかった。

「全トンボへ、こちらノシメ　全トンボは戦闘を終了し、投降せよ。全トンボは戦闘を終了し、投降せよ」

右耳に響く各部隊からの了解を告げる声を聞きながら、飯久保は左耳に装着したＵＨＦ無線機につながるイヤホンの音に集中した。韓国機は、石油備蓄基地をマーベリックの射程に捉えていた。

「ライフル　ライフル　ライフル」

マーベリックの発射を告げるブレビティコードが、微かな韓国語訛《なま》りで響いた。着弾まで、約四〇秒。飯久保は、右耳のイヤホンを引きちぎるように抜くと、左手を耳に添えた。

後はマーベリックの着弾を示す「スプラッシュ」のコールを待つだけだ。それで全てが完了する。

秋田国家石油備蓄基地は、多くが地中式タンクとなっており、類焼を期待することは難しいものの、四基のタンクは地上式であり、こちらを攻撃すれば、ミサイルの破片と火災の高熱で、他のタンクにも影響が及ぶことは必至だった。地上式タンク四基の総貯油量は四四万キロリットル、ドラム缶にすれば二二〇万本にもなる量だ。

消火活動は懸命に行なわれるだろうが、一日で消せるような火勢のはずはなく、数日間はニュースに炎を流せるだろう。

それは、日本国民の寝ぼけた国防意識を目覚めさせるには十分なはずだ。年間四兆六千億の予算を注ぎ込もうとも、専守防衛などという軍事的に非合理的な戦術を継続していたのでは、たった一機の戦闘機により、許容しがたい損害を受けるという、この世の冷厳な現実を知ることになる。

着弾まであと三〇秒。

「スパイク　シックス　オクロック　ブレイク　ブレイク」

飯久保は、自分の耳を疑った。聞こえてきたのは、マーベリックの着弾を示すコールではなかった。だいたいマーベリックは発射されたばかりで、まだ着弾には早すぎる。それに韓国機のパイロットが語ったコードは、脅威となる電波放射を背後から受けた上、緊急の回避機動をとると告げていた。

高度は十分に下げてある。遠方にある中ＳＡＭレーダーからは、レーダー捜索のできないマスクエリアの中だ。ミサイルを撃たれる恐れはない。それに中ＳＡＭだとしたら、背後から電波を受けているという通報とも齟齬《そご》する。気でも狂ったのか？

「ホワッツ　ハプン？」

しかし、飯久保の呼びかけに、応答は返ってこなかった。膝の上に載せたノートパソコンのモニターには、４６２３と数字をふられたアンノウンシンボルが、激しく旋回している様子が映っている。それは小さなアイコンが、画面の中でダンスしているようにも見えた。しかし、それが示す現実は、激しいＧに機体が軋み、下半身に落ち込もうとする血液を、Ｇスーツが空気圧で締め上げ、暗闇に落ち込もうとする意識をとどめていることだった。

「どうなってんだ！」

飯久保は、激しく毒づいた。

１４４３（Ｉ）

「フォックス・スリー　フォックス・スリー　エンゲージ」

ヘッドセットから、ガーネッシュ０１のパイロット、臼杵の声が響いた。淡々とした、まるで、ありきたりの訓練に臨《のぞ》むような声だった。淡々とＡＡＭ―４Ｃを発射し、淡々とドッグファイトに突入していった。ミサイルも、機関砲弾も搭載しない、徒手空拳の状態で。

１４２８（Ｉ）

「無茶だ。リスクが高すぎる」

　遡《さかのぼ》ること一五分前、二つ目の提案を口にした日見子に対して、水野は即座に否定した。

「中ＳＡＭの出現を偽装することはいい。こちらが映像の漏洩に気付いたことを気取られる可能性はあるが、リスクはそれだけだ。しかし、マーベリックの発射を待って、そのマーベリック自体を攻撃するなど、リスクばかりではないか」

　温厚な水野が、幕僚を気色《けしき》ばんで叱責することは珍しかった。

「巡航ミサイル対処能力があるＡＡＭ―４Ｃといえども、もっと小さな目標であるマーベリックに命中するとは限らない。それに、試験弾は弾頭なしだろう。弾頭ありなら、ミスディスタンス（最接近時の離間距離）が弾頭の威力範囲ならば、直撃しなくとも目標の破壊が可能だが、直撃しなければ目標を破壊できないのでは、条件が厳しすぎる。装備にスペック以上の結果を期待することは、プロのやることではない」

「ですが、ＡＡＭ―４の開発では、マーベリックと大差ない大きさと飛行諸元《プロファイル》の標的機《ドローン》にも、多数が直撃しています。Ｂ型、Ｃ型ではさらに命中率は上がっています。要求性能以上の結果が、実際に出ている装備です。その４Ｃを、射撃条件としては最良といえる後背から撃つのですから、決して無理ではありません」

日見子は、食い下がった。命中に絶対の自信があったからではない。事態を収束させるためには、これしかないからだった。

「リスクは、命中率だけではない。目標が搭載するマーベリックが一発とは限らない。むしろ複数搭載されていると考えるのが妥当じゃないか。二発目を撃たれれば、それこそ為《な》す術《すべ》はないぞ」

当然予想された反論だった。日見子は、ゆっくりと首肯《うなず》くと、用意していた回答を口にした。

「ＡＡＭ―４Ｃを発射する段階で、Ｆ―２が張り付いていることは、４６２３のパイロットにもＲＷＲ（レーダー警戒受信機）で分かります。ミラーに機影が映るほどの距離に付かれていることが分かれば、パイロットは反射的に回避機動に入るでしょう。二発目のマーベリック発射に入る余裕なんてないはずです。そのままドッグファイトに入ってしまえば、二発目の発射は防げます」

「希望的観測だな。一瞬でも振り切られたら終わりだぞ」

「相手は、もともと鈍重《どんじゅう》なストライクイーグル（F―15E）がベースの上に、マーベリックを搭載してます。片やこちらは、格闘戦用戦闘機がベース機体の上、外装なしの完全なクリーン形態です。ダンプカーをスポーツカーで追い回すようなものです」

日見子は、いささか言いすぎかなと思ったが、ここは押すべきところだと思い直した。

「振り切られることなんてありえません」と断言した。

「小松からのF―15が到着するまででいいんです。それまで持ちこたえれば、目標は退避せざるを得なくなります」

「そのF―15が上がれる確証もない」と吐き捨てた水野は、言うべきことを言い尽くしたのか、椅子の背もたれに体重を預けた。

代わって「だが」と口を挟んだのは、葛城だった。

「司令官は、無線以外の警告なしでも撃墜する方針です。しかし、中央指揮所からは対領侵訓令及び達《たつ》のとおりに実施しろと言ってきている。一機しかいないF―2で機体信号など送ろうものなら、撃墜されて全てが無に帰しかねないにもかかわらずです。もし、これらを実施せずに韓国機を撃墜すれば、マスコミは言うに及ばず、政府も司令官をスケープゴートにする可能性があります。その時は、制服自衛官の暴走だとでも言うでしょう。元はと言えば、政府が及び腰になる理由が、対領侵に関する自衛隊法の不備であるにもかかわらず」

一気に喋った葛城は、一呼吸おき、語調を一段と強めた。

「ですが、対地ミサイル自体への攻撃は、攻撃する以外に物理的方法がない以上、糾弾される可能性はない。人的被害も発生しない。小松から要撃機が到着し、目標が逃げてくれれば良し。それでも攻撃の構えを見せるなら、その時は撃墜しても問題にはならないでしょう。何せ備蓄基地にミサイル攻撃をした事実は残るのですから」

根拠にうるさい葛城らしい見解だった。あるいは、高級幕僚として、あえて水野と逆の見解を述べ、司令官に決断を仰ぐという意図があったのかもしれない。

手嶋は、口を開かなかった。椅子に深く掛け、メインルームの幕僚に背を向けたまま、動かない。日見子には、それが迷っている証左に見えた。

もう一押しのはずだ。日見子は、早口で畳みかけた。

「法的な問題も重要だと思います。ですが、最大の考慮要素は、政治的な問題です。我々が石油備蓄基地を守り切れば、失踪部隊の企図をくじくことはできます。ですが、竹島グループによる竹島占拠と、それに対する韓国の反発は継続します。竹島グループが、作戦の失敗を認めて自衛隊の指揮下に復帰したとしても、日本政府として竹島を韓国に明け渡すことができない以上、事態を解決に向かわせることはできません。しかし、マーベリックが発射されれば、韓国としても、軍人が、日本の石油備蓄基地を攻撃したという事実は無視できません。政治的に日本に対して強硬な姿勢をとり続けることが困難になります。アメリカが仲介に乗り出してくれれば、危機を収束させることができるかもしれません。それも、今回の事態が発生する以前よりも、日本政府として望ましい形で、です！」

日見子自身、自らの提案がリスクのある策であることは承知している。だが、期待できる成果が大きければ、それは冒す価値のあるリスクだ。より大局的な見地に立てば、なおのこと、そう判断すべきはずだ。

大局か。

日見子は、理性のうちでは、指揮官である司令官の立場を考慮し、妥当な上申をしたと思っている。だが、自分がこの策を上申する内心の動機が、果たして本当に大局を考えてのことだろうか、と皮肉な自問をした。

大局なものか。そこにあるのはきわめて私的な動機だった。

助け出せるとは思っていない。助け出したいとも思ってはいない。それでも、一言でいいから、秋津と本音で話したかった。これは、そのための機会作りだ。

日見子は待った。手嶋の決断を待った。

マーベリックを撃墜できるか否か。そのリスク評価は、制服自衛官でなければできない。政治的価値は、防衛大臣でも総理大臣でも十分に理解するはずだ。しかし、そのために冒さなければならないリスクの評価はできない。専門家であり、実行部隊である航空総隊の長たる司令官ができると言えば、防衛大臣も総理大臣も、それは可能だと判断するしかない。事実上の決定権は、司令官の手中にあるのだった。

「F－2による要撃は、4623が発射するミサイルに対して行なう。採証を万全にしろ」

手嶋の決断を受けて、COCが慌ただしく動き始めた。幕僚は、司令官の目であり耳であり、そして手足だ。

目標がマーベリックを発射するまでは、気取られることなく背後に接近し、AAM－4Cをマーベリックに命中させ、そして、そのまま格闘戦に持ち込ませるよう、F－2を誘導する。

加えて、交渉の場に揺るぎない証拠として提示できるよう、その全過程を寸分の隙なく記録する。レーダー航跡は司令部だけでなく、レーダーサイトでも記録することになったし、F－2のガンカメラ作動も確認された。F－2は、幸いにも発射試験用であったため、対領侵任務に就くアラート機と同様にデジタルカメラも積載している。パイロットに対しては、可能であれば、太極旗が元になった国籍標章が映り込むように写真撮影せよと指示が飛ぶ。おそらく、死角になる後方下方から接近して撮影することになるのだろう。隠密に接近しながら記録も残せという難しい注文に、パイロットである臼杵三佐は、一瞬言葉につまりながらも、異を唱えなかった。

日見子は、腰を下ろすと、両の手のひらを合わせて思考を巡らせた。何か見落としはないか、必要な情報は全て提供したか。視線を机上のミニモニターに落として、思考を日本海上空に飛ばした。祈ることは嫌いだった。しかし、やるべきことをやり尽くした今、日見子にできることは、もう祈ることだけだった。

石油備蓄基地に向けて発射されるマーベリックの要撃成功と、４６２３のパイロットが、次のミサイル発射を断念することを。

１４４３（Ｉ）

「ＡＡＭ―４Ｃインパクトまで５、４、３……」

ＣＯＣには、伏見の乾いた声だけが響いていた。居並ぶ幕僚の全員が息を呑む音が聞こえるようだった。

「インパクト、ナウ。現在撃墜評価中。ガーネッシュ０１は、ドッグファイトに入りました。４６２３の現在位置、領空内一二マイル。現在マーベリックと思われる航跡なし」

誰も反応しなかった。ミニモニターの中を見れば、それは一目瞭然だった。ミニモニターの中で、ガーネッシュ０１を示すトラックナンバー１２５５とマーベリックを発射した韓国機トラックナンバー４６２３は、まるでおもちゃの小人のように、クルクルと動き回っていた。

「センタースクリーンに、ガーネッシュ０１を再表示させます」

吉田には、葛城が右手を軽く挙げて応えた。後は追い払うだけだ。４６２３のパイロットに、自分が追い詰められていることを、早く認識させた方がいい。

「早く帰投《RTB》を指示しろ」

日見子は、組み合わせた手のひらの中につぶやいた。これで飯久保にも状況が分かるはずだ。F―２の航跡が消されていたことも、映像流出にこちらが気付き、逆利用されたことも理解するだろう。最後の最後に、自分が敵の手のひらの上で踊らされたことも。

緊迫した状況が続いていたが、日見子は、自然と浮かぶ笑みを抑えることができなかった。

スクリーンの中では、二つの航跡が絡み合っていた。ここまで来たら、簡単には諦《あきら》めきれないのかもしれない。あるいは、単に必死に振り切ろうとしているだけなのかもしれなかった。

「サターン１３、ロックオン可能距離に到達。ロックオンさせます」

それを聞いた韮山は、「尻尾《しっぽ》巻いて逃げ出せ」と息巻いていた。それでも、４６２３はすぐには逃げ出さなかった。

だが、一五秒ほども経過すると、ＣＯＣに臼杵の荒い息が響いた。

「スカイマスター、ガーネッシュ０１、バンディット（敵機）が何か投棄した。繰り返す。バンディットが何かを投棄した」

「ガーネッシュ０１、スカイマスター了解。投棄した物体が、何か判断できないか？」

航跡を表すシンボルは、相変わらず左右に旋回を繰り返している。だが、今までと異なり、北西方向に移動しようという意志が感じられる動きを取っていた。

「判断はできなかった。だが、タンクではない。タンクは搭載されていなかった。マーベリックだと推定される」

臼杵の声は、さすがに息が上がっていた。むしろ、息も絶え絶えというべき状態だった。「了解」と答えた伏見は、ＣＯＣ内に向けて「４６２３領空外」と宣言した。

「サターン１３にはホールドファイア（攻撃中止）を指示します」

４６２３は、旋回をやめ、上昇しながら北西に退避していた。身軽になって加速性能が増したこともあるだろうが、撃墜される法的根拠がなくなったことを認識したためだろう。追いすがるガーネッシュ０１は、徐々に引き離されていた。

「よし。ガーネッシュ０１は、このまま領空から五〇マイルの位置まで追尾させろ。サターン13も同位置まで進出。燃料はどのくらい保《も》つ見込みだ？」

　韮山の問いに、「確認します」と答えた伏見が、臼杵に問いかける。

「ビンゴ（燃料が帰投に必要な最小限となる状態）まで二五分」

　韮山は、それを聞いて、舌打ちしながら指示を出した。

「ガーネッシュ01は、進出地点で一〇分間CAP。その後は松島に降ろせ。後はサターン13に任す。各方面には、上がれる機体を準備させろ。警備状況はどうなってる？」

　その声には、してやられたことを悔やむいらだちがあったが、危機をくぐり抜けた安堵の響きも含まれていた。

「各基地への攻撃は止《や》んでいます。侵入した別働グループが投降中との情報があります。詳細確認中」

　園田の報告を聞いて、日見子は、やっとのことで一息ついた。終わったのだ。おそらく。

「何とかなりましたね」

　いつの間にか、隣に腰を下ろした安西が言った。

「そうね」

　秋津と浜田の企みは退けた。秋津たちが竹島を占拠している状況は変わっていないが、今後は日本政府だけでなく、韓国政府も追い詰められた立場になる。展開は予断を許さないが、戦いは軍事から政治に場を移すはずだった。

「少なくとも、私のやらなきゃならないことは終わったかな」

だが、やりたいことは、まだ残っている。日見子は、背中を反らせると、蛍光灯の鈍い光が灯る天井を仰ぎ見た。

1648（I）

司令官控え室のインターホンを鳴らすと、聞こえてきたのは、回線越しでも冷たい感じのする川越の声だった。日見子が、抑揚《よくよう》のない声で名前と階級を告げると、鍵が開く軽い金属音が響き、吸音材が張られたドアがゆっくりと開いた。

「竹島グループに投降を促すよう、課長を説得させて下さい。中央指揮所の許可は得ています」

「連絡は受けてます。どうぞ」

顔を出したのは、相変わらず張り詰めた感の漂う杉井だった。

日見子は、毛足の長い絨毯《じゅうたん》が敷かれた司令官控え室に、静かに足を踏み入れた。中央のソファに、手錠を嵌められた浜田が座っていた。左右には、制服姿の警務官が立っている。

日見子の姿を目にすると、浜田は、憤懣《ふんまん》やるかたないといった雰囲気で口を開いた。

「終わったか？」

「ええ。終わりました」

日見子は、どうやって浜田を説得するか、考えあぐねていた。言葉でどうにかできるとは思えなかったからだ。

今になってみれば、浜田の普段の言動は、周囲の人間を韜晦《とうかい》するための姿だったということになる。自分の知っている浜田の姿は、浜田の真の姿ではないかもしれない。どうすれば浜田が秋津たちを説得する気になってくれるのか、想像が付かなかった。

結局、考えあぐねたまま、ここまで来てしまった。

「石油備蓄基地はどうなった？」

「無事です。マーベリックを撃たれました……、いえ撃たせましたが、岐阜から上がったF—2が、マーベリックを撃破してます」

「岐阜？」

浜田は、眉をひそめて、日見子を見つめた。

「ええ。開発集団の」

舌打ちに続き「発射試験機か！」と口惜《くちお》しそうな声が響く。

「はい」

「はっ。そこまで考えなかったな」

その顔には、自嘲気味の笑いが浮かんでいた。

「その後、小牧から上げたF—15も、小松で弾薬搭載して駆けつけましたので、韓国軍機は逃げ出しました」

浜田は、無言だった。これで状況は理解したはずだった。

「課長の作戦は失敗しました。ですが、韓国機が日本の石油備蓄基地をミサイル攻撃したという事実は残りました。これで、韓国政府も日本政府を強硬に非難することはできなくなります。その一方で、日本政府も、竹島グループの行動が、日本政府の意志に反しているとは言えません。韓国が軟化し、竹島グループによる竹島占拠を既成事実化できれば、国民も、守るだけでは得られないものがあると考えるかもしれません。課長が望んだ結果とは違うと思いますが、満足できる結果であるはずです。竹島グループに投降を命じて下さい」

浜田は、大きく息を吸い込むと、天を仰いだ。納得も、満足も、しているようには見えない。

「果たして、それで国民が目覚めるかな」

日見子は、答えなかった。浜田の言葉が自問のように聞こえたからだ。

「日本人は、痛い思いをしなければ目覚めはしない。国民を導くためには、楽しげな笛の音では駄目なんだよ。震え上がらせるような悪魔の笛でなければ駄目だ。たとえ、これを契機に竹島が戻ってきたとしても、棚ぼた的な利益など、すぐに忘れ去られちまう。恐怖をもって導いてこそ、日本は真の夜明けを迎えられる」

課長も、そして秋津も、幻想を見ているロマンチストのように思えた。

日見子も、平和ボケした日本人の感覚が正しいとは思っていない。しかし、課長と違って、一つの事件で簡単にひっくり返せるとも考えてはいなかった。それは、傲慢《ごうまん》な考えのように思えた。自分たちの考えが絶対で、それを理解しない大多数の人間が愚かだと考えるからこその発想に思えた。

「課長が考えるほど簡単にはいきませんよ。課長は、私一人でさえ、思ったようには動かせなかったじゃないですか」

浜田は、彼がいつも見せていた、人を小馬鹿にしたような笑みを浮かべていた。

「課長は、センタースクリーンの映像流出が露見すると予測して、その犯人に私を仕立て上げるつもりだった。そのために、和生さんと飯久保一尉を私に接近させた。しかし、二年もかけて準備したのに、日向三曹を殺させたことで情保隊にマークされた。その可能性に気付いて、私と和生さんの関係を利用して、情報保全ネットで情保隊の動きを確認すると、作戦の決行を急いだ。そして、私に防適喪失の可能性を告げることで、私もマークされていることを気付かせた。それによって、出るはずのない証拠を隠滅したのだと情保隊に思わせ、全ての嫌疑が私に向くように仕向けた」

日見子は、次第に湧いてくる怒りで、自分の声のトーンが上がってきていることに気が付いたが、それを隠そうとは思わなかった。

「日向三曹のことで、計画の修正をしたにせよ、そこまでは課長の思惑《おもわく》どおりだったんでしょう。でも情保隊の思惑は操《あやつ》れても、司令官を始めとして、司令部の勤務員は、本気で私を疑うことをしなかった。だから、情保隊に邪魔されながらも、私はなんとか動くことができた。課長は、私だけじゃなく、司令部のみんなも操れると思っていたんでしょうけど、それは大きな思い違いだったってことです。課長が考えるほど、みんな愚かじゃありません」

浜田は、ソファに預けていた体を起こすと、視線を鋭くした。

「確かに、お前が単純すぎるおかげで、連中がお前を疑ってかからなかったことは誤算だったな。だが俺に言わせれば、連中だって導かれるべき人間なんだ。虚構の安寧の中にいるのは、大多数の自衛官も、多くの国民と同じなんだよ。〝実戦的体質〟なんて言葉がよく使われるってことは、逆説的な見方をすれば、現状は実戦的体質とはほど遠いってことだろうが。実戦的な訓練を行なえば、自ずと危険の度合いも増す。安全配慮は必要だが、危険を恐れていては、実戦的体質なんてでき上がるはずもない。だが、実際のところはどうだ？」

　浜田は、斜に構えたまま、日見子を睨み付けた。

「訓練のための訓練を繰り返してばかりだろうが。しかも、それが何のためかといえば、自己保身のためだぞ。自分の責任の範囲内で事故を起こしてほしくない。それが、部下の身を案じてのことならいいが、実際のところは、自分のキャリアに傷を付けたくないだけだ」

「本当にそうでしょうか。今回、中央指揮所が及び腰の中、司令官は機体信号や信号射撃をすることなく、撃墜することまで決心されました。結果的には、マーベリックしか撃破してませんが、責任回避だけしてたわけじゃありません。課長こそ、やるべきことをちゃんとやってたんですか？」

　浜田は、何が言いたいのだとでも言いたげな目で、日見子を睨んでいた。

「自衛隊が必ずしも実戦的体質にないことは、同意します。私にもそれを何とかしたい気持ちがあります。でも、課長はそれを、ちゃんと主張したんですか？　海面衝突事故の懲戒審査で、そのことを主張しましたか？　いえ、それ以前に、最低安全高度以下の飛行訓練を行なうべきということを、しっかりと主張したんですか？」

「お前に言われるまでもない。当時の飛行群司令や団司令はもちろん、方面の幕僚にも主張はした。事故の後には、監察官にも直接話した」

浜田の顔には、悔しさが貼り付いていた。

「だが、その後も危険な訓練は、現場の判断に委《ゆだ》ねられたままだ。組織は変わってはいない。何も学んではいない」

日見子は、目を閉じて頭《かぶり》を振った。何も分かっていないのは浜田の方だ。

「私もしょっちゅう空幕の情報担当とはぶつかってます。それでも、二選抜で引き上げてもらえるほど評価もされてます。自衛隊はそう簡単に変わらないでしょうが、自衛隊を変えようとする人間を排除するほど狭量《きょうりょう》でもありません」

日見子は、深く息を吸って気を鎮《しず》めた。浜田の不満が理解できないわけでもない。しかし、組織を変えることを簡単に諦めてほしくもなかった。今も竹島の占拠を続ける秋津たちの命も、使い捨てにしてほしくなかった。

「今回の事件が、国民一般に公開されるかどうかは知りません。銃撃は基地内だけでしたし、ミサイル発射も海上だけです。だから政府は国民一般には情報を開示しないかもしれません。特定秘密に指定すれば、当然するでしょうが、自衛官や警察官などの関係者の口は閉じさせることができるはずです。でも、多くの自衛官は、多少なりとも事実を知っています。課長や和生さんがやったことは正しいことではありませんが、その考えは多くの自衛官の知るところとなります。だから、何もかも諦めないで下さい。今も竹島にいる和生さんたちに投降を勧《すす》めて下さい」

「それは無理な相談だな」

「なぜですか？」

「彼らは、死ぬ覚悟を決めて竹島に渡った。何も得られる保証もなく、むざむざと帰るつもりはないだろう。アメリカに仲介させるなり何なりして、せめて韓国軍が再占拠しないという保証でもとりつけなければ、たとえ俺が話したとしても、無駄なことだ。それに、俺と彼らとの間には明確な上下関係があるわけじゃない。彼らを投降させたければ、秋津と交渉することだ」

放り投げるように発せられた言葉は、予想どおりでもあった。日見子は、黙ったまま浜田を見つめていた。長いこと見つめていた。しかし、浜田が再び口を開く様子はなかった。

日見子は、それならばと矛先を変え、聞いておきたいことを聞いておこうと思った。

「和生さんたちとの接触は飯久保一尉を介してですか？」

「そうだ。彼とは3スコで対抗訓練を行なって以来の付き合いだからな。だから、お前との接触も、飯久保に頼んだのさ。秋津とくっついたのは予定外だったがな」

改めて事実として突き付けられると、今さらながら、胸が痛んだ。

「この計画は、あの時から？」

「計画としてはな。パクの飛行隊長就任と秋津たちが要員を集めるのに時間がかかったが、幸か不幸か、俺には行き場もないんで助かったよ」

「持ちかけたのは課長からだったんですか？」

「いや。国民を、そして自衛隊を目覚めさせたいと言ってきたのは、秋津の方だ。やつが実弾を使用した近接戦闘訓練を行なって陸幕と揉《も》めたのを飯久保が見て、俺のことを紹介したそうだ。本当の実戦的訓練をやろうとした男が、他にもいると言ってな」

日見子は、持ちかけてきたのが課長であってほしかった。そうであれば、秋津を説得できる可能性もあると思えたからだ。

「だから、俺には説得は無理なんだよ」

日見子は、これ以上話しても無駄だと判断すると、最後の問いを発した。

「一つだけ教えて下さい。日向三曹の殺害は、課長の指示ですか？」

「そうだ」

「なぜですか。日向三曹は計画から離脱しようとしていたんですか？」

「秋津は、そうは言っていなかったな」

「だったらなぜ？」

「お前は信じられるか？」

浜田は、少し悲しげに自嘲しながら言った。

「国家の一大事を前にして、秋津が何と言ったと思う。ガキができたから作戦から外すと言ったんだぞ。しかも、そいつが怖《お》じ気《け》づいたのかと聞いたら、そうじゃないと抜かしやがる。子供には親が必要なんだとな。俺は、信じる以前に呆《あき》れたよ。天下国家を動かそうという人間が、そんな甘っちょろいことを口にするなんてな」

日見子は、即座に言葉を返すことができなかった。

浜田は、純粋に秋津の考えが理解できなかったのだ。国を大切に思いながらも家族を優先するという考え方が。浜田の中では、国と家族は背反するものなのだろう。秋津のように、家族の延長として国を考えてはいないのだ。

日見子は、どちらの考えも理解できた。

国を家族よりも重要視し、家族を顧《かえり》みなかった父の背中を見て育った日見子は、その考えに反発しつつも、畏怖《いふ》を抱いていた。そして、その畏怖はいつの間にか尊敬に変わっていった。それは、そんな父を見つめる母、敏江譲りでもあった。

その一方で、父がほとんど家に帰らないため、幼少時の日見子は、母と二人で過ごす寂しさと心細さを感じていた。その思いは、日見子が秋津に惹《ひ》かれた理由でもあるのだろう。秋津は、国を大切に思いながらも、あくまで家族あっての国と考えていた。

秋津と浜田、二人は、同床異夢ならぬ同夢異床なのだ。理想の国という同じ夢を見ながら、その動機は別のところにあったということなのだろう。

「和生さんが信じられなかったんですか？」

「やつが、と言うわけじゃないが、やつの言葉が信じられなかったよ」

浜田は大きく息を吐くと、俯きながら目だけを日見子に向けてきた。

「しかも日向三曹は、確認した飯久保に、妊娠なんて事実はないと言ったそうだ。だから、俺はやはり怖じ気づいたんだろうと思ったのさ。それを秋津が庇《かば》っているんだろうとな」

「怖じ気づくような人間は放置できないと？」

「そういうことだ」

「でも、日向三曹は計画から抜けたがっていたわけではなかったようです。むしろ、妊娠の事実を隠そうとしていた。だから、飯久保一尉にも妊娠の事実はないと言ったんでしょう」

「そうらしいな。殺した後に、秋津が血相を変えてねじ込んできやがったよ。あれほど直接接触は避けろと言ってあったのにな」

日向三曹は、浜田と秋津、二人の思想の根の違いに殺されたのだ。殺害を指示したのは浜田であれ、不思議と日見子の心の内に怒りは湧いてこなかった。もちろん、日向三曹と直接の面識がないこともあるのだろう。だが、殺人者に向けるべき当然の怒りも湧いてこなかった。ただただ悲しかった。

「誤算でしたね。彼の殺害さえなかったら、今頃は課長の計画したとおりになってましたよ」

「どうかな、お前を嵌めようとしたことの方が誤算だったかもしれない」

自分が罠《わな》に嵌められそうになったことは、もうどうでもいいことに思えた。それよりも、これ以上、この敗残者を見ていたくなかった。日見子は、浜田の言葉に答えることなく、静かに振り向いて、ドアに向かって歩を進めた。

1657（I）

「倉橋三佐に対しては饒舌《じょうぜつ》なんですね」

日見子が去った後、川越が二人の会話について報告の電話をかけに行くと、後に残された杉井は尋問というよりは、ただ単に語りかけた。

「何が言いたいんだ？」

特に理由はなかった。ただ川越の質問には一向に答えようとしない浜田が、倉橋三佐に答えたことが不思議だった。

「別に」

もしかすると、杉井の感情は、嫉妬《しっと》のようなものだったのかもしれない。利用した者と利用された者でありながら、まるで戦友のように語る二人が羨《うらや》ましかったのだ。

川越が席を外している今、杉井が積極的に尋問を進める必要はなかった。むしろ、下手《へた》なことをするよりも、無言を通した方が、誉《ほ》められる行動だった。しかし、思いがけずも、深く関わることになってしまった二人に、杉井は、抗《あらが》いがたい興味を抱いてしまっていた。

「ただ、気になっただけです」

「嬉しいんだよ」

何がだろう。自分の企みが、倉橋三佐に阻止されたことが嬉しいとは思えなかった。

「あいつは、嘘のつけないやつだ。なのに、この二年間、あいつと本音《ほんね》で話せる時はなかった。だから本音で話せる今は、あいつと話せることが嬉しいんだよ」

「だったら、どうして秋津二佐を説得してくれないんですか。ドラゴンフライ、我々はあなた方のグループをそう呼んでいましたが、その首謀者は浜田一佐じゃないんですか？」

「話したろうが。俺がやっても無駄だ。そもそも、やりたいことでもないしな」

「では、私たちはどうしたらいいんでしょう？」

杉井は、問いかけるつもりで聞いたのではなかった。自分の疑問を口にしただけだった。

「俺に聞くのか？」

「話していただけるんですか？」

杉井は驚いて聞いた。浜田は、鼻でせせら笑うと、ソファに体を預けて言った。

「最終的には、国際司法裁判所《ICJ》への提訴を、韓国に呑ませることだな。話し合いとやらが好きな日本政府としては、これ以上ない結果だろう。で、そのためには、それまでの間、日韓双方から委任を受けたという形で、アメリカ軍に駐留させるのが一番だ」

事の推移を聞いたからなのか、浜田は滔々《とうとう》と喋り始めた。その姿は、得意げにも見えた。

「アメリカは動いてくれますか？」

「くれるどころか、もう第三海兵遠征軍《3MEF》あたりに準備させてるかもしれん。アメリカは、日韓でケンカをさせるわけにはいかないからな。やつらが他に採《と》れる選択肢はねえよ」

「今までの対応を見ると、韓国が提訴を呑むとは思えませんが」

「それなら、日本と戦争するか？」

浜田は、できの悪い生徒に呆れる教師のようだった。

「今までとは、状況が違うだろうが。今回の事件までは、韓国は竹島を実効支配してた。実効支配が長引けば長引くほど、いずれ国際司法裁判所に提訴することになれば、その事実は有利に作用する。だから、提訴に応じなかった。だが、秋津たちが竹島を占拠したことで、やつらは実効支配を失った。日本政府が秋津たちを脱走兵だと言わない限り、現在の実効支配者は日本だ。この状態が長引けば長引くほど、国際司法裁判所の判断は日本側に傾く。韓国としては、今の時点で提訴に応じた方がいいんだよ」

杉井も、素直に教えを乞《こ》う生徒を演じた。

「作戦が失敗した時のことまで考えてたんですか？」

「指揮ってのは、あらゆる展開を想定しておくもんだ。それでも、想定外を行かれちまったがな」

「なぜ話していただけたのでしょう」

「くだらねえことを聞くやつだな。作戦が失敗した以上、その方がいいからに決まってんだろうが。もう軍事組織の出番はない。後は政治の戦いだ。そのためには、情報がないと戦えないだろうが。国民が目覚めるかどうかにかかわらず、得られる成果は得ておくべきだろうが」

「では、事件の全貌を話していただけるんですか？」

「全貌じゃないな。俺の知っている範囲ならだ。秋津やパクの心情までは知らねえよ」

その後の浜田は、川越が行なっていた尋問の時とは打って変わったようだった。川越が戻ってきても、それは変わらなかった。川越も、あえてペースを乱すことがないようにと判断したのだろう。口は挟まなかった。杉井は、この後三時間以上に亘って、独演会の聴取者となった。

3・28 エピローグ　新たな地平

1548（Ⅰ）

日見子は、有明埠頭《ありあけふとう》にある沖縄・奄美《あまみ》航路船客待合所にいた。フェリーの乗船手続きは済ませたので、後は乗船時刻まで時間をつぶさなければならない。自販機で缶コーヒーを買い込み、もう一〇年以上も乗り続けているハイラックスでカーステレオでも聴《き》くつもりだった。国内最終モデルとなることを聞きつけ、慌てて購入したハイラックスも、沖縄の潮風に曝《さら》されれば、そこで寿命を迎えることになるだろう。

新鮮とは言いがたい粘り着くような潮の香りを掻き分けるようにしてハイラックスに向かうと、そこには一人の人物が立っていた。派手な革ジャンにキャップとサングラスという、下手な変装をした芸能人のような出《い》で立ちだった。

「沖縄に行かれると聞いたので、見送りに来ました」

聞いたのではなく、盗聴したのだろうと思いながら、日見子はロックを開けた。日見子が乗り込むと、その人物も助手席に乗り込んだ。何を話すにせよ、往来で話せるような話になるはずはなかった。

「何の用？」

「言ったじゃないですか、見送りに来たんです」

日見子は、これ見よがしに嘆息すると、できる限りの皮肉を込めて言った。

「あんたたち、今だに情報課の電話を盗聴してるわけ？」

「三人も事件関係者がいた職場ですから、一応、フォローは必要なんです」

杉井は、サングラスを外すと、悪びれるでもなく言った。

「この三月で終わりますが」

つまりは、日見子が異動してしまえば、終了ということなのだろう。

「今だに私を疑ってるわけ？」

「そうじゃありません。本当に一応なんですよ。係わってるのも私だけですし」

「そう。なら、私の方からお礼参りに行くべきだったかもね」

「冗談は止《や》めて下さい。本当に来られそうで怖いです」

「で、本当に見送りに来ただけじゃないんでしょ？」

杉井は、サングラスを指先でもてあそびながら、独《ひと》りごちるようにつぶやいた。

「失踪部隊の処遇が決まったそうです」

事件から三日後、米韓との秘密交渉を経て、竹島には米海兵隊が進出し、竹島グループは習志野に帰還していた。日韓交渉が片付くまで、双方の委任を受けて米軍が駐留することになっていたのだ。

結果、空自基地で投降した別働グループに浜田と芦田を加えた事件関係者は、それぞれ陸幕、空幕付きとなり、以後情保隊の尋問を受けていた。

関係者、特に杉井が聞き出した浜田の供述により、韓国側関係者の動向が詳細に判明したため、日本政府は早期の段階から交渉を有利に進めた。

何より、係争地である竹島以外の目標を攻撃しようとしたことが、韓国側の立場を悪くした。秋津たちが、竹島占拠の際に、被害を局限したことも幸いした。最も酷《ひど》い怪我でも、独島警備隊員のたんこぶでしかなかった。占拠時に抵抗したため、銃把《じゅうは》で殴られたことによる傷だった。

政府は、アメリカが国際司法裁判所への提訴を支持したことを確認して、初めて竹島グループの行動を、治安出動に基づく部隊行動だったと発表した。

憲法九条違反だとして非難する向きも強かったが、武装警官が駐留していた竹島の治安を回復するためには、他に方法がなかったとして、政府は国民の支持を求めた。

世論は、あっけらかんとしたものだった。先に手を出した日本が悪いという意見は、石油備蓄基地に対するミサイル攻撃という事実の前には、無力だった。

政府は、空自基地での戦闘を、韓国特殊部隊による反撃を想定した訓練だったと強弁していた。マスコミは、政府発表を疑ったが、的外《まとはず》れな憶測を裏付ける証拠は出てこなかった。

残る問題は、事件関係者、とりわけ秋津たち竹島グループの処遇問題だった。

「ずいぶんと時間がかかったわね」

政府としては、竹島グループを治安出動部隊だと言ってしまっていたため、表立って処分することはできなかった。しかし、空自基地での騒乱は、空自隊員に負傷者も発生させていたため、一部の自衛官には真相を告げざるを得なかったし、何事もなかったかのように、失踪部隊を原隊復帰させることもできなかった。

「事件を内密に処理するという方針に、秋津二佐がなかなか同意してくれなかったんです」

日見子は眉をひそめた。

「私に話してもいいの？」

内密に処理するというのならば、失踪部隊の処分について、杉井が日見子に告げる理由もないはずだった。

杉井は、軽く肩をすくめると、膝の上に抱えていたデイパックからペーパーホルダーを取り出した。

差し出されたペーパーホルダーには書類が一枚だけ留められている。誓約書だった。事件の直後、箝口令を敷く旨の通達が出ていたが、それだけでは不十分と判断されたのだろうか。

「〝知りすぎている〟関係者には、事情についても、経過についても〝ある程度〟話した上で、誓約書にサインを頂くという方針になりました」

「なるほどね」

杉井がわざわざ見送りに来た理由が納得できた。

「で？」

日見子は、誓約書にざっと目を通すと、先を促した。

「せっかくの権利なんだから、その〝ある程度〟とやらを聞かせてよ」

杉井は、背筋を伸ばすと、ダッシュボードに視線を落としたまま語り始めた。

「秋津二佐がこだわったのは、日向三曹の殺害についてでした。飯久保一尉の殺人と浜田一佐の殺人教唆まで内密にすることに納得していただけなかったんです」

「彼らしいわね。でも、立件はできないでしょ」

「ええ。裁判となれば一般人も傍聴に来ますから、飯久保一尉の動機は嘘でごまかせても、浜田一佐の関与にふれることはできません」

八方ふさがりにも思えたが、処分が決まったと言う以上、何らかの形で秋津を納得させたのだろう。

「殺人に関しては、二人の訴追はできません。しかし、他の罪について、二人を厳しく罰すると約束することで、秋津二佐には納得していただきました」

日見子は、それで秋津が本当に納得したのかという疑問を持った。同時に、いささか呆れた。尖閣諸島中国漁船衝突事件における中国漁船船長の扱いを引き合いに出すまでもなく、司法権の独立なんて建前《たてまえ》だけだとは思っていたが、改めて酷いモノだと思ったからだった。

「秘密を守る義務？」

「はい」

浜田は韓国側パイロットに対して、秋津たちの行動を伝えている。それは、建前上では、極秘の治安出動を漏洩していたことになる。それを浜田に伝えた飯久保についても同じことだ。それに、韓国側パイロットは、浜田から作戦を持ちかけられたことを供述しているだろう。そのことの辻褄《つじつま》合わせにもなるはずだった。

「二人は国家の裏切り者だったことにされるわけだ」

「ええ」

「動機は？」

「日本が侵略国家に逆戻りすることを憂《うれ》いた、ということになるそうです」

「殺人や殺人教唆と比《くら》べれば、量刑がおそろしく軽いとはいえ、浜田一佐がよくその話を呑んだわね」

「ええ……まあ。量刑のせいでしょう。最高でも、懲役一年ですから」

日見子は、杉井の歯切れの悪さに、何か裏があると思った。だがそれは日見子に話せる〝ある程度〟を超える話なのだろう。

「その二人以外はどうなるの？」

矛先を変えられても、杉井は安心した様子を見せなかった。

「治安出動や訓練だったという以上、正当な理由のない武器使用で罪に問うこともできないでしょうし、内部的にも、むしろ表彰した方が良いくらいで、処罰なんてできないでしょ」

「ええ。なので一旦《いったん》は情報本部に転属させて、米軍資料や海外資料の翻訳なんかをさせた上で、ほとぼりが冷めた頃に、全員依願退職扱いとするそうです」

嘘だ。日見子は、即座にそう思った。

杉井の話しぶりは、淡々と話している風を装っていたが、その声には隠しきれない緊張が宿っていた。

秋津が、浜田と飯久保の処分に簡単に納得したとは思えないことも含めて考えれば、この処分は、単に甘い処分であるだけではなく、秋津に与えたアメなのではないかと思えた。

日見子は、軽くかまをかけた。

「退職させた後はどうするの？　就職援護は？」

「実態は処分ですから、就職援護なんてしないはずです」

「そう……。だとすると、彼らはどうするのかしらね。知識技能をそのまま生かすならPMC（民間軍事会社）か傭兵……、軍事がらみじゃないとすれば、全員語学はできるでしょうから、海外ビジネスとかかしらね」

「さあ、私には分かりません。退職した後は、彼らの自由のはずです」

杉井の声は、微かに上ずっていた。

「私が騙されていたことは承知してるけど、秋津二佐がどうなるのかは気になるわ。退職の時には調べてみようかしらね」

「そ、それはダメです。誓約書にも書いてあるはずです。今後、関係者とは一切接触したり、動向を調べたりはしないで下さい」

杉井の回答は、それは都合が悪いと告げているようなものだった。

「なるほどね。情報本部で研修させた上で退職させるわけだ」

「いえ。情報本部では、資料翻訳とかだけです」

情報本部には、海外の公刊資料を翻訳する公開情報分析部門《オシント》も存在している。しかし、四〇人近くもの人数が急に増員されても仕事がない。それは、航空総隊以前に情報本部にいた日見子にとっては、分かりすぎる事実だった。

そして、その情報本部の活動内容を、杉井が十分知っているはずがないことも、日見子は知っていた。資料翻訳だけだと断言することは不自然だった。

「いいわ。そういうことにしといてやる」

誰が考えたのかは想像もできなかったが、気の利《き》いたことをする人間が、政府や防衛省内部にもいるのだろう。おそらく、秋津たちは、情報本部で研修させた上、民間人として海外で情報収集をさせるのだろう。竹島に乗り込むほどの覚悟を持つ人間なら、危険な情報収集をさせることも可能だと判断したのではないだろうか。

日見子は、内局の一部に調査研究室なる人的情報収集、つまりスパイ活動を企画・立案・統括する部署を新設するという話を思い出した。部署新設は以前から予定されていたものだろう。それだけ、中央にも人的情報収集の重要性を認識している人間もいたということだ。それらの人々にとって、秋津たちは、この上ない人材に見えただろう。

そしてそれは、秋津たちにとってもこの上ない提案だったはずだ。今回の事件について黙らせ、意向に従わせるために、突き放すのではなく、逆に取り込むことにしたに違いない。

杉井は、返答に窮して口をつぐんだままだった。

「まあいいわ」

日見子は、そう言うと誓約書にサインした。

「ご協力、ありがとうございます」

杉井は、一瞬ほっとした表情を浮かべたが、再び表情を引き締め、意外な話を始めた。

「えと、後は個人的な話なんですが、倉橋三佐を疑っていたお詫びがしたいんです」

「あんたが個人的に疑ってたわけじゃないでしょ」

「それはそうなんですが、何て言うか、スジの問題です」

杉井は、意外に古風な人間なのかもしれなかった。

「そう。で？」

「もし秋津二佐に何かお伝えする話があれば、お伝えします」

「今、誓約書を書かせたばかりじゃないの」

「ええ、ですから、これは特別です」

「なるほどねえ」

日見子は、裏があるのではないかとも思ったが、杉井の表情を窺っても、そうとは見えなかった。

日見子は、秋津にメッセージを伝えてもらえるなら、何を伝えたいのか思い返してみた。事件の進行中は、確かに秋津に伝えたいことはいくらでもあった。しかし、事件から三ヶ月以上経過し、日見子の中でも、秋津への思いは変化していた。

「そうね。月並みだけど、『頑張って』って伝えておいて。それと、『一緒に仕事ができる日を楽しみにしてる』って」

「あの……」

杉井は、長い逡巡の後に、「分かりました」とだけ言った。

周辺の車が動き出した。乗船が始まっていた。

「そろそろ出すわよ」

「はい。そうだ、昇任が一日前倒しになったそうですね。おめでとうございます」

たかが一日、されど一日だ。これで、日見子一人が二選抜、他の昇任者は三選抜ということになる。事実上、一・五選抜のような位置づけになったということだった。

「ありがと」

日見子は、肩をすくめた。

「その代わりに、飛ばされたけどね」

「何言ってるんですか。栄転じゃないですか」

航空総隊司令部情報班長から南西航空混成団司令部調査課長への異動は、確かに栄転だった。

「形式的にはね。あんた何で私が幕《ばく》じゃなく、南混団司令部に行くか知ってるの？」

古巣の情報本部に戻る可能性も考えられたが、そうならなかったのは、秋津たちとの接触をさせないためだということは、つい先ほど理解したばかりだった。

「いえ、そこまでは知りません」

「幕では、私みたいなのを引き取ろうとしなかったのよ」

今回の事件により、空自情報畑の中では、日見子は面倒くさいやつというレッテルが貼られてしまった。結果として、引き取ってくれる部署が限られてしまったのだ。

「ええと、今後のご活躍を期待してます」

杉井は、決まり悪そうにお追従《ついしょう》を言うと、ドアを開けて車外に出た。

「でも、ご褒美《ほうび》のバカンスだと思えばいいじゃないですか。私も何度か行きましたけど、いいところですよ」

「そうね」

日見子が、乾杯するような仕草で缶コーヒーを掲げると、杉井は律儀《りちぎ》にキャップを取って一〇度の敬礼をした。

革ジャンにサングラス姿の敬礼がひどく滑稽《こっけい》に見え、日見子は思わず微笑んだ。

本書成立の経緯

現役自衛官だった頃、私は一つの問題意識を持っていました。

それは、多くの自衛官が、自分の専門分野についてしか知識がなく、「井の中の蛙《かわず》」であることに疑問を持っていないということでした。そんなことでは、いざ非常事態が発生した際、的確な行動をとることができません。統合が進む現在、陸海空の垣根を越えた知識が必要であるにもかかわらずです。普段の業務では、さほど必要とされないこともあって、専門分野以外の知識には興味のない自衛官が多かったのです。

私は航空自衛隊の中で、比較的広範な知識が得られる配置に就《つ》けてもらうことが多かったため、陸海自衛隊のことを含め、一般の自衛官よりも広い知識を得ることができました。

そこで、多くの自衛官に、もっと広範な防衛知識を持ってもらいたいと考えたのですが、いかんせん興味もない状況では、知識が身につくはずもありません。そこで考えついたのが、

「興味のない人間に知識を持たせるには、小説の形をとるのがいいんじゃないか？」

それが、私が小説を書き始めたきっかけです。小学校での作文の成績が「1」だったに

もかかわらず……。

そんなこんなで、様々な苦労と紆余曲折《うよきょくせつ》を経て、二〇〇八年に、四年後を想定したミリタリーシミュレーション小説、『日本海クライシス2012』をネットで発表しました。（現在は公開を終了しています）

この小説は、自衛官時代の「広範な知識を持ってほしい」という動機を強く引きずっており、とてもではありませんがエンターテインメントと呼べるものではありませんでした。言ってみれば、新聞に載《の》っている危機のシナリオのようなものだったのです。

我ながら「面白い」小説とは言えないものです。

本書の原型となった作品は、この前作を反省材料とし、軍事的に正確で、シミュレーションでありながらも、まず第一にエンターテインメントとなることに腐心《ふしん》して書いた作品でした。第一作と比《くら》べれば、より広範な人に楽しんでいただける作品になったと自画自賛しております。

そして、この原型は、アマゾンのＫＤＰというサービスを利用して、電子書籍として個人出版しました。それが、株式会社グレイプスの編集者・高橋芳明氏の目にとまり、改稿の上、祥伝社から出版していただけることになったのです。

ちなみに、原型の方は『黎明の笛　ＫＤＰ版』として、現在も購読可能です。小説としてのグレードは、明らかに本書の方が上ですので、一般の方には今さら原型をお勧めはしませんが、小説家志望の方は、読み比べていただくと参考になるかもしれません。

本書は、高橋氏をはじめ、多くの方々のアドバイスを受け、軍事に興味のない方でも楽しんでいただけるようパワーアップした作品となっています。純粋に楽しんでいただけたら幸いです。

なお、本書を読んで下さった方の中には、『日本海クライシス２０１２』を読んで下さった方もいらっしゃると思います。そんな方々は、「何で両作品とも主人公が女性自衛官なんだ？」と思われたのではないでしょうか？

その理由は、私が制服フェチだから……ではなく、単に筆力に自信がない故、女言葉を使うことで、主人公のセリフを認識しやすくできるのではないかという、なんとも言い訳がましい消極的なものです。ただし、本書の場合は、自衛官の結婚と保全について書くためには、女性自衛官の方がよかったということもあります。

本書の単行本刊行（平成二六年）の後、翌二七年には海自潜水艦の活躍を描いた『深淵の覇者』を出させていただきました。また、この文庫の一ヵ月後には、陸自山岳部隊に焦点を当てた『半島へ』が書店に並ぶ予定です。機会がありましたら、こちらもお手に取っていただければ幸いです。

私は、日本でも、海外のようなミリタリー小説、先日亡くなられたトム・クランシー氏によるもののような作品が、どんどん出てくるようになってほしいと思っています。そのためにも、今後は、元自衛官としての専門知識を生かしつつ、よりエンターテインメントとして楽しめるミリタリー小説を書いていきたいと思っています。

またお手にとっていただけるよう、鋭意努力し続ける所存です。

平成二九年二月吉日

数多　久遠

※本書は、二〇一二年電子書籍として個人出版された作品に、二〇一四年三月、著者が単行本としての刊行にあたり、大幅に加筆改稿したものです。

——編集部

一〇〇字書評

切り取り線

購買動機（新聞、雑誌名を記入するか、あるいは○をつけてください）	
□（　　　　　　　　　）	の広告を見て
□（　　　　　　　　　）	の書評を見て
□ 知人のすすめで	□ タイトルに惹かれて
□ カバーが良かったから	□ 内容が面白そうだから
□ 好きな作家だから	□ 好きな分野の本だから

・最近、最も感銘を受けた作品名をお書き下さい

・あなたのお好きな作家名をお書き下さい

・その他、ご要望がありましたらお書き下さい

住所	〒				
氏名		職業		年齢	
Eメール	※携帯には配信できません	新刊情報等のメール配信を 希望する・しない			

この本の感想を、編集部までお寄せいただけたらありがたく存じます。今後の企画の参考にさせていただきます。Eメールでも結構です。

いただいた「一〇〇字書評」は、新聞・雑誌等に紹介させていただくことがあります。その場合はお礼として特製図書カードを差し上げます。

前ページの原稿用紙に書評をお書きの上、切り取り、左記までお送り下さい。宛先の住所は不要です。

なお、ご記入いただいたお名前、ご住所等は、書評紹介の事前了解、謝礼のお届けのためだけに利用し、そのほかの目的のために利用することはありません。

〒一〇一‐八七〇一
祥伝社文庫編集長　坂口芳和
電話　〇三（三二六五）二〇八〇

祥伝社ホームページの「ブックレビュー」からも、書き込めます。

http://www.shodensha.co.jp/bookreview/

祥伝社文庫

黎明《れいめい》の笛《ふえ》 陸自特殊部隊《りくじとくしゆぶたい》「竹島《たけしま》」奪還《だつかん》

平成29年3月20日　初版第1刷発行

著　者　数多久遠《あまたくおん》

発行者　辻　浩明

発行所　祥伝社《しようでんしや》

東京都千代田区神田神保町3-3
〒101-8701
電話　03（3265）2081（販売部）
電話　03（3265）2080（編集部）
電話　03（3265）3622（業務部）
http://www.shodensha.co.jp/

印刷所　大日本印刷
製本所　ナショナル製本
カバーフォーマットデザイン　芥 陽子
企画協力　グレイプス

 ISBN978-4-396-34294-4 C0193

祥伝社文庫の好評既刊

夏見正隆　チェイサー91

日本が原発ゼロ宣言、そしてF15イーグルが消えた！　航空自衛隊の女性整備士が、国際社会に蠢《うごめ》く闇に立ち向かう!!

夏見正隆　TAC《タック》ネーム　アリス

闇夜の尖閣《せんかく》諸島上空。〈対領空侵犯措置〉に当たっていた空自のF15J。国籍不明の民間機は警告を無視。そして遂に!!

夏見正隆　TAC《タック》ネーム　アリス　尖閣《せんかく》上空10vs1

総理を乗せた政府専用機がジャック！　機能停止の日本政府は尖閣支配を狙う中国に…。迫真の航空アクション！

矢月秀作　D1　警視庁暗殺部

法で裁けぬ悪人抹殺を目的に、警視庁が極秘に設立した〈暗殺部〉。精鋭を擁する闇の処刑部隊、始動!!

矢月秀作　D1　海上掃討作戦　警視庁暗殺部

遠州灘沖に漂う男を、D1メンバーが救助。海の利権を巡る激しい攻防が発覚した時、更なる惨事が！

渡辺裕之　新・傭兵代理店　復活の進撃

最強の男が還ってきた！　砂漠に消えた人質。途方に暮れる日本政府の前にあの男が……。待望の2ndシーズン！

目次

航空総隊司令部の指揮系統

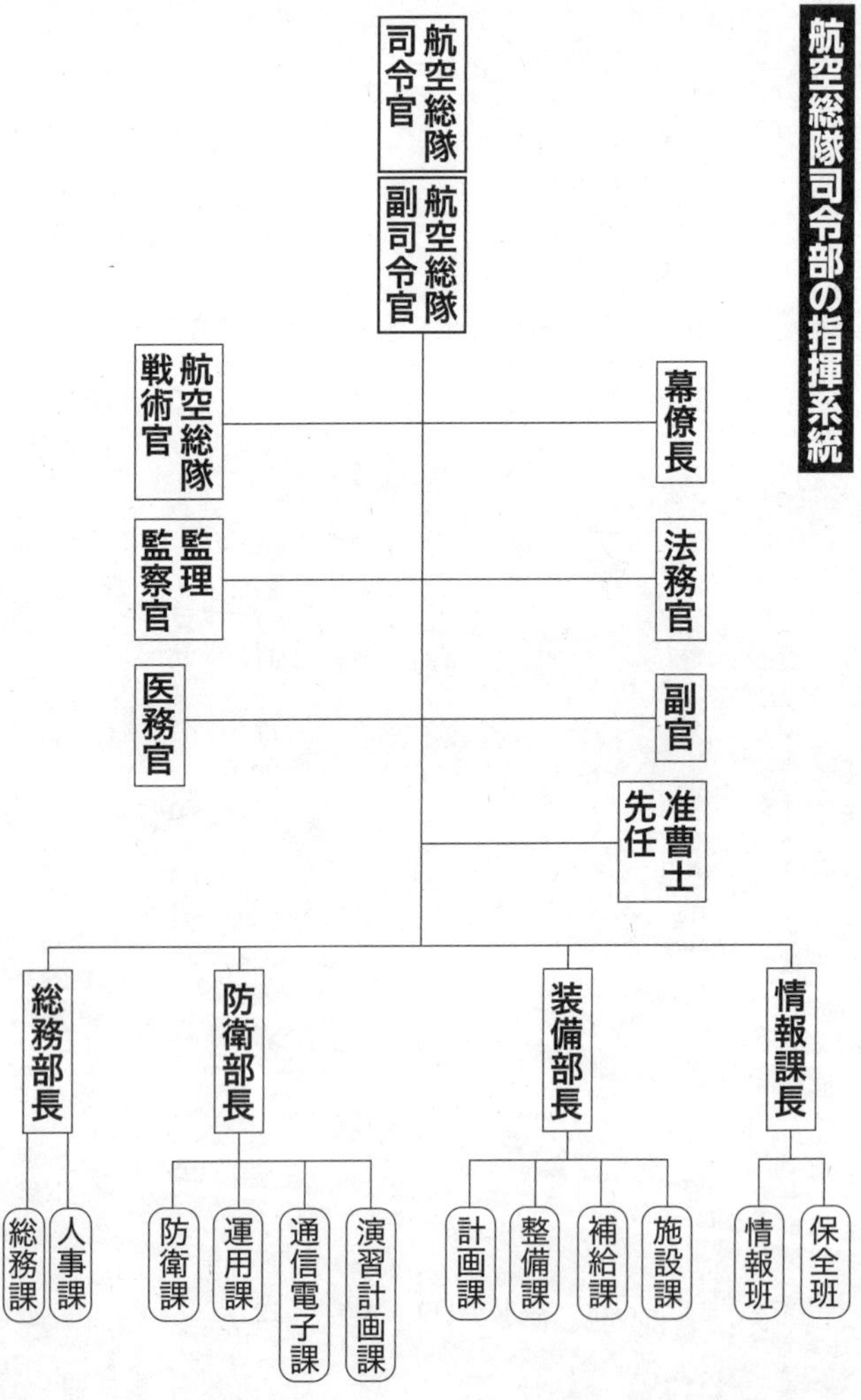